Arena-Taschenbuch
Band 50764

Ebenfalls von der Autorin im Arena Verlag erschienen:

Harriet – versehentlich berühmt. Ein Kolibri auf dem Catwalk
Harriet – versehentlich berühmt. Hotdogs und High Heels

© Georgina Bolton King

Holly Smale
war als Jugendliche ziemlich unbeholfen,
ein bisschen streberhaft und schüchtern und versteckte sich
während eines Großteils ihrer Teenager-Jahre in der Schul-Toilette.
Mit 15 wurde sie völlig überraschend von einer Londoner
Top-Modelagentur entdeckt und verbrachte die nächsten zwei Jahre damit,
über Laufstege zu stolpern, knallrot anzulaufen und
teure Dinge zu ruinieren, die sie nicht ersetzen konnte.
Sie studierte englische Literatur an der Bristol University,
gab das Modeln auf und entschloss sich Schriftstellerin zu werden.
„Harriet – versehentlich berühmt" ist ihr erstes großes Buch-Projekt.

Holly Smale

Harriet Versehentlich berühmt

Mode ist ein glitzernder Goldfisch

Aus dem Englischen
von Elvira Willems

Arena

*Für meinen Großvater.
Meinen liebsten Streber.*

1. Auflage als Limitierte Sonderausgabe im Arena-Taschenbuch 2015
Text © Holly Smale
© für die deutsche Ausgabe: Arena Verlag GmbH, Würzburg 2013
Umschlag: Frauke Schneider
Zuerst erschienen unter dem Titel »Geek Girl«
bei Harper Collins Children's Books, London 2013
Alle Rechte vorbehalten
Umschlagtypografie: KCS GmbH · Verlagsservice & Medienproduktion,
Stelle/Hamburg
Sondergestaltung: komm Design/achkomm.com/Würzburg
Gesamtherstellung: Westermann Druck Zwickau GmbH
ISSN 0518-4002
ISBN 978-3-401-50764-4

*www.arena-verlag.de
Mitreden unter forum.arena-verlag.de*

Uncool <*Adjektiv*> · Umgangssprache, Jugendsprache
1. jemand, der hoffnungslos unmodern ist und zudem ungeschickt im Umgang mit anderen Menschen
2. jemand, der zwanghaft begeistert ist
3. jemand, der auch als Streber bezeichnet wird
4. jemand, der das Bedürfnis hat, das Wort »uncool« im Lexikon nachzuschlagen

Synonyme: verhärtet, verspannt; angestrengt, ängstlich, befangen, blockiert, gehemmt, gezwungen, nicht frei/locker, nicht natürlich, schüchtern, steif, unfrei, unnatürlich, unsicher, verklemmt, verlegen; abscheulich, ärgerlich, entsetzlich, furchtbar, katastrophal, schlimm, unangenehm, unerfreulich, unfair; *(gehoben)* übel; *(umgangssprachlich)* blöd, fies, gemein, grässlich, gräulich, verheerend; *(salopp)* zum Kotzen; *(emotional)* scheußlich; *(umgangssprachlich emotional)* fürchterlich; *(scherzhaft)* fürchterbar; *(abwertend)* infam, widerlich; *(umgangssprachlich abwertend)* mies, schauderhaft, schofel, schrecklich.

1

Ich heiße Harriet Manners, und ich bin uncool.

Ich weiß, dass ich uncool bin, weil ich es gerade im Wörterbuch nachgeschlagen habe. Ich habe einen kleinen Haken neben sämtliche Symptome gesetzt, die mir bekannt vorkamen, und es sieht so aus, als hätte ich sie alle.

Was mich – und an dieser Stelle sollte ich unbedingt ganz ehrlich sein – nicht besonders überrascht hat. Die Tatsache, dass auf meinem Nachttisch ein Wörterbuch liegt, ist schon das erste Indiz. Die Tatsache, dass daneben ein Bleistift vom Naturhistorischen Museum und ein Lineal liegen, damit ich interessante Einträge ordentlich unterstreichen kann, ein weiteres.

Oh, und dann noch die Tatsache, dass das Wort UNCOOL in roten Buchstaben außen auf meiner Umhängetasche steht. Das ist gestern passiert.

Es sieht so aus, wenn auch nicht so ordentlich:
UNCOOL

Ich war das nicht. Das ist ja wohl offensichtlich. Wäre ja bescheuert, so was mit meiner eigenen Tasche anzustellen. Wenn ich meinen Besitz verunstalten wollte, würde ich eine prägnante Zeile aus einem guten Buch wählen oder eine interessante Tatsache, die nicht vielen Menschen bekannt ist. Und ich würde es definitiv nicht in Rot draufschreiben, eher in Schwarz oder in Blau oder vielleicht in Grün. Ich bin kein großer Fan der Farbe Rot, selbst wenn Rot das langwelligste Licht ist, das vom menschlichen Auge wahrgenommen werden kann.

Um ganz offen zu sein: Ich weiß nicht, wer sich auf meiner Tasche verewigt hat – obwohl ich natürlich so meinen Verdacht habe –, aber die Handschrift ist nicht zu identifizieren. Die Schreiberin oder der Schreiber hat letzte Woche in der Englischstunde eindeutig nicht zugehört, als wir erklärt bekamen, dass die Handschrift ein wichtiger Ausdruck der eigenen Persönlichkeit ist.

Egal, die Sache ist und bleibt die, dass meine Tasche, der anonyme Schmierfink und das Wörterbuch einer Meinung sind, woraus ich nur schließen kann, dass ich wohl tatsächlich uncool bin.

Ich glaube, so was nennt man auch Ironie.

2

Jetzt wo ihr wisst, wer ich bin, wollt ihr bestimmt auch wissen, wo ich lebe und was ich so mache, richtig? Personen, Handlung und Ort – das macht eine gute Geschichte aus. Das habe ich in einem Buch mit dem Titel »Was gute Geschichten ausmacht« gelesen, verfasst von einem Mann, der im Augenblick keine Geschichte auf Lager hat, der aber genau weiß, wie er sie erzählen wird, sobald ihm irgendwann eine einfällt.

Also.

Im Augenblick ist Dezember, ich liege im Bett – unter ungefähr vierzehn Decken – und mache nichts – abgesehen davon, dass ich mit jeder Sekunde mehr schwitze.

Also, nicht dass ihr euch Sorgen macht oder so, aber ich glaube, ich bin richtig krank. Ich habe feuchte Hände, mein Magen ist in Aufruhr, und ich bin deutlich blasser als noch vor zehn Minuten. Außerdem ist mein Gesicht von etwas befallen, was man nur als ... *Ausschlag* bezeichnen kann. Kleine rote Punkte, völlig willkürlich verteilt, ganz und gar *unsymmetrisch* auf Wangen und Stirn. Und ein großer auf dem Kinn. Und einer direkt am linken Ohr.

Ich werfe noch einen Blick in den kleinen Handspiegel, der auf meinem Nachttisch liegt, und dann seufze ich, so laut ich kann. Es besteht nicht der geringste Zweifel: Ich bin eindeutig schwer krank. Es wäre nicht gut, andere, mit womöglich weniger starkem Immunsystem, mit dieser gefährlichen

Infektion anzustecken. Ich muss diese Krankheit einfach allein durchstehen.

Den ganzen Tag. Ohne irgendwohin zu gehen.

Schniefend schiebe ich mich noch ein bisschen tiefer unter meine Bettdecke und werfe einen Blick auf die Uhr an der Wand gegenüber (ein raffiniertes Stück: Die Ziffern sind auf die Unterkante gemalt, als wären sie gerade runtergefallen. Allerdings muss ich, wenn ich es eilig habe, raten, wie spät es ist).

Und dann schließe ich die Augen und zähle im Geiste rückwärts:

10, 9, 8, 7, 6, 5, 4, 3, 2 …

An dieser Stelle geht wie immer, auf die Sekunde, die Tür auf, und das Zimmer explodiert. Überall Haare, Arme, Tasche und Mantel. So eine Art Mädchenbombe.

Und vor mir steht, wie durch einen punktgenauen Zauber, Nat.

Nat – um das mal festzuhalten – ist meine beste Freundin und wir harmonieren so perfekt, dass es ist, als hätten wir ein Gehirn, das bei der Geburt geteilt wurde. Oder (und das ist eher wahrscheinlich) zwei Gehirne, die kurz danach eine wundersame Verbindung eingegangen sind.

Kennengelernt haben wir uns allerdings erst, als wir fünf Jahre alt waren, also ist das rein metaphorisch gemeint, sonst wären wir ja beide tot.

Was ich sagen will: Wir sind ein Herz und eine Seele. Wir sind ein und dieselbe. Wir sind wie ein perfekter Bewusstseinsstrom, wir haben uns noch nie gestritten.

Wir arbeiten perfekt zusammen, in bedingungsloser Synergie. Wie zwei Delfine in Sea World, die exakt im selben Augenblick hochspringen und einander den Ball zuspielen.

Egal. Nat macht einen Schritt ins Zimmer, sieht mich an, hält inne und stemmt die Hände in die Hüften.

»Guten Morgen«, krächze ich unter den Decken und dann fange ich an, heftig zu husten. Menschlicher Husten ist im Allgemeinen hundert Stundenkilometer schnell, und ohne eitel sein zu wollen, möchte ich doch behaupten, dass meiner mindestens hundertzehn oder hundertfünfzehn erreicht. Es ist ein richtig schlimmer Husten.

»Vergiss es«, fährt Nat mich an.

Ich höre auf zu husten und sehe sie mit großen fragenden Augen an. »Hm?«, meine ich unschuldig. Und dann fange ich wieder an zu husten.

»Ich meine es ernst. Vergiss es ganz einfach.«

Ich habe *keine* Ahnung, was sie meint. Von dem Fieber ist sicher mein Gehirn angeschwollen.

»Nat«, sage ich schwach, schließe die Augen und lege die Hand an die Stirn. Ich glaube, ich bin an etwas ganz Schrecklichem erkrankt. Ich bin nur noch ein Schatten meiner selbst. Eine leere Hülse. »Ich habe schlechte Nachrichten.« Und dann schlage ich ein Auge auf und linse im Zimmer herum. Nat hat immer noch die Hände in die Hüften gestemmt.

»Lass mich raten«, sagt sie trocken. »Du bist krank.«

Ich setze ein mattes, aber tapferes Lächeln auf. So ein Lächeln, wie Jane es Lizzy in *Stolz und Vorurteil* schenkt, als sie eine ganz böse Erkältung erwischt hat und ganz tapfer ist. »Du kennst mich so gut«, sage ich liebevoll. »Es ist, als wären wir eins, Nat.«

»Und du hast völlig den Verstand verloren, wenn du glaubst, ich würde dich nicht augenblicklich an den Füßen aus dem Bett zerren.« Nat kommt ein paar Schritte näher. »Außerdem will ich meinen Lippenstift wiederhaben«, fügt sie hinzu.

Ich räuspere mich. »Lippenstift?«

»Den, mit dem du dir die Punkte ins Gesicht gemalt hast.«

Ich mache den Mund auf und klappe ihn wieder zu. »Das ist kein Lippenstift«, sage ich mit Piepsstimme. »Das ist eine gefährliche Infektion.«

»Dann hast du eine gefährliche Infektion mit Glitzereffekt, der zufällig perfekt zu meinen neuen Schuhen passt.«

Ich rutsche noch ein bisschen weiter unter die Bettdecke, bis nur noch meine Augen rausgucken. »Infektionen sind heutzutage sehr fortschrittlich«, erwidere ich möglichst würdevoll. »Manchmal sind sie extrem reflektierend.«

»Und enthalten winzige Goldplättchen?«

Ich hebe trotzig das Kinn. »Manchmal.«

Nat zieht die Nase kraus und verdreht dazu die Augen. »Richtig. Und dein Gesicht schwitzt weißes Talkumpuder aus, was?«

Ich schnüffle kurz. Oh, Sch... – *sugar cookies.* »Wenn man krank ist, muss man unbedingt für eine trockene Umgebung sorgen«, erkläre ich ihr so lässig wie möglich. »In einem feuchten Milieu können sich leicht Bakterien entwickeln.«

Nat seufzt wieder. »Steh auf, Harriet.«

»Aber ...«

»Raus aus dem Bett.«

»Nat, ich ...«

»Raus. Sofort.«

Ich richte den Blick voller Panik auf meine Daunendecke. »Aber ich bin nicht fertig! Ich hab noch meinen Schlafanzug an!« Einen letzten verzweifelten Versuch mache ich noch. »Nat«, sage ich, indem ich eine andere Taktik einschlage und mit ernster, tiefer Stimme spreche. »Du verstehst das nicht. Was meinst du, wie du dich fühlst, wenn du dich irrst? Wie willst du damit leben? Ich könnte sterben.«

»Ja, stimmt, du hast recht«, pflichtet Nat mir bei und macht noch zwei Schritte auf mich zu. »Du stirbst. Dich trennen buchstäblich nur noch zwei Sekunden vom Selbstmord, Harriet Manners. Und wenn das passiert, werde ich sehr gut damit leben können. Und jetzt steh auf, du Schaupielerin.«

»Ich bin krank.«

»Bist du nicht.«

»Ich sterbe!«

»Tust du nicht.«

Und bevor ich was tun kann, stürzt Nat sich auf mich und reißt mir die Decken weg.

Schweigen macht sich breit.

»Ach, Harriet«, sagt Nat schließlich traurig und zugleich triumphierend, doch darauf kann ich nun wirklich nichts mehr erwidern.

Denn ich liege vollständig bekleidet im Bett, mit Schuhen. Und in einer Hand halte ich eine Schachtel Talkumpuder und in der anderen einen leuchtend roten Lippenstift.

3

Okay, ich habe also ein bisschen gelogen.

Genauer gesagt, zwei Mal.

Nat und ich harmonieren ganz und gar nicht miteinander. Wir sind definitiv eng befreundet, und wir verbringen definitiv unsere ganze Freizeit miteinander, und wir lieben uns heiß und innig, aber es gibt jetzt, da wir fast erwachsen sind, doch den einen oder anderen Augenblick, wo unsere Interessen und Vorlieben ein ganz kleines bisschen auseinanderdriften.

Oder eher, nun ja – ein ganzes Stück.

Was uns nicht daran hindert, unzertrennlich zu sein. Wir sind beste Freundinnen, weil wir uns gegenseitig oft zum Lachen bringen – einmal hat Nat so gelacht, dass ihr der Orangensaft aus der Nase spritzte (auf den weißen Teppich ihrer Mutter – wir haben dann ziemlich schnell aufgehört zu lachen). Und weil ich mich daran erinnere, wie sie mit sechs im Ballettsaal auf den Boden gepinkelt hat, und weil sie der einzige Mensch in der Welt ist, der weiß, dass auf der Innenseite meiner Kleiderschranktür immer noch ein Dinosaurier-Poster hängt.

Aber in den letzten zwei Jahren hat es definitiv hier und da Punkte gegeben, wo unsere Wünsche und Bedürfnisse … ein klein wenig aneinandergeraten sind.

Was der Grund ist, warum ich behauptet habe, ein wenig kränker zu sein, als ich mich heute Morgen gefühlt habe (nämlich gar nicht besonders krank).

Genau gesagt: Mir geht's großartig.

Und es ist auch der Grund, warum Nat ein wenig bissig zu mir ist, als wir so schnell, wie meine Beine mich tragen, zum Schulbus rennen.

»Weißt du«, sagt Nat und seufzt, als sie zum zwölften Mal stehen bleiben muss, damit ich aufholen kann, »manchmal finde ich dich einfach unglaublich, Harriet. Letzte Woche habe ich mir mit dir diesen dämlichen Dokumentarfilm über die Russische Revolution angesehen, und der hat ungefähr hundert Stunden gedauert. Da ist doch das Mindeste, was du tun kannst, an diesem Schulausflug teilzunehmen, um mit mir zusammen einen Blick hinter die Kulissen der Modeindustrie zu werfen und Textilien aus Konsumentenperspektive zu betrachten.«

»*Shoppen*«, schnaufe ich und halte mir die Seiten, um nicht auseinanderzubrechen. »Man nennt es Shoppen.«

»Das steht so nicht auf dem Handzettel. Egal. Es ist ein Schulausflug: *Irgendwas* Pädagogisches muss dran sein.«

»Nein«, keuche ich, »ist es nicht.« Nat bleibt wieder stehen, damit ich sie einholen kann. »Es ist nur shoppen.«

Und – um fair zu sein – glaube ich, da habe ich nicht ganz unrecht. Wir fahren zur Clothes Show Live nach Birmingham. Die vermutlich so heißt, weil man sich dort Klamotten ansehen kann. Live. In Birmingham. Und man kann die Klamotten kaufen. Und danach mit nach Hause nehmen.

Was man normalerweise *shoppen* nennt.

»Das wird lustig«, sagt Nat ein paar Meter vor mir. »Die haben da alles, Harriet. Alles, was man sich nur wünschen kann.«

»Ehrlich?«, frage ich sarkastisch, was mir schwerfällt, denn inzwischen laufe ich so schnell, dass mein Atem anfängt zu pfeifen. »Etwa auch einen Triceratops-Schädel?«

»Nein.«

»Ein lebensgroßes Modell des ersten Flugzeugs?«

»... Wahrscheinlich nicht.«

»Oder ein Manuskript von John Donne, zu dem sie kleine weiße Handschuhe reichen, damit man es wirklich anfassen kann?«

»John Wie-bitte?«, fragt Nat mit einem kleinen Schnauben, und dann denkt sie darüber nach. »Ich halte es für sehr unwahrscheinlich, dass sie so etwas haben«, räumt sie ein.

»Dann haben sie nicht alles, was ich mir wünschen kann, oder?«

Wir sind endlich am Bus, und ich verstehe es einfach nicht: Wir sind beide dieselbe Entfernung gelaufen, wir haben beide dieselbe Energie verbraucht. Ich bin kleiner als Nat, also muss ich weniger Masse bewegen, in derselben Geschwindigkeit (im Durchschnitt). Und doch schnaufe ich – gegen alle Gesetze der Physik – mit hochrotem Kopf, während Nat nur ein wenig glüht und immer noch ganz entspannt durch die Nase ausatmen kann.

Manchmal ist Naturwissenschaft einfach vollkommen blödsinnig.

Panisch hämmert Nat an die Bustüren. Wir sind – dank meiner ausgezeichneten Schauspielkünste – wirklich ziemlich spät dran, und es sieht beinahe so aus, als würde die Klasse ohne uns abfahren. »Harriet«, fährt Nat mich an und dreht sich zu mir um, als die Türen dieses schmatzende Geräusche von sich geben, als würden sie küssen. »Zar Nikolaus II. wurde 1917 von Lenin gestürzt.«

Ich blinzle überrascht. »Ja«, sage ich, »stimmt.«

»Glaubst du wirklich, das würde mich interessieren? Nein. Genau. Es gehört nicht mal zu unserem Prüfungsstoff. Ich hätte es nie erfahren müssen. Jetzt bist du dran, ein paar verdammte

Schuhe in die Hand zu nehmen und Ah und Oh für mich zu sagen, denn Jo hat Garnelen gegessen, und weil sie allergisch ist auf Garnelen, ist sie krank geworden und konnte nicht mitkommen, und ich sitze nicht sieben Stunden allein in einem Bus. Okay?«

Nat atmet tief durch, und ich senke den Blick beschämt auf meine Hände. Sie hat recht. Ich bin eine sehr selbstsüchtige Person.

Ich bin auch eine sehr funkelnde Person: Meine Hände sind mit winzigem Goldflitter bedeckt.

»Okay«, sage ich leise. »Tut mir leid, Nat.«

»Ich verzeihe dir.« Die Bustüren gleiten endlich auf. »Und jetzt steig in diesen Bus und tu wenigstens für einen Tag so, als hättest du das winzigste, allerkleinste Fünkchen Interesse an Mode, okay?«

»Okay«, antworte ich, und meine Stimme wird noch leiser.

Denn, falls ihr es noch nicht begriffen habt, dann will ich euch jetzt verraten, was Nat und mich trennt:

Ich habe noch nicht einmal das winzigste, allerkleinste Fünkchen Interesse an Mode.

4

Oh, bevor wir in den Bus steigen, wollt ihr vielleicht ein bisschen mehr über mich erfahren.

Vielleicht auch nicht. Vielleicht denkt ihr: *Erzähl einfach weiter, Harriet, ich hab nicht den ganzen Tag Zeit.* Annabel sagt das dauernd. Erwachsene haben, soweit ich es überblicke, selten den ganzen Tag Zeit.

Egal, wenn ihr – wie ich – beim Frühstück den Text auf Müslischachteln und im Bad das Kleingedruckte auf Shampooflaschen lest und den Busfahrplan studiert, auch wenn ihr längst wisst, wann der Bus fährt, dann folgen hier noch ein paar Informationen:

1. Meine Mutter ist tot. Das ist normalerweise der Teil, wo die Menschen komisch gucken und davon anfangen, dass es nach Regen aussieht, aber da ich drei Tage alt war, als sie starb, vermisse ich sie so in der Art, wie man Figuren aus einem Roman liebt. Es fühlt sich unwirklich an.

2. Ich habe eine Stiefmutter, Annabel. Sie und mein Vater haben geheiratet, als ich sieben war. Sie lebt und sie ist Anwältin. (Ich muss diese beiden Eigenschaften so deutlich hervorheben, denn ihr würdet nicht glauben, wie oft sich meine Eltern über diese beiden Tatsachen streiten. »Ich lebe«, schreit Annabel dann. »Du bist Anwältin«,

schreit mein Vater zurück. »Wen willst du auf den Arm nehmen?«)

3. Mein Vater ist im Marketing tätig. »Nicht in der Werbung«, sagt Annabel immer auf Dinnerpartys. »Ich schreibe Werbung«, erwidert mein Vater dann jedes Mal frustriert. »Ich stecke so tief in der Werbung, wie man drinstecken kann.« Und an dem Punkt stampft er immer davon, um sich in der Küche noch ein Bier zu holen.

4. Ich bin ein Einzelkind. Dank meiner Eltern bin ich zu einem einsamen Leben verdammt und werde nie jemanden haben, mit dem ich mich auf dem Autorücksitz kabbeln kann.

5. Nat ist nicht nur meine beste Freundin. Sie hat sich diesen Titel selbst gegeben, obwohl ich gesagt habe, das sei ein bisschen überflüssig, denn sie ist auch meine einzige Freundin. Das könnte daran liegen, dass ich dazu neige, die Leute auf Grammatikfehler aufmerksam zu machen und ihnen Sachen zu erzählen, die sie nicht interessieren.

6. Und Listen anzulegen. Wie die hier.

7. Nat und ich haben uns vor zehn Jahren kennengelernt, als wir fünf waren, also sind wir jetzt fünfzehn. Ich weiß, das hättet ihr auch selbst rausgekriegt, aber ich kann nicht davon ausgehen, dass alle Leute gern kopfrechnen, nur weil ich es gern tue.

8. Nat ist schön. Als wir klein waren, haben Erwachsene ihr öfter die Hand unters Kinn gelegt und gesagt: »Die hier, die wird noch eine richtige Herzensbrecherin«, als könnte sie sie nicht hören und würde nicht längst überlegen, wann sie am besten damit anfinge.

9. Ich nicht. Ich wirke auf Menschen wie ein Erdbeben auf der anderen Seite der Erdkugel: Wenn ich Glück habe, kann ich darauf hoffen, dass mal eine Teetasse auf dem Unterteller klirrt. Und selbst das ist dann eine Überraschung und alle reden noch tagelang darüber.

Das ist so ungefähr das, was ihr im Augenblick wissen müsst. Nach und nach wird noch das eine oder andere durchsickern – wie die Tatsache, dass ich Toast nur in Dreiecken esse, weil es dann keine klitschigen Kanten gibt, und dass mein Lieblingsbuch die erste Hälfte von *Große Erwartungen* und die letzte Hälfte von *Sturmhöhe* ist –, aber das braucht ihr jetzt noch nicht zu wissen.

Möglicherweise braucht ihr das auch gar nicht zu wissen. Das letzte Buch, das mein Vater mir gekauft hat, hatte eine Knarre auf dem Umschlag.

Egal, die letzte charakteristische Eigenschaft, die ich beiläufig vielleicht schon erwähnt habe, ist:

10. Mit Mode habe ich absolut nichts am Hut.

Hatte ich noch nie und werde ich auch wohl nie haben.

Bis zum Alter von ungefähr zehn bin ich damit durchgekommen. Bis dahin gab es so etwas wie einen individuellen Kleidungsstil eh nicht: Entweder trugen wir die Schuluniform oder einen Schlafanzug oder einen Badeanzug oder waren für die Weihnachtsaufführung in der Schule als Engel oder Schafe verkleidet, und für Tage, an denen wir ausnahmsweise nicht in Schuluniform in die Schule kommen durften, mussten wir extra was kaufen gehen.

Und dann schlug wie ein riesiger, rosa glitzernder Vorschlaghammer die Pubertät zu. Plötzlich gab es Regeln, und es war wichtig, sie zu brechen – oder auch nicht. Plötzlich musste man sich auskennen mit Rocklängen und Hosenschnitten und Lidschattenfarben und Absatzhöhen und wie lange man riskieren konnte, ohne Mascara rumzulaufen, bevor die Leute einen als Lesbe beschimpften.

Plötzlich teilte sich die Welt in die, die's draufhatten, und die, die jämmerlich versagten. Und die, die dazwischensteckten und beim besten Willen den Unterschied nicht erkannten.

Leute, die weiße Socken und schwarze Schuhe trugen, die es toll fanden, Haare an den Beinen zu haben, weil es nachts so schön flaumig war. Leute, die das Schafskostüm bitter vermissten und es insgeheim gern in die Schule angezogen hätten, auch wenn gerade nicht Weihnachten war.

Leute wie ich.

Wären die Regeln logisch gewesen, hätte ich mein Bestes getan, um mitzuhalten. Ich hätte mir ein Kreis- oder Liniendiagramm gezeichnet und mich – wenn auch grollend – an die wesentlichen Dinge gehalten. Aber so ist Mode nicht, Mode ist wie ein glitzernder Goldfisch. Versucht man, sie am Hals zu packen, rutscht sie einem aus den Händen und schießt in eine ganz andere Richtung davon, und je verzweifelter man danach hascht, umso bescheuerter wirkt man auf andere. Bis man auf dem Boden rumrutscht und alle über einen lachen und der Goldfisch irgendwo unter einem Tisch verschwunden ist.

Also habe ich es – schlicht und ergreifend – gar nicht erst versucht.

Das Gehirn hat eh nur eine begrenzte Aufnahmefähigkeit, also bin ich zu dem Schluss gekommen, ich hätte dafür keinen Platz. Tatsachen wie die, dass Kolibris nicht laufen können oder dass ein Teelöffel voll Neutronensternen viele Milliarden Tonnen wiegt oder Elfenblauvögel die Farbe Blau nicht sehen können, interessieren mich eh viel mehr.

Nat dagegen hat die andere Richtung eingeschlagen. Und plötzlich hatten das Schaf und der Engel – die ganz glücklich in den Feldern um Bethlehem herumgetollt waren – nicht mehr viel gemeinsam.

Was unserer Freundschaft offensichtlich nicht geschadet hat. Sie ist immer noch das Mädchen, dessen erster Milchzahn in meinem Apfel stecken geblieben ist, und ich bin immer noch das Mädchen, das sich im Kindergarten einen ihrer Sonnenblumenkerne in die Nase steckte und nicht mehr rausbekam.

Doch manchmal – hier und da – wird die Kluft zwischen uns so groß, dass es scheint, als würde eine von uns durchrutschen.

Heute fühlt es sich sehr danach an, als wäre ich diesmal diejenige.

5

Egal.

Langer Rede kurzer Sinn: Ich bin nicht gerade begeistert, hier zu sein. Ich habe aufgehört zu jammern, aber sagen wir mal, ich drehe mich nicht unaufhörlich im Kreis und pupse in Abständen wie unser Hund Hugo, wenn er vor Freude ganz außer sich ist.

Ich habe sogar zwei Jahre lang extra den Werkunterricht besucht, um nicht an solchen Ausflügen wie heute teilnehmen zu müssen. Zwei Jahre lang habe ich mir unabsichtlich die Daumen abgeschmirgelt und bin beim Knirschen von Metall auf Metall zusammengezuckt, nur um mich vor so was wie heute drücken zu können. Und dann isst Jo Garnelen und kotzt ein bisschen und ZACK: Hier bin ich.

Egal, der erste Schritt in den Bus verläuft ereignislos: Ich bin direkt hinter Nat. Der zweite Schritt ist nicht ganz so erfolgreich. Der Bus fährt los, bevor wir uns gesetzt haben, und ich werde leicht zur Seite geschleudert. Dabei trete ich einen hübschen weichen grünen Schulrucksack durch die Gegend, wie ich noch nie in meinem ganzen Leben einen Fußball getreten habe.

»Idiot«, zischt Chloe, als sie sich ihn zurückholt.

»Bin ... bin ich nicht«, stammle ich, und meine Wangen glühen. »Ein Idiot hat einen IQ zwischen 50 und 69. Ich glaub, meiner ist ein bisschen höher.«

Doch beim dritten Schritt ufert die ganze Sache zur Katastrophe aus. Denn jetzt erblickt der Fahrer eine Entenfamilie auf der Straße und tritt so hart auf die Bremse, dass ich den Gang runtersegle. Ich packe instinktiv zu, um nicht mit dem Gesicht auf dem Boden zu landen – eine Kopfstütze, eine Schulter, eine Armlehne, ein Sitz.

Ein nacktes Knie.

»Iiiih«, höre ich eine angeekelte Mädchenstimme schreien, *»sie fasst mich an.«*

Das Mädchen starrt mich an, als hätte sie mich gerade ausgekotzt. Alexa.

6

Menschen, die Harriet Manners hassen:
1. Alexa Roberts

Alexa.

Nemesis, Widersacherin, Gegnerin, Erzfeindin. Wie auch immer man jemanden nennen will, der einen abgrundtief hasst.

Ich kenne sie drei Tage länger als Nat, und ich weiß immer noch nicht, was sie eigentlich für ein Problem mit mir hat. Der einzige Schluss, zu dem ich gekommen bin, ist der, dass ihre Gefühle mir gegenüber sehr dem ähneln, was ich über Liebe gelesen habe: leidenschaftlich, ziellos, unerklärlich und vollkommen unkontrollierbar. Sie kann nicht anders, als mich zu hassen, so wie Heathcliff auch nicht anders konnte, als Cathy zu lieben. Es ist ihr Schicksal, basta.

Was ganz nett wäre, wenn sie nicht so gemein wäre.

Und ich nicht so einen Horror vor ihr hätte.

Ein paar Sekunden lang starre ich Alexa im totalen Schock an. Ich klammere mich immer noch an ihr nacktes Knie wie ein verängstigtes Affenbaby an einen Baum. »Lass los«, fährt sie mich schließlich an. »Du meine Güte.«

Ich lasse los und krieche davon, verzweifelt bemüht, mich aufzurichten. Es gibt ungefähr 13.914.291.404 Beine auf der Welt – mindestens die Hälfte davon steckt in Hosenbeinen –, und ich muss ausgerechnet ihres erwischen?

»Iiih«, erklärt sie mit lauter Stimme jedem, der es hören will, »glaubt ihr, ich hab mir was gefangen? O Gott, ich spüre es schon …« Sie kauert sich auf ihren Sitz. »Nein … das Licht … es tut weh … ich spüre, wie ich mich verändere … Plötzlich möchte ich meine Hausaufgaben machen … Zu spät!« Damit schlägt sie die Hände vors Gesicht, zieht sie wieder weg, schielt, schiebt die Zähne vor und zieht die hässlichste Grimasse, die ich je im öffentlichen Personenverkehr gesehen habe. »Neeeeein! Ich habe mich angesteckt! Ich … ich … ich bin ja …. so … *laaaaangweilig!*«

Die Leute fangen an zu kichern, und von irgendwo links dringt leiser Applaus an mein Ohr. Alexa verbeugt sich zweimal, zieht noch eine Grimasse und wendet sich dann wieder ihrer Zeitschriftenlektüre zu.

Meine Wangen sind hochrot, meine Hände zittern. Meine Augen fangen an zu brennen. Eine ganz normale Reaktion auf eine rituelle Demütigung. Eines möchte ich an dieser Stelle ganz klarmachen: Es macht mir nichts aus, uncool zu sein. Uncool zu sein, ist völlig in Ordnung. Klar, es ist nicht besonders beeindruckend, aber es ist ziemlich unaufdringlich. Ich könnte den ganzen Tag einfach in Ruhe uncool sein, wenn die Leute mich bloß in Ruhe ließen.

Das Problem ist, dass sie das nicht tun.

»Jetzt mal im Ernst, Alexa«, wirft Nat mit lauter Stimme ein paar Meter hinter mir ein. »Hast du als Kind feuchte Farbe geschnüffelt oder was?«

Alexa verdreht die Augen. »Huch, Barbie spricht. Lauf und spiel mit deinen vielen Schuhen, Natalie. Das hat nichts mit dir zu tun.«

Inzwischen krame ich fieberhaft in meinem Hirn nach einer passenden Bemerkung: etwas Beißendes, Scharfes, Brennendes, zutiefst Verletzendes. Etwas, womit ich Alexa eine milde Ahnung von dem Schmerz verschaffen könnte, den sie mir Tag für Tag zufügt.

»Du bist doof«, sage ich mit der leisesten Stimme, die ich je gehört habe.

Ja, denke ich, das sitzt.

Sie hat mich nicht mal gehört.

Und dann recke ich das Kinn so hoch, wie ich es kriege, gehe den Rest des Gangs runter, ohne hinzufallen, und sinke auf den Sitz neben Nat, bevor die Knie unter mir nachgeben.

Ich sitze ungefähr drei Sekunden auf meinem Platz, als der Morgen prompt beschließt, noch mehr den Bach runterzugehen. Ich habe nicht mal Zeit, vorher mein Kreuzworträtsel aufzuschlagen. So schnell geht alles.

»Harriet!«, sagt eine Stimme und über der Kopfstütze des Vordersitzes taucht ein kleines strahlendes blasses Gesicht auf. »Du bist hier! Du bist wirklich, tatsächlich, tatsächlich hier!«

Als wäre ich der Weihnachtsmann und er wäre sechs und ich wäre gerade den Schornstein runtergeklettert.

»Ja, Toby«, sage ich zögernd. »Ich bin hier.« Und dann wende ich mich zu Nat um und blicke sie finster an.

Denn es ist Toby Pilgrim.

Toby »Meine Knie geben nach, wenn ich laufe«-Pilgrim. Toby »Ich bringe meinen eigenen Bunsenbrenner mit in die Schule«-Pilgrim. Toby »Ich trage Hosenspangen an den Hosenbeinen und hab nicht mal ein Fahrrad«-Pilgrim.

Nat hätte mir sagen müssen, dass er hier sein würde.

Ich reise jetzt mit meinem eigenen Stalker nach Birmingham.

7

Also. Ich habe eine Theorie.

Stellt euch vor, ihr seid ein Eisbär und findet euch plötzlich mitten im Regenwald wieder. Da gibt es fliegende Eichhörnchen, Affen und schrillgrüne Frösche, und ihr habt keine Ahnung, wie ihr hergekommen seid und was ihr als Nächstes tun sollt. Ihr seid einsam, ihr seid verloren, ihr habt Angst, und alles, was ihr – mit absoluter Gewissheit – sagen könnt, ist, dass ihr hier nicht hingehört.

Und jetzt stellt euch vor, ihr stoßt auf einen anderen Eisbären. Und ihr seid so froh, einen anderen Eisbären zu sehen – irgendeinen Eisbären –, dass es vollkommen egal ist, was dieser Eisbär für einer ist. Ihr lauft diesem Eisbären hinterher, nur weil er kein Affe ist. Oder ein fliegendes Eichhörnchen. Er ist der einzige Grund, warum es okay ist, ein Eisbär mitten im Regenwald zu sein.

Also, so ist das mit Toby. Ein Langweiler, über alle Maßen glücklich, dass er inmitten einer Welt voller normaler Menschen einen anderen Langweiler gefunden hat. Ganz aus dem Häuschen bei dem Gedanken, dass es noch jemanden gibt wie ihn.

Es geht ihm nicht um mich. Es geht ihm nur um meine gesellschaftliche Stellung.

Beziehungsweise darum, dass ich keine habe.

Lasst mich eines hier und jetzt klarstellen: Ich werde mich

nicht in jemanden verlieben, nur weil er aus demselben Holz geschnitzt ist wie ich. Ausgeschlossen.

Da bin ich lieber allein.

Oder verfalle einer unerwiderten Liebe zu einem Papagei. Oder zu einem dieser kleinen Affen mit gestreiften Schwänzen.

»Harriet!«, sagt Toby noch einmal, und ein ganz klein bisschen Popel hängt ihm aus der Nase. Er wischt ihn prompt mit dem Ärmel seines Pullovers ab und strahlt mich an. »Ich kann's nicht glauben, dass du mitkommst!«

Ich bedenke Nat mit einem wütenden Blick, und sie grinst, blinzelt und wendet sich wieder ihrer Zeitschrift zu. Wenn ich ganz ehrlich bin, habe ich im Augenblick nicht gerade das Gefühl, besonders mit ihr zu harmonieren. Ja, irgendwie ist mir danach, ihr mit meinem Kreuzworträtsel eins überzuziehen.

»Ja«, sage ich und versuche, ein wenig abzurücken. »Wie es aussieht, musste ich.«

»Aber ist das nicht toll?«, keucht er und klettert in seiner ungezügelten Begeisterung auf die Knie, um mich zu beeindrucken. Ich sehe, dass auf seinem T-Shirt ein Spruch steht: *Am schönsten ist es auf 127.0.0.1.* »Von allen Bussen der Welt steigst du ausgerechnet in meinen. Hast du gemerkt, was ich gemacht habe? Das ist ein Zitat aus *Casablanca*, allerdings hab ich das Wort Kaschemmen durch Bussen ersetzt.«

»Hast du, ja.«

Nat stößt ein kleines amüsiertes Prusten aus, und ich kneife sie unauffällig ins Bein.

»Weißt du, was ich heute Morgen gelernt habe, Harriet? Ich habe gelernt, dass der Begriff Faustregel ursprünglich aus der Medizin kommt. Bei Obduktionen haben Ärzte festgestellt, dass wenn man bei einer Leiche mit deren Hand eine Faust bildet, diese recht genau der Größe ihres Herzens entspricht. Ich kann dir das Buch ausleihen, wenn du willst. Allerdings ist auf Seite 143 ein Pizzafleck, um den du rumlesen musst.«

»Ähm. Gut. Danke.« Ich nicke verständnisvoll und dann hebe ich mein Kreuzworträtsel vors Gesicht, damit Toby kapiert, dass das Gespräch beendet ist.

Er kapiert's nicht.

»Und«, fährt er fort und schiebt meine Zeitschrift runter, um mich richtig ansehen zu können. »Weißt du, was wirklich unglaublich ist?«

»Was?« Witzig, aber wenn Toby sich so benimmt, begreife ich plötzlich, warum ich andere manchmal so nerve.

»Also, hast du gewusst, dass …« Der Bus schwenkt schaukelnd auf die mittlere Spur. Toby schluckt. »… dass …«, fährt er fort und leckt sich über die Lippen. Der Bus fährt schwankend wieder auf die rechte Spur. »… dass …« Tobys Gesicht wird augenblicklich grün, und er räuspert sich. »Nicht dass du denkst, ich ließe mich leicht ablenken, Harriet«, fährt er plötzlich mit Piepsstimme fort, »aber mir ist plötzlich nicht gut. Ich hab's nicht so mit Fahrzeugen, besonders nicht mit solchen, die fahren. Erinnerst du dich noch an den Aufsitzmäher in der ersten Klasse?«

Ich sehe ihn entsetzt an, und neben mir hört Nat augenblicklich auf zu grinsen. »O nein«, sagt sie mit tiefer Stimme. »Nein, nein.« Offensichtlich erinnert sie sich auch noch daran.

»Also, Harriet«, fährt Toby fort und leckt sich wieder die Lippen. Seine Farbe wird noch komischer. »Ich glaube, wir müssen den Bus anhalten.«

»Toby«, fährt Nat ihn in tiefem, warnendem Tonfall an, »atme durch die Nase ein und aus durch den …«

Doch es ist zu spät. Der Bus macht noch eine ruckartige Bewegung, und Toby wirft mir – wie in Zeitlupe – einen zutiefst entschuldigenden Blick zu.

Und dann kotzt er mir in den Schoß.

8

Ja.

Falls ihr euch wundert. Das hat Toby auch auf dem Aufsitzmäher in der ersten Klasse gemacht. Genau das, außer dass er seinen Horizont diesmal im wahrsten Sinne des Wortes erweitert und Nat ebenfalls getroffen hat.

Sie ist gar nicht begeistert.

Ich meine, ich bin auch nicht gerade begeistert. Ich bin nicht scharf darauf, vom Mageninhalt anderer Menschen getroffen zu werden. Aber Nat ist alles andere als glücklich.

Sie ist sogar so unglücklich, dass sie Toby immer noch anschreit, als der Bus zweieinhalb Stunden später vor der Clothes Show auf dem Messegelände in Birmingham vorfährt. Und Toby erzählt uns beiden immer noch, dass es ihm jetzt viel besser geht: »Ist es nicht witzig, dass man sich gleich wieder gut fühlt, sobald man mal gekotzt hat?«

»Nicht zu fassen!«, schimpft Nat und stapft über den Parkplatz. Wir tragen jetzt beide Sportklamotten. Ein Glück, dass zwei von den Jungen direkt nach dem Schulausflug Fußballtraining haben und Miss Fletcher sie – nach langem Protest – überreden konnte, uns für den Tag ihre Trikots zu leihen. Und so tragen wir jetzt orangefarbene Fußball-T-Shirts, grüne Fußball-Shorts und weiße Kniestrümpfe.

Also, mir gefällt's. Ich fühle mich darin sehr sportlich.

Nat ist nicht ganz so begeistert. Wir hatten natürlich keine anderen Schuhe dabei und meine Turnschuhe sehen dazu ganz normal aus, aber Nats rote hochhackige … na ja, nicht so.

»Weißt du, wie lange ich heute Morgen gebraucht habe, um mein Outfit zusammenzustellen?«, fährt sie Toby an, als wir uns dem Eingang nähern.

Toby denkt darüber nach, als wäre es keine rhetorische Frage. »Zwanzig Minuten?«, meint er. Nats Gesicht färbt sich in Richtung Puterrot. »Dreißig?« Nats Kiefer zuckt. »Anderthalb Stunden?«

»Sehr lange!«, brüllt sie. »Sehr, sehr lange!« Nat sieht an sich hinunter. »Ich hatte ein funkelnagelneues Kleid ausgesucht und meine lieblingshochhackigen und Leggins von American Apparel, Toby. Weißt du, was die kosten? Und ich habe ein Parfüm von Prada aufgelegt.« Sie reibt den grünen Nylonstoff der Shorts zwischen den Fingern. »Und jetzt trage ich ein Fußballtrikot von den Jungs und rieche nach Kotze!«

Ich tätschle ihr so tröstlich wie möglich den Arm.

»Wenigstens war meine Kotze schokoladig«, sagt Toby fröhlich. »Ich hatte Choco Krispies zum Frühstück.«

Nat knirscht mit den Zähnen.

»Egal«, fährt Toby unbekümmert fort, »ich finde, ihr seht toll aus. Ihr tragt denselben Look. Das ist ultratrendy.«

Nat schürzt die Lippen, ballt die Hände zu Fäusten und zieht die Augenbrauen dicht zusammen. Als würde man zusehen, wie jemand eine Flasche mit einem kohlesäurehaltigen Getränk schüttelt, ohne sie zu öffnen. »Toby«, sagt sie mit einem leisen Zischen. »Verschwinde. Augenblicklich.«

»Okay«, meint Toby. »Irgendwohin im Speziellen?«

»Irgendwohin. Verschwinde einfach. SOFORT.«

»Toby«, sage ich leise und fasse ihn am Arm. Ich bange wirklich um seine Sicherheit. »Ich glaube du gehst besser schon mal rein.« Ich werfe einen Blick auf Nat. »So schnell du kannst«, füge ich hinzu.

»Aha.« Toby denkt ein paar Sekunden darüber nach und nickt. »Aha. Verstehe. Kein großer Fan von Kotze, Natalie? Nein. Eher nicht. Dann sehen wir uns später.«

Und er verschwindet durch die Drehtür – nicht ohne mir über die Schulter etwas zuzuwerfen, was bedenklich nach einem Augenzwinkern aussieht.

Sobald er fort ist und in Sicherheit und ich weiß, dass Nat ihm nicht mehr den Kopf abreißen und an einen Taubenschwarm verfüttern kann, wende ich mich zu ihr um.

»Nat«, sage ich vorsichtig. »So schlimm ist es doch gar nicht. Ehrlich. Wir riechen gut. Und wenn du meinen Mantel überziehst, sieht niemand, was du anhast. Er ist länger als deiner.«

»Du kapierst es nicht.« Plötzlich löst sich ihre ganze Wut in Luft auf, und sie ist nur noch kreuzunglücklich. »Du kapierst es einfach nicht, Harriet.«

Ich finde, Nat unterschätzt mein Einfühlungsvermögen. Was schade ist, denn ich bin ein sehr empathischer Mensch.

Em-pa-thisch. Nicht pa-the-tisch.

»Logisch kapier ich es«, sage ich beruhigend. »Du magst Fußball nicht. Das ist mir schon klar.«

»Darum geht es doch gar nicht. Verstehst du das nicht, Harriet? Heute ist ein ganz wichtiger Tag. An dem es ganz besonders wichtig ist, gut auszusehen.«

Ich glotze sie verständnislos an. Nach ein paar Sekunden verdreht Nat die Augen und schlägt sich frustriert mit der Hand an die Stirn. »Sie sind da drin.«

Ich schaue auf die Drehtüren. »Wer?«, flüstere ich entsetzt und überlege ein paar Sekunden. »Vampire?«

»Vampire?« Nat sieht mich bestürzt an. »Harriet, du musst endlich mal ein paar anständige Bücher lesen.«

Ich weiß gar nicht, was sie da redet. Dass ich viele Bücher über Dinge besitze, die es in der wirklichen Welt eigentlich nicht gibt, heißt doch nicht, dass ich nicht mit beiden Beinen fest auf der Erde stehe. Denn das tue ich.

»Okay, wer dann?« Geister?

Nat atmet tief durch. »Harriet, ich war's«, sagt sie und weicht meinem Blick aus. »Ich habe Jo die Garnelen ins Essen getan.«

Ich glotze sie verständnislos an. »Nat! Warum? Warum hast du das getan?«

»Weil ich dich heute brauche«, sagt sie ganz leise. »Ich brauche dich zur Unterstützung. Denn sie sind da drin.« Wieder richtet sie den Blick auf die Türen und schluckt.

»Wer?«

»Modelagenten, Harriet«, sagt Nat, als wäre ich vollkommen idiotisch. »Haufenweise Modelagenten.«

»Oh«, sage ich belämmert und überlege. »Ooooooooh.«

Denn ich kapiere endlich, warum ich hier bin.

9

Wir waren sieben, als Nat beschloss, sie wolle Model werden.

»Himmel«, sagte eine Mutter bei einer Schuldisco. »Natalie. Du wächst zu einer wahren Schönheit heran. Vielleicht kannst du ja Model werden, wenn du mal groß bist.«

Ich war gerade dabei, die Taschen meines Partykleids mit Schokoladenkuchen und Fruchtgummis vollzustopfen, doch da hielt ich inne. »Ein Modell von was?«, fragte ich neugierig. Und meine gierige kleine Hand schoss vor, um sich eine Mini-Biskuitrolle zu schnappen. »Ich habe ein Modell-Flugzeug«, fügte ich stolz hinzu.

Die Mutter bedachte mich mit einem Blick, den ich inzwischen schon gewohnt war.

»Ein Model«, erklärte sie Nat, »ist jemand, Mädchen oder Junge, der absurde Mengen Geld dafür bekommt, dass er Kleider trägt, die ihm nicht gehören, und sich fotografieren lässt.«

Ich schaute Nat an und sah schon, wie ihre Augen anfingen zu glänzen: Die Saat des Traums war gesät.

»Bleibt nur zu hoffen, dass du groß und dünn wirst«, fügte die Mutter bitter hinzu. »Denn wenn du mich fragst, sehen die alle aus wie Aliens.«

An diesem Punkt nahm Nat die Schokoladenkuchen wieder aus ihren Taschen und hockte den Rest des Abends auf dem Fußboden, während ich an ihren Füßen zog, damit ihre Beine länger wurden.

Und ich redete den Rest des Abends unermüdlich über Raumfahrt.

Endlich ist der Tag gekommen.

Acht Jahre *Vogue* kaufen und keinen Nachtisch essen (Nat, ich nicht, ich esse ihren) und endlich haben wir es geschafft: Wir sind am Ziel von Nats Bestimmung. Ich fühle mich ein bisschen wie Sam in *Herr der Ringe,* kurz bevor Frodo den Ring in die Flammen des Schicksalsbergs wirft. Allerdings positiver, ja, geradezu magisch gestimmt. Mit nicht ganz so haarigen Füßen.

Doch Nat wirkt gar nicht so enthusiastisch, wie ich erwartet hätte. Sie wirkt eher eingeschüchtert und steif wie ein Brett: In meinen Mantel gehüllt steht sie reglos mitten im Eingang zum Messezentrum und starrt auf die Menschenmenge, als sei diese ein Teich voller Fische und Nat eine sehr hungrige Katze. Ehrlich, ich bin mir nicht mal sicher, ob sie noch atmet. Nach ein paar Minuten bin ich versucht, das Ohr an ihre Brust zu legen, um mal nachzuhören.

Allerdings geht sie es auch ganz falsch an.

Ich weiß – dank der Lektüre vieler Bücher und der Mitgliedschaft in einem Internetforum – sehr viel über Geschichten und Magie, und die grundlegendste Regel lautet: Es muss überraschend kommen. Niemand ist in einen Schrank gesprungen, um Narnia zu finden. Sie sind nicht den Wunderweltenbaum hochgeklettert, weil sie wussten, dass es ein Wunderweltenbaum war, sie dachten, es wäre bloß ein sehr großer Baum. Harry Potter hat sich für einen ganz normalen Jungen gehalten, Mary Poppins war eigentlich ein ganz normales Kindermädchen.

Es ist die erste und einzige Regel: Magie geschieht dann, wenn niemand damit rechnet.

Doch Nat sucht danach, und je angestrengter sie sucht, desto weniger wahrscheinlich ist es, dass sie geschieht. Mit ihrem wissenden, lauernden Schwingungen verscheucht sie die Modemagie förmlich.

»Komm«, sage ich und versuche sie abzulenken, indem ich an ihrem (genauer gesagt, meinem) Mantelärmel ziehe. Ich muss ihre Gedanken nur auf etwas anderes bringen, damit die Magie ihre Wirkung entfalten kann. »Lass uns reingehen und shoppen, ja?«

»Mhm.«

Ich glaube, sie hört mich gar nicht mehr. »Sieh mal!«, sage ich begeistert und zerre sie an den erstbesten Stand. »Nat, schau! Handtaschen! Schuhe! Haargummis!«

Nat bedenkt mich mit einem abwesenden Blick. »Du schleifst meinen Mantel über den Boden.«

»Oh.« Ich ziehe ihn wieder über meinen Arm und zerre Nat – mit dem anderen, freien Arm – zum nächsten Stand.

»Was meinst du?«, sage ich, wähle einen zierlichen, mit blauen Paletten besetzten Hut und setze ihn auf. Als wir klein waren, haben wir endlose Stunden in Kaufhäusern verbracht und Hüte anprobiert und so getan, als wären wir in *My Fair Lady*.

»Mhm.« Nat wird noch starrer und blickt über die Schulter.

»Komm. Was hältst du von dem hier?« Ich nehme einen großen schlabbrigen Hut, der mit großen rosafarbenen Blumen verziert ist, und setze ihn auf. »Schau.« Ich wackle mit dem Hintern.

Nat schießt abrupt herum. »O Gott«, flüstert sie, und es dauert ein paar Sekunden, bis mir aufgeht, dass ihre Bemerkung nicht das Geringste mit meinem Hintern zu tun hat.

»Hast du einen gesehen?«

»Ich glaube schon!« Sie schaut noch mal hin. »Ja, ich glaube, ich kann definitiv einen Agenten sehen!«

Ich spähe in die Menschenmenge, aber ich kann keinen entdecken. Die sind sicher wie Feen: Man kann sie nur sehen, wenn sie es wollen.

»Rühr dich nicht vom Fleck, Harriet«, flüstert Nat hektisch und bewegt sich in die Menschenmenge hinein. »Bleib, wo du bist. Ich bin in einer Sekunde wieder da.«

Ich kapiere gar nichts mehr.

»Aber ...« Dies ist widersinnig. »Brauchst du mich denn nicht?«, rufe ich hinter ihr her. »Bin ich nicht deswegen hier? Um dich zu unterstützen?«

»Im Geiste reicht auch, Harriet«, ruft Nat zurück. »Hab dich lieb!«

Und dann verschwindet sie ganz.

10

Im Geiste?

Will sie mich auf den Arm nehmen? Im Geiste?

Im Geiste hätte ich sie auch ganz zufrieden von meinem Schlafzimmer aus unterstützen können, vielen Dank. Ich hätte Nat von meinem vermeintlichen Sterbelager aus Unterstützung simsen können.

Vergrätzt setze ich den nächsten Hut auf. Wisst ihr, was? Das nächste Mal, wenn Nat mit mir shoppen gehen will, stürze ich mich *eiskalt* die Treppe runter.

»Verzeihung?«, stört mich jemand in meinen Gedanken, und als ich mich umwende, starrt mich eine Dame mit einer tiefen Falte zwischen den Augenbrauen an. »Können Sie lesen?«

»Ähm«, antworte ich überrascht. »Ja. Sehr gut sogar. Im Lesen habe ich überdurchschnittlich gute Noten. Aber danke, dass Sie fragen.«

»Ehrlich? Können Sie dieses Schild hier lesen? Lesen Sie es doch bitte einmal laut vor.«

Die arme Dame. Vielleicht hat sie beim Lesen in der Schule öfter mal geschwänzt. »Natürlich«, sage ich in freundlichem und – wie ich hoffe – nicht herablassendem Tonfall. Nicht jeder profitiert gleichermaßen von seiner schulischen Bildung. »Da steht: *Bitte die Hüte nicht berühren.*«

Es entsteht eine Pause, und in dieser Pause geht mir auf, dass sie vermutlich gar kein Problem mit dem Lesen hat. »Oh«, füge ich hinzu, als ich begreife, worauf sie hinauswollte.

»Das ist ein Hut«, sagt sie und zeigt auf den Hut in meiner Hand. »Und das ist ein Hut.« Damit zeigt sie auf den auf meinem Kopf. »Und Sie berühren sie überall.«

Ich lege den Hut in meiner Hand schnell wieder auf den Stand und packe den auf meinem Kopf. »Tut mir leid. Der ist … ähm … sehr …« Was? Wie beschreibt man einen Hut? »… hutig«, improvisiere ich, und dann tätschle ich ihn und lege ihn zurück auf den Stand.

In diesem Augenblick bleibe ich mit einem runtergekauten Fingernagel an einer Blüte hängen.

Wir sehen zu, wie sich die Blume vom Hut löst und sich auf den Boden schmeißt, wie ein Kind, das einen Wutanfall bekommt. Und dann – wie in Zeitlupe – reißt, wie es aussieht, ein Faden, und die Blüten an dem Band segeln eine nach der anderen zu Boden.

Oh. *Sugar Cookies*.

»Das ist eine sehr interessante Designlösung«, sage ich, nachdem ich mich zwei Mal verlegen geräuspert habe, und setze an, mich zu entfernen. »Selbstlösende Blüten? Sehr modern.«

»Die sind nicht selbstlösend«, sagt die Hut-Dame mit tiefer, zorniger Stimme und starrt auf den Blütenberg am Boden. »Sie haben sie gelöst.« Und dann zeigt sie auf ein mit Filzstift geschriebenes Schild: *Wer was kaputt macht, bezahlt es.* Gefolgt von einem vollkommen deplatzierten Smiley – so etwas habe ich im Leben noch nicht gesehen. »Und das da geht auf Ihre Rechnung.«

Himmel! Sie klingt ein wenig wie ein Mitglied der italienischen Mafia. Vielleicht hat die Mafia eine Hut-Abteilung.

»Wissen Sie«, sage ich und entferne mich noch ein bisschen weiter. »Sie haben großes Glück, dass mir nichts passiert ist. Ich hätte an einer dieser Blüten ersticken und sterben können. Der Dramatiker Tennessee Williams ist an einem Flaschenverschluss erstickt. Wie würden Sie sich dann fühlen?«

»Ich nehme Bargeld oder Kreditkarte.«

Ich mache noch ein paar Schritte rückwärts, doch sie folgt mir. »Ich sag Ihnen was«, erwidere ich und ahme Annabel, die Anwältin, nach, so gut es geht: »Wie wäre es, wenn ich vergesse, dass Sie versucht haben, mich umzubringen, und Sie vergessen, dass ich Ihren Hut kaputt gemacht habe? Wie klingt das?«

»Sie bezahlen den Hut«, sagt sie und macht noch einen Schritt auf mich zu.

»Nein.«

»Sie bezahlen den Hut.«

»Ich kann nicht.«

»Sie bezahlen den H…«

An diesem Punkt greift das Schicksal oder das Karma oder das Universum oder ein Gott ein, der mich nicht besonders mag. Vielleicht auch die karmischen Helfer der italienischen Hut-Mafia.

Und schmeißen mich mit dem Hintern voran in den Stand.

11

Menschen, die Harriet Manners hassen:
1. Alexa Roberts
2. Die Hut-Dame
3. Die Besitzer der Stände 24D, 24E, 24F, 24G und 24H

Ich will Nats Mantel die Schuld geben, der schon wieder über den Boden schleifte aber davon will die Hut-Dame nichts hören. Es gibt einen Haufen Geschrei: hauptsächlich meins, gefolgt von ihrem. Und dann wird die Menschenmenge plötzlich größer.

Anscheinend habe ich nicht nur den angrenzenden Tisch mit den Hüten darauf umgestoßen. Der Stand hat wie ein Dominostein den daneben umgeworfen, und der hat wie ein Dominostein den nächsten umgeworfen, und bevor ich es mitkriege, sind sechs Stände ruiniert, sämtliche ausgestellten Waren kreativ auf dem Boden verstreut und ich mittendrin.

Daran sind meiner Meinung nach nur diese dämlichen Trennwände schuld. Sie sind nicht stabil genug.

Ich traurigerweise auch nicht.

»Genau deswegen wollte ich nicht, dass Sie die Hüte anfassen«, schreit die Hut-Dame mich an, während ich versuche, auf die Füße zu kommen. Sobald ich die Hände aufstützen will, knirscht etwas. Und nicht gerade fröhlich. Eher so, als wäre ich mit der Hand durch eine Hutkrempe gestoßen. »Sie haben alles kaputt gemacht.«

Von meiner Position aus kann ich sehen, dass die Tische mindestens sieben Hüte platt gedrückt haben, weitere drei sind von dem Wasserkrug auf einem der jetzt umgestoßenen Stühle getroffen worden. Zusammen mit dem Schild.

Weitere vier Hüte haben schuhförmige Einbuchtungen und Fußabdrücke auf der Krempe.

Und ich sitze auf mindestens dreien.

Okay … wo sie recht hat, hat sie recht.

»Es tut mir leid«, sage ich immer wieder (knirsch, knirsch, knirsch). Ich bemühe mich immer noch aufzustehen und scheitere jämmerlich. Wohin ich auch schaue, sehe ich in die Gesichter von Menschen, die mich nicht besonders zu mögen scheinen. »Es tut mir wirklich leid. Ich bezahle es. Ich bezahle alles.«

Ich habe keine Ahnung, wie, aber vermutlich wird es nur mit endlosem Autowaschen und rund sechshundert Jahren Hausarrest gehen.

»Das reicht nicht«, schreit die Frau. »Das wird nicht reichen! Dies ist mein wichtigster Verkaufstag im ganzen Jahr! Ich muss die Aufmerksamkeit potenzieller Kunden erregen!«

Ich sehe mich rasch um. Also, der Größe der Menschenmenge nach zu urteilen, hat sie auf jeden Fall Interesse geweckt. Obwohl die Leute vielleicht nicht unbedingt was kaufen wollen.

»Es tut mir leid«, sage ich noch einmal mit hochrotem Kopf – denn es tut mir wirklich ehrlich sehr leid – und ich bin kurz davor, vor lauter Schuldgefühlen in Tränen auszubrechen, da beugt ein Mann mit einem freundlichen Gesicht sich vor und packt meine Hand.

»Ich fürchte, du musst mit mir kommen«, sagt er entschlossen mit einem Blick auf die Hut-Dame. »Und machen Sie sich keine Sorgen, Herzchen«, fügt er hinzu. »Sie wird die Hüte bezahlen. Dafür werde ich persönlich sorgen.«

Damit führt er mich vom Schlachtfeld.

Ich glotze ihn mit offenem Mund sprachlos an.

Nicht zu fassen.

Ich bin heute schon beinahe an meiner angeblichen Krankheit gestorben, bin – drei Mal – hingefallen, angebrüllt und gedemütigt worden, man hat auf mich gekotzt, ich wurde allein gelassen, und es ist mir gelungen, auf einer Modemesse eine ganze Reihe Stände dem Erdboden gleichzumachen.

Und just an dem Punkt, wo ich denke, schlimmer kann es gar nicht kommen …

Ich glaube, ich bin gerade verhaftet worden.

12

Das passiert, wenn ich gezwungen werde, mich in die Öffentlichkeit zu begeben.

»Ich war's nicht!«, keuche ich, während der Mann mich durch die Menschenmenge zerrt. Er hält mich an der Hand, und wenn ich ehrlich bin, weiß ich gar nicht, ob er das überhaupt darf. Ich glaube, es ist illegal oder so. »Ich meine«, korrigiere ich mich, »ich hab's schon getan. Aber ich wollte es nicht. Ich bin nur …« Wie soll ich es formulieren? »… nicht gesellschaftstauglich, das ist alles.«

Und – nur damit ihr es wisst – darauf werde ich auch vor Gericht plädieren.

»Pausbäckchen, das sagst du aber schön«, wirft der Mann mit hoher Stimme, die nicht so recht zu ihm passen will, über die Schulter. »Die Gesellschaft ist langweilig, findest du nicht. Viel besser, ausgestoßen zu werden.«

Wie hat der mich eben genannt?

»Ich bin nicht ausgestoßen worden«, erkläre ich empört. »Ich kriege erst gar keinen Fuß in die Tür. Egal«, füge ich so resolut wie möglich hinzu, »Sie sollten wissen, dass ich erst fünfzehn bin.« Zu jung, um ins Gefängnis zu gehen, möchte ich hinzufügen, aber ich will ihn auch nicht auf dumme Gedanken bringen.

»Fünfzehn? Perfektomondo, mein kleines Zuckerkätzchen. Genau das, was ich suche. Riesenpotenzial für kostenlose Publicity.«

Ich werde kreidebleich. Kostenlose Publicity? Gütiger Himmel, er will mich als warnendes Beispiel für andere minderjährige Möchtegern-Hut-Vandalen hinstellen.

»Bevor Sie mich irgendwohin bringen«, sage ich rasch, »muss ich meine beste Freundin finden. Sie weiß nicht, wo ich bin.« Und, füge ich im Geiste hinzu, wenn Sie Nat beim Shoppen stören, wird sie Sie in Stücke reißen und an ein paar Zwergponys verfüttern. Damit müsste eigentlich noch ein wenig Zeit zu gewinnen sein, bevor sie mich einbuchten.

Besonders da sie zuerst ein paar Zwergponys finden muss. Und ich weiß nicht, wo man in Birmingham Zwergponys herbekommt.

Er bleibt stehen und wirbelt, die freie Hand in die Hüfte gestemmt, herum. »Mini-Tritop, sobald ich ein Foto von dir habe, kannst du gehen, wohin du willst.« Und dann klingelt er förmlich vor Lachen. Ja, er klingelt.

Ich erstarre. »Ein Foto?«

»Ja, mein kleiner Pfirsich Melba. Ich könnte ein Porträt zeichnen, aber das haben die in der Zentrale beim letzten Mal gar nicht lustig gefunden.« Er kichert und schiebt mich mit schlaffem Handgelenk weg. »Oh«, fügt er beiläufig hinzu. »Ich bin übrigens Wilbur – *bur,* nicht *iam* – von Infinity Models.«

Ich bekomme augenblicklich weiche Knie, doch Wil-bur-nicht-iam zerrt mich weiter, als hätte ich Räder. Plötzlich weiß ich, wie Toby sich fühlt, wenn er sich an Hochsprung wagt.

Infinity Models?

Infinity Models?

Nein.

Nein, nein, nein, nein.

Nein, nein, nein, nein, nein, nein. Neineineineineinein.

»Oh, der Morgen war der reinste Albtraum«, fährt Wilbur fort, als würde er mich nicht förmlich über den Boden schleifen.

»Aber w…w…w…warum?«, bringe ich schließlich stotternd heraus.

»Ach, weißt du, das totale Chaos. Die Birmingham Clothes Show: Höhepunkt des Modejahres und so weiter und so fort. Also, abgesehen natürlich von der London Fashion Week. Und Mailand. Und New York. Und Paris. Genau genommen steht sie ziemlich weit unten auf der Liste, aber, hey, es macht trotzdem Spaß.«

Ich spüre meine Lippen nicht richtig. »N…n…nein, nicht warum es so hektisch war. Warum wollen Sie mein Foto?«

»Oh, Baby Baby Panda«, sagt er über die Schulter. Wie bitte? Baby Baby Panda? »Du bist genau das, was ich suche. Du bist so … also, du bist so von morgen, du bist schon nächster Mittwoch. Nein: Du bist der Donnerstag drauf. Verstehst du, was ich meine?«

Ich glotze ihn mit leicht geöffnetem Mund an. Ich kann wohl mit Sicherheit behaupten, dass die Antwort darauf Nein lautet.

»Aber …«

»Und ich *liebe* diesen Look«, unterbricht er mich und zeigt auf das Fußballtrikot. »So neu. So frisch. So ungewöhnlich. Einfallsreich.«

»Auf meiner Jeans war Kotze«, platze ich ungläubig heraus. »Choco Krispies.«

»Auf meiner Jeans war Kotze. Ich liebe es. Was für eine Fantasie! Zuckerzehchen …« Hier unterbricht Wilbur sich, um mich durch eine besonders dicht gedrängte Menschenmasse von wirklich zornig aussehenden Mädchen zu zerren. »Ich glaube, du kannst meine Karriere retten, mein kleines Tigernäschen.«

Ein Mädchen hinter mir murmelt verdutzt: »Hey, die hat aber rote Haare.«

(Da täuscht sie sich übrigens, meine Haare sind nicht rot, sondern rotblond.) »Ich verstehe nicht ...«

»Bald wird dir alles klar«, versichert Wilbur mir. »Oder auch nicht, aber, hey: Klarheit wird so was von überschätzt.« Er drückt mich an die Wand. »Und jetzt stell dich dahin und sieh fantastisch aus.«

Was? Ich weiß doch gar nicht, wie man das macht.

»Aber ...«, setze ich noch einmal an.

Wilbur macht ein Polaroidfoto, schüttelt es und legt es auf den Tisch. »Und jetzt dreh dich zur Seite?«

Ich starre ihn an, immer noch wie gelähmt vor Schock. Das alles ergibt doch überhaupt keinen Sinn. Er macht »Tz, tz, tz« und dreht mich behutsam an den Schultern, sodass ich an die andere Wand blicke, und macht noch ein Foto.

»Wilbur ...« Ich wende mich um, um in der Menschenmenge hektisch nach Nats dunklem Schopf zu suchen, doch ich kann sie nirgends entdecken.

»Baby-Pudding«, unterbricht Wilbur mich wieder, »weißt du, dass du aussiehst wie ein Laubfrosch? Schatz, du könntest ohne jede Hilfe einen Baum hochklettern, und es würde mich nicht im Geringsten überraschen.«

Ich verharre und starre ihn wieder mit offenem Mund an. Hat er gerade gesagt, ich sähe aus wie etwas mit Saugnäpfen an den Füßen?

Und dann klärt sich der Nebel in meinem Kopf. Konzentrier dich, Harriet. Um Himmels willen, konzentrier dich.

»Ich muss gehen«, erkläre ich hektisch, als Wilbur mich auf die andere Seite dreht, um ein letztes Foto zu machen. »Ich muss hier raus. Ich muss ...«

Doch es ist zu spät. Da drüben ist Nat, sie kommt schnurstracks auf uns zu.

Und zwei Dinge weiß ich ganz genau:

1. Die Magie ist entsetzlich fehlgeschlagen.
2. Nat wird mich umbringen.

13

Mich unter dem Tisch zu verstecken, ist womöglich nicht die beste Blitzentscheidung, die ich je getroffen habe, aber es ist das Einzige, was mir einfällt.

Und das ist ein Problem.

Erstens, weil Wilbur weiß, dass ich hier bin. Er hat gerade mit angesehen, wie ich auf alle viere gesunken und davongekrabbelt bin. Zweitens, weil die Tischdecke nicht ganz bis zum Boden reicht.

Und drittens, weil hier unten schon jemand ist.

»Hi«, sagt die Person unter dem Tisch und bietet mir einen Kaugummi an.

Es gibt Zeiten in meinem Leben, da arbeiten die Synapsen in meinem Gehirn sehr schnell. Zum Beispiel bei Englischarbeiten, da bin ich mit dem Aufsatz meistens so schnell fertig, dass ich noch jede Menge Zeit habe, kleine ergänzende Illustrationen an den Rand zu malen in der Hoffnung, dafür Extrapunkte zu bekommen.

Doch es gibt auch Zeiten, da tun die Synapsen in meinem Gehirn gar nichts. Da hocken sie bloß in verdutztem Schweigen da und zucken mit den Achseln.

Dies ist so eine Situation.

Ein paar Sekunden starre ich schockiert auf den Kaugummi und blinzle den Jungen an, der ihn mir hinhält. Er sieht so gut aus, dass es mir vorkommt, als wäre mein Gehirn kollabiert und mein Schädel würde sich jeden Augenblick zusammenfalten.

Was gar kein so unangenehmes Gefühl ist, wie man vielleicht meinen könnte.

»Und?«, sagt der Junge, lehnt sich an die Wand und sieht mich mit gesenkten Augenlidern an. »Willst du jetzt einen Kaugummi oder nicht?«

Er ist, glaube ich, ungefähr in meinem Alter, und er sieht aus wie ein dunkler Löwe. Er hat große, schwarze Locken, die in alle Richtungen zeigen, und schräg stehende Augen und einen breiten Mund mit hochgezogenen Mundwinkeln. Er sieht dermaßen gut aus, dass alles, was ich im Kopf hören kann, ein hoher, schriller Ton ist. Angeblich ist die Interaktion von 72 verschiedenen Muskeln erforderlich, damit der Mensch sprechen kann, und jetzt im Augenblick arbeitet bei mir kein einziger davon.

Ich mache den Mund ein paar Mal auf und zu, wie ein Goldfisch.

»Ich sehe«, fährt er mit träger Stimme fort, die mir einen leichten Akzent zu haben scheint, »dass es eine äußerst wichtige Entscheidung ist, über die du sorgfältig nachdenken musst. Also gebe ich dir noch ein paar Sekunden, um die Vor- und Nachteile abzuwägen.«

Er hat richtig spitze Raubtierzähne, und wenn er ein F spricht, bleiben sie an der Unterlippe hängen. Unter seinem linken Auge ist ein Leberfleck, und er riecht irgendwie grün, wie … Gras. Oder Gemüse. Vielleicht auch wie Limonenbonbons.

Am Hinterkopf steht eine Locke hoch wie ein kleiner Entenschwanz.

Und mir wird gerade bewusst, dass ich ihn immer noch anstarre, und er sieht mich immer noch an und wartet auf meine

Antwort. Was ein Problem ist, denn die Synapsen in meinem Hirn arbeiten immer noch nicht wieder normal.

Rasch krame ich in meinem Kopf nach einer angemessenen Antwort.

»In Singapur ist Kaugummi verboten«, flüstere ich, »per Gesetz.« Und dann blinzle ich zweimal. Das war wahrscheinlich keine besonders gute Gesprächseröffnung.

Er reißt die Augen weit auf. »Sind wir in Singapur? Wie lange habe ich geschlafen? Wie schnell reist dieser Tisch?«

Nicht schlecht, Harriet.

»Nein«, antworte ich flüsternd, und meine Wangen brennen schon, »wir sind immer noch in Birmingham. Ich meine nur, wenn wir in Singapur wären, könnten wir allein dafür, dass wir Kaugummi in unserem Besitz haben, verhaftet werden.«

Halt den Mund, Harriet.

»Ehrlich?«

»Ja.« Ich schlucke. »Aber zum Glück sind wir ja nicht in Singapur, dir kann also nichts passieren.«

»Puh, dem Himmel sei Dank für die englische Gesetzgebung«, sagt er und lehnt den Kopf wieder an die Wand. Seine Mundwinkel zucken. »Das war knapp, was?« Und dann breitet sich Schweigen aus, während er die Augen schließt und ich knallrot anlaufe und überlege, ob es möglich ist, einen noch schlechteren ersten Eindruck zu machen.

Ist es nicht.

»Ich bin Harriet Manners«, bringe ich schließlich raus, und dann strecke ich ihm die Hand hin, um seine zu schütteln, merke, dass sie vor Nervosität ganz feucht ist, ziehe sie zurück und tue so, als müsste ich mich am Knie kratzen.

»Hallo, Harriet Manners«, sagt der Löwen-Junge, und alles, was ich denken kann, ist: Ich weiß, dass da draußen vor dem

Tisch etwas ist, wovor ich weglaufen sollte, aber ich erinnere mich nicht mehr recht daran, was.

»Ähm ...« Denk nach, Harriet. Lass dir irgendetwas Normales einfallen, was du sagen könntest. »Bist du schon lange hier?«

»Ungefähr eine halbe Stunde.«

»Warum?«

»Ich verstecke mich vor Wilbur. Er benutzt mich als Köder. Er stößt mich in die Meute, um zu sehen, wie viele hübsche Mädchen ich mit zurückbringen kann.«

»Wie eine Made?«

Er lacht. »Ja. So ungefähr.«

»Und hast du ... hast du was gefangen?«

»Das weiß ich noch nicht genau«, sagt er, öffnet ein Auge und sieht mich an. »Ist noch zu früh, um das zu sagen.«

»Oh.« Ich schaue kurz auf meine Uhr. »So früh ist es gar nicht mehr«, erkläre ich ihm. »Es ist schon fast Mittag.«

Der Junge schaut auf meine Uhr – die Messer, Gabel und Löffel hat statt Zeiger und eine bedeutende Verbesserung gegenüber meiner letzten Uhr ist, auf der ein Dinosaurier mit einem Schwanz war, der sich immer im Kreis drehte –, hebt eine Augenbraue und sieht mich ein paar Sekunden konzentriert an.

Seine Nase zuckt ein wenig.

Und dann – eindeutig fasziniert von dem fesselnden ersten Eindruck, den ich gemacht habe – schließt er wieder die Augen.

Während Löwen-Junge offenbar im Tiefschlaf liegt, empfinde ich ganz plötzlich das dringende Bedürfnis, ihm alle möglichen Fragen zu stellen. Plötzlich will ich alles wissen. Zum Beispiel, was das für ein Akzent ist und woher er kommt. Kann er es mir auf meiner Weltkarte zeigen, wenn ich sie aus der Tasche hole? Gibt es seltsame Tiere in seinem Land und richtig große Insekten? Ist er auch ein Einzelkind? Hatte seine Jeans schon Löcher, als er sie gekauft hat, wie die von meinem Vater, und wenn nicht, wie sind sie dann reingekommen?

Aber es kommt nichts raus.

Was im Grunde ein Glück ist, denn die meisten Menschen mögen es nicht besonders, wenn ich sie mit Fragen bombardiere, während sie versuchen zu schlafen.

»Versteckst du dich oft unter Möbeln?«, frage ich schließlich. Er grinst mich an, und sein Lächeln ist so breit, dass es sein Gesicht förmlich in kleine Stücke bricht und mein Magen sich augenblicklich anfühlt wie eine Waschmaschine im Schleudergang.

»Nein, normalerweise nicht. Du?«

»Andauernd«, gestehe ich zögernd. »Die ganze Zeit.« Genauer gesagt, sooft ich in Panik gerate. Was, da ich oft in Panik gerate, bedeutet, dass ich schon unter vielen verschiedenen Tischen gehockt habe: unter Esstischen, Schreibtischen, Beistelltischen, Küchenarbeitsplatten … ja, unter allen möglichen Möbeln, unter denen man verschwinden kann. So habe ich ja auch … Nat kennengelernt.

Gerade ist mir eingefallen, was ich hier eigentlich mache.

14

Falls ihr euch fragt: Damals habe ich unter einem Flügel gehockt.

Es war der zweite Tag in der Vorschule, und mir reichte es. Alexa hatte mich schon ins Herz geschlossen – oder wie man das Gegenteil davon nennt –, und ich war bereits zur Zielscheibe ihrer ausgeklügelten Fünfjährigen-Witze geworden. Wer riecht am meisten? Harriet. Wer hat Haare wie eine Mohrrübe? Harriet. Wer hat sich die Milch in den Schoß geschüttet, aber eigentlich ist es Pipi? Harriet.

Nach anderthalb Tagen dieser Behandlung war ich zu dem Schluss gekommen, Schule sei längst nicht das, als was sie gepriesen wurde. Mir reichte es wirklich. Ich hatte gewartet, bis alle rausgegangen waren, und dann war ich unter den Flügel gekrochen. Wo ich eine zutiefst unglückliche Nat angetroffen hatte. Sie weinte, weil ihr Vater gerade mit der Kassiererin von Waitrose abgehauen war.

Wir freundeten uns sofort an, wahrscheinlich, weil wir beide nur noch ein Elternteil hatten: Es war ein bisschen so, als würde man den Besitzer der anderen Hälfte seiner Freundschaftshalskette finden. Ich hatte ihr einen Teilzeitanteil an meinem Vater angeboten und sie mir ein bisschen von ihrer Mutter, und so wurden wir beste Freundinnen. Und blieben es.

Wenigstens bis ... heute.

»Harriet«, sagt eine Stimme, und unter dem Saum der Tischdecke tauchen zwei rote Schuhe auf. »Vielleicht bildest du dir ja ein, du wärst in den letzten dreizehn Minuten unsichtbar geworden, aber das bist du nicht. Ich kann dich sehen.«

Mein Magen setzt zum Sturzflug an, und diesmal hat es nichts mit dem Jungen zu tun, der neben mir hockt. »Oh.«

»Ja, oh«, pflichtet Nat mir bei. »Du kannst also ruhig wieder rauskommen.«

Ich werfe noch einen Blick auf den Löwen-Jungen, der immer noch die Augen zuhat, flüstere: »Danke, dass du den Tisch mit mir geteilt hast«, und krieche aus meinem miserablen Versteck.

Nat ist stocksauer. Noch saurer als damals, als ich aus Versehen ihre neue Flasche Parfüm von Gucci aus dem Fenster gestoßen habe, weil ich einen improvisierten Tanz vorführte, den sie überhaupt nicht sehen wollte.

»Was machst du hier, Harriet?«, flüstert sie mit einem verdutzten Blick auf Wilbur.

»Ich ...«, setze ich in heller Panik an. »Es ist nicht, wonach ...«

»Nicht zu fassen«, unterbricht Nat mich. Ihre Wangen glühen mit jedem Augenblick mehr, und ihr Blick schießt immer wieder zu Wilbur. »Ich weiß, dass du nicht gern shoppen gehst, Harriet, und ich weiß auch, dass du eigentlich nicht mit herkommen wolltest, aber dich unter diesem Tisch zu verstecken ... ich meine, ausgerechnet unter diesem ...« Peinlich berührt bis auf die Knochen wirft sie wieder einen Blick auf Wilbur.

Ich runzle die Stirn. Was redet sie da?

Da geht mir plötzlich ein Licht auf: Ich habe mich geirrt, Nat weiß gar nicht, dass ich gerade entdeckt wurde. Sie hat nicht mitgekriegt, dass Wilbur Fotos von mir gemacht hat. Sie hat mich nur hier gesehen und hat angenommen, ich wäre ihr gefolgt und dann unter den Tisch gekrochen, weil es das Einzige ist, was ich wirklich gut kann: mich völlig unmöglich machen.

In diesem Augenblick schaue ich rüber zu Wilbur, und der Schock trifft mich wie ein Fausthieb in den Magen. Seine Miene ist völlig ausdruckslos. Er nimmt überhaupt keine Notiz von Nat. Sie wird nicht entdeckt.

Was bedeutet – und bei diesem Gedanken schießt ein heißer Stromstoß durch meinen Magen –, dass ich nicht nur unfreiwillig auf Nats lebenslangen Traum aufgesprungen bin.

Ich habe ihn ihr gestohlen.

Erschrocken sehe ich Nat an.

»Und?«, sagt sie mit zitternder Stimme. »Was geht hier ab, Harriet? Kannst du mir das erklären?«

Noch kann ich es retten, denke ich. Es ist noch nicht zu spät. Nat muss es nicht erfahren. Ich muss ihr nicht das Herz brechen und ihren Traum zerstören, und ich muss es nicht auf die denkbar demütigendste Weise tun: An dem Ort, wo sie dachte, ihr Traum würde wahr werden, vor den Augen des Menschen, der ihr hätte geben können, was sie sich so sehnlichst wünscht.

»Ich habe nach ungewöhnlichen Eckverbindungen geschaut«, sage ich so schnell wie möglich. »Für meine Hausaufgaben in Werken.«

Ein Herzschlag, und dann: »Hä?«

»Werkunterricht, Hausaufgaben«, wiederhole ich und sehe Nat bewusst in die Augen. »Da hieß es, regionales Handwerk könne sehr interessant sein und wir sollten uns mal in anderen Gegenden umsehen. Wie … Birmingham.«

Nat macht den Mund auf und wieder zu. »Wie bitte?«

»Also«, sage ich, und meine Stimme wird immer leiser, »ich fand, aus der Entfernung sah dieser Tisch hier sehr … solide aus. Von der Konstruktion her. Und da dachte ich, ich schaue ihn mir mal genauer an. Du weißt schon. Von … unten.«

»Und?«

»Und?«, wiederhole ich verständnislos. »Und was?«

»Was waren es?«, fragt Nat und kneift die Augen noch weiter zu. »Was für Eckverbindungen waren es? Ich meine, du warst ganz schön lange da unten. Da musst du es doch sagen können.«

Sie stellt mich auf die Probe. Sie will wissen, ob ich die Wahrheit sage, und das kann ich ihr nicht verübeln. Schließlich habe ich den Tag damit begonnen, mir das Gesicht mit Talkumpuder zu weißeln und gegen die Wand zu laufen in dem Versuch, mir den Arm zu brechen (leider hat sie mich dabei erwischt).

»Ich glaube, es sind …«, setze ich an, aber ich habe absolut keine Ahnung, was für Verbindungen es sind. Und die Chancen stehen nicht schlecht, dass Nat sich in einer Minute auf den Boden kniet und nachsieht. »Es sind …«, wiederhole ich, und der Satz verliert sich im Nichts.

»Schwalbenschwänze«, sagt eine Stimme, und der Löwen-Junge kriecht unter dem Tisch hervor. »Schwalbenschwanzverbindungen der alten Schule, wie vermutet.«

»Nick!«, schreit Wilbur hocherfreut. »Da bist du ja!« Und dann betrachtet er verwundert den Tisch, als wäre er ein Zugang zu einem anderen Universum. »Wie viele von euch stecken noch da drunter?«

Nat richtet den Blick auf den Löwen-Jungen und dann auf mich. Und dann wieder auf ihn. Die Falten auf ihrer Stirn werden tiefer. »Schwalbenschwanz?«

»Ja, Schwalbenschwanz«, bestätigt Nick. »Eine genauere Inaugenscheinnahme hat ergeben, dass es keine Fingerzinkung ist, eigentlich die bevorzugte Methode bei der Konstruktion von Tischen.«

Nat sieht mich an und blinzelt drei oder vier Mal. Ich sehe, dass sie Mühe hat, die Situation zu begreifen, die offensichtlich absolut unbegreiflich ist.

»Mhm«, sage ich leise. »Genau.«

Schweigen macht sich breit. Endlos langes Schweigen. Ein Schweigen, von der Art, von der man einen Bissen nehmen könnte, wenn man mal Lust hätte, Schweigen zu kosten.

Just in dem Augenblick, als ich denke, ich würde damit durchkommen und alles würde gut werden, fällt Nats Blick auf Wilburs Hand. Und in der hält er die drei verdammten Polaroidfotos von mir. Entwickelt allein zu dem Zweck, Nat die wahre Natur meiner teuflischen Lügen vor Augen zu führen, wie das Porträt von Dorian Gray.

Ein Schluchzen aus den Tiefen von Nats Kehle durchbricht das Schweigen, und ich trete automatisch vor, um sie zu beruhigen. »Oh, oh, Nat, ich wollte nicht …«

Nat wendet sich mit verzerrtem Gesicht ab. Es ist zu spät. Sie weiß es, und sie hat es auf die schlimmste Art und Weise erfahren: Ich habe ihr in aller Öffentlichkeit – rums, krawumm, patsch – dreist ins Gesicht gelogen.

Ich hätte heute Morgen im Bett bleiben sollen.

Oder wenigstens unter dem Tisch.

»Nein«, flüstert Nat.

Und mit diesem letzten Wort – dem Wort, das keiner von uns zurücknehmen kann – springt sie von der Bühne und läuft davon.

15

Menschen, die Harriet Manners hassen:
1. Alexa Roberts
2. Die Hut-Dame
3. Die Besitzer der Stände 24D, 24E, 24F, 24G und 24H
4. Nat

Verräterin. Betrügerin. Schwindlerin. Abtrünnige. Treulose Tomate. Kollaborateurin. Schlange. Gut, dass ich mein Wörterbuch mitgenommen habe, denn den Rest des Tages weigert Nat sich, mit mir zu reden, und ich habe jede Menge Zeit, über meine Missetaten zu grübeln. Kollaborateurin. Das Wort gefällt mir. Klingt ein bisschen wie Labrador.

Doch die wahre Katastrophe ist, dass mich zu dem Zeitpunkt, als ich mich endlich so weit zusammengerissen hatte, um mich aus der schmutzigen kleinen Ecke, in die ich mich verkrümelt hatte, wegzubewegen, ein echter Sicherheitsmann kam und mich in ein Büro voll mit noch mehr Menschen schleifte, die alle so aussahen, als wären sie sauer auf mich. Anscheinend schulde ich – beziehungsweise meine Eltern – den Standbesitzern der Clothes Show die stattliche Summe von 3000 Pfund.

So was passiert, wenn man an einem Tisch Tintenfässer verkauft und am nächsten Kleider und am nächsten Gemälde und am nächsten heiße Wachskerzen und auf jedem einzelnen Tisch ein Schild mit der Aufschrift »Wer was kaputt macht, bezahlt es« steht und man nicht ausreichend versichert ist.

Ich rege mich nicht unnötig auf. Nein, ich betrachte mich vielmehr als positiven, lebensbejahenden Menschen, wenn auch als einen, der die Düsternis und die Tragödie des modernen Lebens begriffen hat.

Trotzdem muss es gesagt werden:

Der heutige Tag erweist sich als einzige Aneinanderreihung von Katastrophen.

Der Rest des Donnerstags lässt sich folgendermaßen zusammenfassen:

1. Nat meint, ich könne sie am …

2. Ich tu's nicht.

3. Auf der Rückfahrt bin ich vier volle Stunden lang gezwungen, neben Toby zu sitzen.

4. Er erklärt mir, Wasser sei nicht blau, weil es den Himmel reflektiere, sondern weil die Molekularstruktur des Wassers die Farbe Blau reflektiere und daher irre unser Kunstlehrer sich und die Behörden müssten in Kenntnis gesetzt werden.

5. Ich ziehe mir den Pullover über den Kopf.

6. Die nächsten drei Stunden bleibe ich unter meinem Pullover.

Als wir zur Schule zurückkommen, bin ich von meinen eigenen Kohlendioxid/Deo-Ausdünstungen so high, dass ich keine Kraft mehr habe, mich noch öfter zu entschuldigen: Bevor ich den Blick richtig auf Nat konzentrieren kann, ist sie aus dem Bus gesprungen und abgedampft, und ich kann allein nach Hause gehen.

Und nein, falls ihr euch wundert: Ich kapiere das Ganze immer noch nicht. Acht Stunden lang habe ich die Fakten im Kopf hin und her gerollt wie Glasmurmeln, aber es gibt immer noch keine plausible Erklärung für irgendetwas von dem, was heute passiert ist.

Es sei denn, ich bin in einem anderen Universum gelandet, wo alles von innen nach außen gekehrt ist und die Bäume auf dem Kopf stehen und die Menschen rückwärts reden und wir über den Himmel spazieren und die Erde unsere Decke ist und die Blumen von oben nach unten wachsen.

Und das scheint mir doch sehr unwahrscheinlich.

Ich habe sogar eine Formel für die Situation erarbeitet.

$M = (GK \times GA + WGN) SB + S + X$

M steht für Model, G für Gewicht, K für Körpergröße, GA für gutes Aussehen, WGN für wohlgeformte Nase, SB für Selbstbewusstsein, S für Stil und X für undefinierbare Coolness. Jedes Element (abgesehen von Gewicht und Körpergröße, die selbstverständlich anhand metrischer Systeme gemessen werden) bekommt eine objektive Note zwischen eins und zehn, und je höher das Gesamtergebnis, desto besser eignet sich die Person als Model.

Nach meiner Berechnung kommt Nat auf 92.

Und ich auf 27,2. Dabei war ich noch milde, was meine Nase angeht.

Egal, ich hab's aufgegeben, weiter darüber zu grübeln. Irgendwo ist da eindeutig ein Fehler passiert und just in diesem Augenblick zieht irgendjemand Wilbur die Ohren lang und steckt ihn in eine hübsche weiße Jacke mit langen Ärmeln, die am Rücken zusammengebunden werden.

Und nur, damit ihr es wisst: Ich denke auch nicht an Nick. Er ist den ganzen Tag nicht einmal in meinen Gedanken aufgetaucht mit seiner Lockenmähne und seinem limonengrünen Duft und seinem Entenschwanzflausch am Hinterkopf. Ehrlich, ich kann mich kaum noch an ihn erinnern. Ich treffe doch andauernd umwerfend gut aussehende fremde Jungen. Ich kann mich unter keinem Tisch verstecken, ohne auf einen zu stoßen. Es gibt nicht den geringsten Grund, warum dieser eine mir im Gedächtnis haften bleiben oder meinen Magen in Abständen Purzelbäume schlagen lassen sollte.

Nick wer? Genau.

Und ich bin auch nicht den Rest des Tages sechs oder sieben Mal am Infinity-Stand vorbeispaziert, falls er dort wäre.

War er nämlich nicht.

Das Problem ist: Es gibt kaum etwas anderes, worüber ich nachdenken könnte. Mein Kopf fühlt sich irgendwie an, als wäre er wie Humpty Dumpty von einer hohen Mauer gepurzelt und wartete noch auf die Soldaten des Königs, damit sie kommen und ihn wieder zusammensetzen.

Es gibt wirklich nur eines, womit ich mich beschäftigen kann. Und darüber nachzudenken, ist nicht besonders lustig.

Ahnt ihr schon, was?

Genau.

Ich muss jetzt nach Hause gehen und es meinen Eltern beichten.

16

Schadenshöhe: 3000 Pfund
Taschengeld: 5 Pfund pro Woche
Erforderliche Zeit, um die Schulden abzutragen:
600 Wochen = 11,1 Jahre
Alter, in dem die Schulden getilgt sind: 26,11

Gesprächseröffnung Nummer 1:
Dad? Annabel? Ich wurde von einer Modelagentur entdeckt und habe Schäden in Höhe von 3000 Pfund angerichtet. Oh, und könntest du meine Jeans waschen? Sie stinkt nach Kotze.

Gesprächseröffnung Nummer 2:
Dad? Annabel? Ich habe Schäden in Höhe von 3000 Pfund angerichtet, und ich wurde von einer Modelagentur entdeckt. Oh, und könntest du meine Jeans waschen? Sie stinkt nach Schoko Pops.

Gesprächseröffnung Nummer 3:
Dad? Annabel? Ich werde nach Mexiko auswandern und ja, das ist ein falscher Schnurrbart.

Das Problem bei sorgfältigen und wohldurchdachten Plänen ist, dass die Leute dazu neigen, sie zu ignorieren.

Andere Leute. Ich nicht, ich halte mich sklavisch daran.

Mit einem Räuspern öffne ich die Haustür. Ich habe beschlossen, mit dem Modeln anzufangen, denn dann sind meine Eltern hoffentlich so gelähmt vor Verwirrung und Schock, dass ich ihnen die Riesensumme, die sie jetzt verschiedenen Standbesitzern schulden, unbemerkt unterjubeln kann. Wie eine Wurzelbehandlung nach einer örtlichen Betäubung.

»Dad?«, sage ich nervös und schließe die Haustür hinter mir. »Annabel?«

Hugo saust mir sofort zwischen die Beine und legt mir die Pfoten auf den Bauch. Er war offensichtlich frisch beim Friseur, denn ich kann erkennen, wo seine Augen sind, statt ihre Lage anhand der Nase bloß zu schätzen.

»Hey, Hugo.« Ich bücke mich, um mit ihm auf Augenhöhe zu sein. »Du siehst sehr elegant aus.« Er leckt mir das Gesicht ab, was, glaube ich, so viel heißt wie »Vielen Dank« oder »Du riechst nach Hotdog«. Dann schaue ich wieder auf. »Dad? Annabel?«

Stille.

Wisst ihr was? Die Atmosphäre in diesem Haus könnte eindeutig einladender sein. Ich war den ganzen Tag weg, und es ist dunkel. Warum stehen sie nicht im Flur und warten ängstlich darauf, dass ich sicher und unversehrt nach Hause komme? Was sind denn das für Eltern?

»Dad?«, wiederhole ich leicht knurrig. »Annab...«

»Harriet?«, unterbricht mich Annabel aus dem Wohnzimmer. »Komm bitte mal rein.«

Ich seufze laut, lasse meine Schultasche fallen und tue, wie mir geheißen. Annabel hockt in ihrem Bürokostüm auf dem Sofa und isst unerklärlicherweise Sardinen aus der Dose, und mein Vater sitzt im Lehnstuhl ihr gegenüber.

Erinnert ihr euch, was ich darüber gesagt habe, dass englische Schüler so gut wie nie etwas anderes tragen als ihre Schuluniform? Bei Anwälten ist das anscheinend auch so. Annabel trägt entweder ihr Kostüm oder ihren Morgenmantel oder den

Morgenmantel über ihrem Kostüm. Und wenn sie mal zum Abendessen ausgeht, muss sie sich dafür extra ein Kleid kaufen.

»Was isst du da?«, frage ich, setze mich auf den Lehnstuhl und betrachte Annabels Dose.

»Sardinen«, antwortet Annabel – als hätte ich nicht eigentlich gefragt: Warum isst du dieses Zeug? –, bevor sie sich die nächste in den Mund steckt. »Also, Harriet«, sagt sie, sobald sie geschluckt hat. »Dein Vater hat Probleme auf der Arbeit.«

»Annabel!«, ruft Dad. »Um alles in der Welt ... Knall ihr das doch nicht so vor die Füße. Lieber Himmel, sag doch wenigstens ein paar einleitende Worte!«

»Schön.« Meine Stiefmutter verdreht die Augen. »Hallo, Harriet. Wie geht's dir? Dein Vater hat Probleme auf der Arbeit.« Dann sieht sie meinen Vater an. »Besser?«

»Nicht im Geringsten.« Mein Vater blickt finster drein. »Es ist nichts, Harriet. Nur eine kleine Meinungsverschiedenheit.«

»Du hast deinem wichtigsten Kunden gesagt, er solle sich doch ins Knie ... Richard. Und das mitten beim Empfang.«

Mein Vater zupft ein paar Flusen vom Sofa. »Also, es war nicht für seine Ohren bestimmt, oder?«, sagt er in betont rechtfertigendem Tonfall. »Es ist nur wegen der Akustik so laut rausgekommen. Der Laden besteht nur aus Betonwänden.«

»Und wir sind erpicht darauf, dir ein erstklassiges Beispiel von erwachsenem Verhalten vorzuleben, dem du nacheifern kannst, Harriet.«

»Die Wände sind schuld«, fährt mein Vater wütend auf.

Ich sehe Annabel an. Unter ihrer Schnoddrigkeit wirkt sie ehrlich besorgt. »Wie schlimm ist es?«

Annabel steckt sich eine weitere Sardine in den Mund. »Schlimm. Er muss morgen früh zum Chef, und es sieht nicht gut aus. Kann sein, dass er seinen Job verliert.«

»Das ist eine reine Formalität«, murmelt mein Vater. »Ich bin kreativ. Von mir erwartet man, dass ich unberechenbar bin. Ich bin der Typ, der braune Wildlederschuhe trägt, wenn's regnet: Sie wissen nicht so richtig, was sie mit mir machen sollen. Wahrscheinlich bekomme ich eine Gehaltserhöhung, weil ich so ein unorthodoxer Nonkonformist bin.«

Annabel hebt eine Augenbraue und reibt sich dann die Augen. »Hoffen wir's, denn im Augenblick können wir es uns wirklich nicht leisten, nur von einem Gehalt zu leben. Egal. Was ist mit dir, Harriet? Hattest du einen schönen Tag? Ich hoffe, er war wenigstens wohlduftend, denn als ich ins Bad kam, musste ich knietief durch das Vanille-Talkumpuder deiner Großmutter waten.«

»Oh.« Ich senke den Blick zu Boden. »Tut mir leid. Das wollte ich eigentlich noch sauber machen.«

»Klar. Wenn deine Putzkünste so gut wären wie deine Vorsätze, hätten wir ein sehr sauberes Haus. Und wovor hast du dich diesmal drücken wollen? Hat's funktioniert?«

»Also«, sage ich, ohne weiter auf die ganz und gar unzutreffende Anspielung einzugehen, dann atme ich tief durch und stehe auf. »Ich muss euch was sagen.«

Wenn ich's mir recht überlege, erzähle ich ihnen das von dem Geld heute lieber noch nicht.

Ehrlichkeit ist sehr wichtig in der Familie. Aber das richtige Timing auch. Besonders wenn es um Summen wie 3000 Pfund geht und dein Vater dabei ist, seinen Job zum Fenster rauszuwerfen.

»Ja?«, hakt Annabel nach einer Pause nach. »Spuck's aus, Schatz.«

»Ich ... ähm«, setze ich an. »Also, es ist so ...« Ich atme tief ein und wappne mich für das ... also, was auch immer

Eltern tun, wenn sie so eine Nachricht hören. »Ich bin entdeckt worden«, nuschle ich schließlich verlegen. Schweigen. »Heute«, füge ich hinzu für den Fall, dass mich niemand gehört hat.

Schweigen. Irgendwann runzelt Annabel die Stirn. »Was?«, fährt sie auf. »Zeig her.« Und dann stellt sie die Fischdose ab, steht auf und zerrt mich unter die Lampe. Sorgfältig betrachtet sie mein Gesicht, und dann sieht sie sich meine Hände an und dreht sie um. Sie betrachtet meine Handgelenke und die Innenseite der Oberarme. Dann zieht sie meinen Vater näher, damit auch er sich meine Handgelenke und die Innenseite meiner Oberarme ansieht. Was zum Teufel machen die zwei da?

»Nein, Harriet«, sagt sie schließlich entschieden. »Du bist nicht gefleckt. Ein paar Pünktchen auf der Stirn, aber ich glaube, das ist nur ein bisschen Akne.«

»Nicht gefleckt!«, fahre ich ungeduldig auf. »Um Himmels willen, ich bin weder ein Leopard noch ein Stachelrochen. Ent-deckt. Ausgewählt. Aufgetan. Gefunden.« Sie sehen mich immer noch verständnislos an, also fahre ich noch saurer fort. »Von einem Modelagenten. Von Infinity Models, um genau zu sein.«

Annabel blickt gar nicht mehr durch. »Wozu?«

»Um zu putzen.«

»Ehrlich?«

»Nein! Um Model zu werden«, fahre ich genervt auf. Es ist eine Sache, zu denken, man sei nicht hübsch, aber es von den einzigen Menschen, von denen man erwartet, dass sie anderer Meinung sind, bestätigt zu bekommen, ist etwas ganz anderes.

Annabel runzelt wieder die Stirn. Doch als ich meinen Vater ansehe, strahlt er wie ein Weihnachtsbaum mit 200 Kerzen.

»Das sind meine Gene, wisst ihr«, sagt er und zeigt auf mich. »Da stehen sie. Meine Gene.«

»Ja, Schatz, das sind deine Gene«, wiederholt Annabel, als redete sie mit einem Kind. Und dann setzt sie sich wieder und nimmt ihre Zeitung in die Hand.

Ich sehe von Annabel zu meinem Vater. War das alles?

Ich meine, ernsthaft?

Okay, ich bin nicht davon ausgegangen, dass sie um den Couchtisch tanzen und mit ihren Sudoku-Rätselheften durch die Luft wedeln wie mit Siegespalmen, aber ein bisschen mehr Begeisterung wäre doch schön gewesen. *Fantastisch, Harriet,* könnten sie sagen. *Vielleicht bist du doch nicht so eine graue Maus, wie wir immer gedacht haben. Wie schön für die ganze Familie.*

Oder ein paar anerkennende Worte, dass dies das Aufregendste sei, was jemals einem Familienmitglied widerfahren sei, wenn ich jemand anders wäre und dies eine ganz andere Familie.

Annabel schaut zu mir auf, während ich immer noch mit offenem Mund dastehe. »Was?«, fragt sie. »Das geht nicht, Harriet. Du bist zu jung, und du musst zur Schule.«

»Wie, das geht nicht?«, wiederholt mein Vater ungläubig. »Was meinst du damit, das geht nicht?«

Annabel sieht ihn ruhig an. »Richard, sie ist fünfzehn. Das ist vollkommen unangemessen.«

»Infinity Models, Annabel. Davon hab sogar ich schon mal gehört.«

»Hunderte von wunderschönen Frauen an einem Ort? Klar hast du schon davon gehört, Schatz. Aber die Antwort lautet trotzdem Nein.«

»Himmel noch mal!«, schreit mein Vater lauthals. »Das ist *nicht fair.*«

Seht ihr das Problem? Es ist wirklich schwer, in meiner Familie das Kind zu sein, wenn alle anderen sich benehmen wie die Kinder.

»Ich will es doch gar nicht«, unterbreche ich sie. »Auf keinen Fall. Ich wollte es euch nur erzählen. Aber ihr könntet trotzdem sagen: Gut gemacht, oder so.«

»*Du willst es gar nicht?*«, fährt mein Vater mich an.

Das darf nicht wahr sein!

Annabel sieht mich an. »Modeln. Mode.« Sie verzieht das Gesicht. »Was soll daran so spannend sein? Warum regen sich bloß alle so auf?«

Ich richte den Blick von ihr auf meinen Vater und dann auf Hugo. Hugo springt schwanzwedelnd vom Stuhl und leckt mich ab. Ich glaube, er weiß, dass ich das jetzt brauche.

»Richtig«, sage ich ziemlich ernüchtert. »Gut.«

Das einzig irgendwie Aufregende, was mir je widerfahren ist, und es ist schon vorbei. Es hat ungefähr so lange gedauert, wie ich vermutet hatte. Mir ist nach Schmollen zumute.

Mein Vater ist immer noch völlig niedergeschmettert.

»Also«, sagt Annabel und schüttelt die Fernbedienung, damit die Batterien funktionieren, und schaltet den Fernseher ein. »Wer hat Lust, sich eine Dokumentation über Heuschrecken anzusehen?«

17

Nach ungefähr fünfundzwanzig Minuten Schmollen wird es mir langweilig, und ich verbringe den Rest des Donnerstagabends damit, a) nicht an Nick zu denken und b) mich darauf vorzubereiten, Nat so lange zu bezirzen, bis sie wieder meine beste Freundin ist: Blumen, Karten, Gedichte. Ja, ich backe sogar zuckerfreie Muffins mit Fotos von uns beiden obendrauf (keine essbaren Fotos, so viel Zeit hatte ich nicht, richtige Fotos).

Und dann packe ich sie in meine Schultasche, um sie mit in die Schule zu nehmen, wo ich Nat aus dem Hinterhalt überfallen und sie von meiner Schuld und/oder Unschuld überzeugen werde (ich habe noch nicht entschieden, welche Richtung ich einschlagen werde, vielleicht beide gleichzeitig).

Was auch immer erforderlich ist, damit sie nicht mehr sauer auf mich ist.

Es ist die reinste Vergeudung von Zeit und Mühe und Mehl.

Anscheinend brauche ich Nat überhaupt nicht zu bezirzen. Am Freitagmorgen um exakt acht Uhr klingelt es ganz normal an der Tür.

»Nat! Du bist es!«, gluckse ich überrascht, während ich noch an einem halben Marmeladenbrot kaue. Allerdings klingt es eher nach einem klebrigen, nach Erdbeeren schmeckenden »Nnnnaaat duuuui esss!«

»Zum Frühstück?«, sagt sie und blickt ostentativ auf die andere Hälfte in meiner linken Hand.

Ich recke die Nase möglichst würdevoll in die Luft. »Marmeladenbrote enthalten alle notwendigen Nährstoffe, die man zum Überleben braucht: Zucker, Vitamine, Kohlenhydrate. Ich könnte mich nur von Marmeladenbroten ernähren und ein völlig normales Leben führen.«

»Könntest du nicht«, entgegnet Nat und zieht mich zur Tür hinaus. Was für ein Glück, dass ich die Schuhe schon anhabe, sonst würde es aussehen, als wollte ich in Socken zur Schule gehen. »Du wärst *Das Mädchen, das nur Erdbeerbrote isst,* und das ist nicht normal.« Sie sieht mich an und hustet. »Könnte ich trotzdem die andere Hälfte haben? Ich bin am Verhungern.«

Überrascht gebe ich ihr die andere Hälfte und sehe zu, wie sie sie isst. Erstens: Nat isst nie etwas, wo Zucker drin ist. Niemals. Nicht seit jener verhängnisvollen Schuldisco vor acht Jahren. Und zweitens: War's das schon? War das die große dramatische Szene, vor der mir die ganze Nacht gegraut hat? Ist gestern schon vergessen?

Ich habe extra zuckerfreie Muffins gebacken und jetzt wird sie niemand essen?

»Nat«, setze ich an, und in demselben Augenblick sagt sie ...

»Harriet?« Und dann räuspert sie sich. »Es tut mir leid. Dass ich so sauer war und abgehauen bin.«

»Oh.« Ich blinzle schockiert. Das hatte ich nicht erwartet. »Schon gut. Mir tut's auch leid. Weil ich ... entdeckt wurde und so.«

»Hauptproblem war das Lügen, Harriet.« Nat verzieht den Mund unbeholfen zu einem schiefen Lächeln und leckt sich die Finger ab. »Egal. Können wir gestern nicht einfach vergessen?«

»Klar können wir.« Ich strahle sie an.

Gigantische Wellen der Erleichterung umbrausen mich. Es ist alles gut. Ich war neurotisch und überempfindlich wie immer.

Und dann verschwindet die Erleichterung plötzlich – genau wie Wellen. Nat räuspert sich, und ich sehe sie noch einmal an, doch diesmal ein wenig genauer. Plötzlich sehe ich, was mir vorhin nicht aufgefallen ist: Ihr Hals ist angespannt, und sie zieht die Schultern hoch. Ihre Schlüsselbeine sind rot und fleckig. Der untere Lidrand ihrer Augen ist rosa. Sie kaut unablässig auf der Unterlippe.

»Cool«, sagt Nat nach einer unendlich langen Pause, und dann kriecht ihr eine hektische Röte die Wangen hoch und verharrt dort und starrt mich an. »Also ...« Sie räuspert sich. »Haben sie ...« Sie schluckt. »Du weißt schon ... dich angerufen?« Sie räuspert sich zum dritten Mal. »Infinity? Haben sie dich angerufen?«

Sie hat gestern ganz und gar nicht vergessen.

Kein bisschen.

»Nein.« Ich habe ihnen gar nicht meine Nummer gegeben, füge ich im Geiste hinzu, denn irgendwie glaube ich nicht, dass es was nützt, es laut zu sagen.

»Oh.« Das Rot auf Nats Wangen wird dunkler. »Schade. Das tut mir leid. Wir vergessen das Ganze, ja?«

Ich runzle die Stirn. Ich dachte, das hätten wir schon getan. »Okay.«

»Und tun so, als wäre es nie passiert«, fügt Nat mit gepresster Stimme hinzu.

»... Okay.«

»Okay.«

Je öfter sie sagt, wir sollten das Ganze vergessen, desto deutlicher wird, dass es ihr noch nicht gelungen ist.

»Wir machen einfach weiter wie immer«, fügt Nat hinzu.
»… Okay.«

Dann breitet sich Schweigen aus – und keins von der behaglichen Sorte. Kann gut sein, dass es in zehn Jahren das erste unbehagliche Schweigen ist, dass es je zwischen uns gegeben hat.

Abgesehen von dem einen Mal, als sie in den Ballettsaal gepinkelt und es meinen Fuß getroffen hat. Das war auch ein bisschen unbehaglich.

»Egal«, sagt Nat nach ein paar Minuten, und ich sehe förmlich, wie sie sich zusammenreißt. Sie fährt sich über die Haare, streicht ihren Mantel glatt und zieht mit einer Hand ihre Strumpfhose hoch. »Also, Harriet.« Sie richtet den Blick auf den letzten Bissen des Marmeladenbrots in ihrer anderen Hand und sammelt sich sichtlich. »Wo sind in dem Ding hier die Proteine, hä? Es tut mir leid, aber ich glaube nicht, dass du das gründlich recherchiert hast.«

Endlich ist das Gespräch wieder bei einem Thema, mit dem ich umgehen kann.

»Und ob ich gründlich recherchiert habe!«, erwidere ich aufgebracht und übertreibe meine Empörung ein wenig. »Die Proteine sind …« Was kann ich sagen, um das Gespräch so weit wie möglich vom Modeln abzulenken? »Hühnchen«, beende ich den Satz und grinse sie an. »Da ist auch Hühnchen drauf. Hab ich das vergessen zu erwähnen? Das ist ein Erdbeer-und-proteinhaltiges-Hühnchen-Sandwich. Mmmm. Mein Lieblingssandwich.«

»Erdbeer und Hühnchen?« Nat lacht, und meine Schultern entspannen sich ein wenig.

»Man kann sehr gut von Erdbeer-und-Hühnchen-Sandwiches leben«, erkläre ich und weiche ihrem Blick aus. Ob es uns gelingt, so lange um das Thema des gestrigen Tages herumzuschleichen, bis es von selbst verschwunden ist? Funktionieren beste Freundschaften so?

Vielleicht. Vielleicht auch nicht.

Doch für den Rest des Schulwegs sind wir damit beschäftigt, es herauszufinden.

18

Es ist wirklich beeindruckend.

Das Tolle an Toby Pilgrim ist, dass er in heiklen Situationen stets Einfühlungsvermögen und Takt an den Tag legt.

»Wow«, sagt er, als Nat und ich die Klasse betreten. Wir sind – gerade so – unversehrt in die Schule gekommen, doch das Gespräch war nicht gerade gemütlich. Ich habe über die griechische Herkunft des Delphiniums (delphis, weil er aussieht wie ein Delfin) gesprochen, darüber, wie viele Frauen Heinrich VIII. tatsächlich hatte (zwischen zwei und vier, je nachdem, ob man katholisch ist oder nicht), und über die Tatsache, dass die ägyptischen Pyramiden ursprünglich strahlend weiß waren. Nat hat den Blick in die Ferne gerichtet und genickt und ist immer stiller und steifer geworden, und die roten Flecken um ihre Schlüsselbeine immer röter.

Hauptsache, es ist uns gelungen, die Themen Modeln, das Stehlen von Träumen und die niederschmetternde Enttäuschung lebenslanger Ambitionen zu umschiffen.

Und die Tatsache, dass man die dicke Luft zwischen uns mit dem Messer schneiden kann.

Egal. »Wow«, sagt Toby. »Die dicke Luft zwischen euch kann man ja mit dem Messer schneiden! Wie im Kalten Krieg circa 1962. Harriet, ich glaube, du bist Amerika. Du machst einen Haufen Lärm und hoffst, es geht vorbei. Und Nat, du bist wie Russland: kalt und eisig und schneebedeckt.« Dann unterbricht er sich. »Natürlich nicht wörtlich schneebedeckt«, erklärt er. »Obwohl es da draußen heute ganz schön winterlich ist, was? Gefallen euch meine neuen Handschuhe?«

Damit hält er uns ein paar schwarze Strickhandschuhe unter die Nase, auf deren Handrücken baumwollweiße Skeletthände genäht sind.

Verlegenes Schweigen macht sich breit, während Nat und ich mit großem Aufwand unsere Bücher aus unseren Schultaschen holen. Die ganze harte Arbeit von heute Morgen mit einem Schlag zunichtegemacht.

Danke, Toby.

»Wisst ihr«, fährt Toby nichts ahnend fort und dreht mit zärtlicher Miene seine Handschuhe um. »Die weißen Knochen musste ich selbst aufnähen. Ich hab mich von einem alten Halloween-Kostüm inspirieren lassen, aber es war nicht warm genug für Dezember.« Er hält mir die Handschuhe direkt unter die Nase. »Außerdem dachte ich, es wäre eine ausgezeichnete Möglichkeit, meine anatomischen Kenntnisse zu vertiefen.«

Jetzt erst sehe ich, dass er auf jeden weißen Knochen mit einem grauen Stift den lateinischen Namen geschrieben hat: os lunatum, os triquetum, os pisiforme, os hamatum, os capitatum, phalanx distalis.

»Sehr hübsch, Toby«, sage ich abwesend, denn Nat erhebt sich gerade von ihrem Stuhl.

»Ich muss noch meine Bio-Hausaufgaben abgeben«, sagt sie in seltsamem Tonfall. »Wir sehen uns in der Pause, ja?«

Fürs Protokoll: Nat und ich haben keine Stunden zusammen. Obwohl wir uns letztes Jahr alle Mühe gegeben haben, in dieselben Kurse zu kommen (Nat hat mehr gelernt, und ich habe mich angestrengt, ein paar Fehler in meine Arbeiten einzubauen), bin ich immer noch in den A-Kursen und Nat besucht in den meisten Fächern B-Kurse.

»Okay«, sage ich. Sie sieht mich immer noch nicht an. »Wir sehen uns an der Kuh?«

»Wir sehen uns an der Kuh« ist ein Ausdruck, den wir benutzen, seit wir fünf waren und es eine große, aus Pappe ausgeschnittene Kuh gab, an der wir jeden Morgen um zehn für unsere Milch anstehen mussten. Jetzt ist es das Kürzel dafür, dass wir in der Mensa aufeinander warten.

»Klar«, meint sie, und dann schenkt sie mir ein kurzes Lächeln und schießt wie von der Tarantel gestochen aus der Klasse. So schnell habe ich sie noch nie irgendwo abhauen sehen.

Der Rest des Tages lässt sich folgendermaßen zusammenfassen:
– Jedesmal, wenn ich Nat sehe, lächelt sie und versteckt sich hinter ihren Haaren.
– In der Vormittagspause muss sie nachsitzen.
– In der Mittagspause muss sie nachsitzen.
– In der Nachmittagspause muss sie zum dritten Mal nachsitzen.
– Ich verbringe den ganzen Tag allein.

Als Nat mir vor der letzten Stunde sagt, sie müsse nach der Schule länger bleiben, bin ich überzeugt davon, dass sie absichtlich dafür sorgt, dass sie nachsitzen muss, um mir aus dem Weg zu gehen. Ich bin hin und her gerissen: einerseits am Boden zerstört und gleichzeitig beeindruckt von ihrem äußerst geschickten und klugen strategischen schlechten Benehmen.

Inzwischen nutzt Toby Nats Abwesenheit nach Kräften aus, um mir zu folgen wie ein Kätzchen dem Wollknäuel: Er tätschelt mich sogar ab und zu, um sich zu vergewissern, dass ich noch da bin.

»Harriet«, flüstert er in der sechsten Stunde in Englische Literatur. »Ist es nicht toll, so viel Zeit miteinander zu verbringen?«

Ich gebe ein unverbindliches Grunzen von mir und kritzle noch ein Auge in mein Heft.

»Ich habe wirklich das Gefühl, dich jetzt schon viel besser zu kennen«, fährt Toby begeistert fort. »Zum Beispiel weiß ich, dass du um zehn Uhr direkt zur Toilette gehst, und wenn du wieder rauskommst, sind deine Haare viel ordentlicher, also kann ich wohl annehmen, dass du vor dem Toilettenspiegel deinen Pferdeschwanz richtest.«

Ich kritzle weiter.

»Und«, flüstert er aufgeregt, »um fünf nach zwölf gehst du wieder zur Toilette, und wenn du um Viertel nach zwölf rauskommst, sind deine Augen ganz geschwollen und rot gerändert. Was, wie ich nur vermuten kann, bedeutet, dass du da reingehst, um in Ruhe zu weinen.«

Ich starre ihn zornig an. »Ich mache das nicht jeden Mittag, Toby.«

»Nicht?« Er holt einen kleinen Notizblock raus und schlägt eine Seite auf, auf der allem Anschein nach eine Liste steht. »Okay, dann streiche ich das durch.« Er zieht einen Strich durch den entsprechenden Eintrag.

Ich bin kurz davor, aus der Haut zu fahren. Ich habe Nat gekränkt, der ganze Tag war absolut beschissen, ich hab eine Riesenwut im Bauch und es sieht ganz danach aus, als würde Toby gleich das meiste davon abbekommen.

»Und«, fährt er fort, »gegen drei am Nachmittag gehst du wieder in die Toilette, aber diesmal bleibst du die ganze Pause drin, also nehme ich an, dass du mir aus dem Weg gehst. Entweder das oder ... du weißt schon ... du bist mit komplizierten Darmaktivitäten beschäftigt.«

Plötzlich merke ich, dass meine Wangen brennen. Mit seiner ersten Vermutung lag er richtig – ich bin ihm aus dem Weg gegangen –, aber über diese zweite Anspielung bin ich ganz und gar nicht glücklich. Ich rede nicht gern über Darmaktivitäten, ob simpel oder kompliziert.

»Kannst du mich nicht einfach in Ruhe lassen?«, flüstere ich und merke, dass meine Stimme mit jedem Wort lauter wird. »Ich meine, besteht die geringste Chance, dass du dir ... ich weiß nicht ... jemand anders zum Stalken suchst?«

Toby sieht mich erstaunt an. »Wen denn?«, fragt er und sieht sich um. »Hier ist sonst niemand Lohnenswertes, Harriet. Du bist die Einzige.«

Ich beiße die Zähne zusammen. »Dann stalk halt niemanden.« Mein Tonfall wird immer ätzender. »Ja. Wie wäre es damit, niemanden zu stalken, Toby? Mit anderen Worten: Lass mich verdammt noch mal in Ruhe.« Und dann herrscht Stille.

Toby sieht mich staunend an. Ich glaube, das Letzte habe ich gerade gebrüllt.

Ein leises Kichern wandert durch die Klasse.

Und als ich aufschaue, sehe ich, dass Mr Bott aufgehört hat, an die Tafel zu schreiben, und mich mit einer Miene anstarrt, die eine Vorzeigeschülerin wie ich nicht oft zu sehen bekommt: einer Miene von Zorn, Frust und dem inbrünstigen Verlangen zu bestrafen.

Sieht ganz danach aus, als würde ich Nat nach der Schule doch noch zu sehen kriegen.

19

Ich sehe Mr Bott mit großen runden Augen an.

»Miss Manners«, sagt er in eisigem Tonfall von der Tafel, und plötzlich fällt mir wieder ein, dass wir eigentlich die dritte Szene des dritten Akts von *Hamlet* lesen sollen. »Geht Ihnen ein Gedanke durch den Kopf, an dem Sie uns gern teilhaben lassen möchten?«

»Nein«, sage ich sofort und senke den Blick auf die Tischplatte.

»Es fällt mir schwer, das zu glauben«, sagt Mr Bott in noch schärferem Tonfall. »Sie haben doch immer einen Gedanken, den Sie uns mitteilen möchten. Ja, normalerweise fällt es schwer, Sie daran zu hindern, sich uns mitzuteilen.«

»Im Augenblick denke ich grad gar nichts«, erkläre ich kleinlaut.

»Gut zu wissen. Das haben wir doch richtig gern: eine Schülerin, die so kurz vor den Prüfungen keinen einzigen Gedanken im Kopf hat.«

Plötzlich schnaubt Alexa vor Lachen.

O ja: Alexa ist ebenfalls in allen A-Kursen. Kann sein, dass das auch mit ein Grund war, warum ich letztes Jahr versucht habe, durch die Prüfungen zu rasseln, bevor die Kurse neu eingeteilt wurden. Bedauerlicherweise ist Alexa nämlich gemein und schlau. Ich kann mich auf mindestens drei weitere Jahre mit ihr freuen, und dann folgt sie mir wahrscheinlich auf die Uni.

»Alexa?«, fährt Mr Bott auf und schießt zu ihr herum. »Was ist daran so lustig?«

Alexa schaut zu mir rüber und hebt eine Augenbraue. »Nichts«, sagt sie bedeutungsvoll. »Ganz im Gegenteil. Eher traurig, würde ich sagen.«

Super. Sie kann mich sogar vor dem Lehrer beleidigen, und der merkt es nicht mal.

»Gut«, sagt Mr Bott, doch er wirkt nicht gerade glücklich. Gerechterweise muss ich sagen, dass er selten einen glücklichen Eindruck macht. Ich glaube nicht, dass er unterrichtet, weil es ihn wirklich mit einem inneren Leuchten erfüllt. »Wie wäre es, wenn die kleine Miss Brüller und die kleine Miss Kicherer nach vorne kämen und ihre Meinung zu einer Frage über diesen Text zum Besten geben?«

Alexas Gesicht ist plötzlich ganz blass, und als wir nach vorne gehen, wirft sie metaphorische Dolche in meine Richtung, als wäre es meine Schuld, dass sie in Schwierigkeiten steckt.

»Also«, sagt Mr Bott, »dreht euch bitte zur Klasse um.«

Meine Wangen glühen mit jeder Sekunde mehr. Ich drehe mich zur Klasse hin, richte den Blick aber tunlichst zu Boden.

»Also, Alexa Roberts und Harriet Manners.« Mr Bott setzt sich und zeigt mit einer anmutigen Bewegung auf die Tafel. »Da der Text Sie offensichtlich so fasziniert, erklären Sie uns doch bitte die Bedeutung von Laertes in *Hamlet*.« Er sieht Alexa an. »Sie zuerst, Miss Roberts.«

»Also …«, antwortet Alexa zögerlich. »Er ist Ophelias Bruder, richtig?«

»Ich habe nicht nach seinem Familienstammbaum gefragt, Alexa. Ich will etwas über seine literarische Bedeutung als fiktionaler Charakter wissen.«

Alexa druckst herum. »Also, dann liegt seine literarische Bedeutung eben darin, dass er Ophelias Bruder ist, oder? Damit sie jemanden zum Rumhängen hat.«

»Wie äußerst nett von Shakespeare, seiner fiktionalen Ophelia einen fiktionalen Spielkameraden zur Seite zu stellen, damit sie sich nicht fiktional langweilt. Ihre analytischen Fähigkeiten erstaunen mich, Alexa. Vielleicht sollte ich Sie in den Förderkurs zu Mrs White schicken, wo Sie den Rest der Stunde damit verbringen können, sich mit Pippi Langstrumpf zu beschäftigen. Die hatte einen Affen zum Rumhängen.«

Alexas Gesicht wird plötzlich puterrot, sie ist zutiefst gedemütigt. Im Augenblick tut sie mir ehrlich richtig leid.

Mr Bott wendet sich mir zu. »Sie sind dran, Miss Manners. Möchten Sie dem etwas hinzufügen?«

Ich halte den Blick noch ein paar Sekunden zu Boden gerichtet und kämpfe mit mir. Interessante intellektuelle Fragen in der Öffentlichkeit korrekt zu beantworten, ist meine einzige große Schwäche. Ich mache mich jedesmal ein bisschen unbeliebter, wenn ich es tue, aber ich kann einfach nicht anders.

Es ist eine Krankheit. Wenn auch eine vollständig selbst verschuldete.

»Also«, setze ich zögerlich an und fahre fort, obwohl ich weiß, dass ich im dümmlichsten Tonfall *»Keine Ahnung, tut mir leid, nicht den leisesten Schimmer«* sagen sollte, fort: »Ich glaube, Laertes ist ein literarischer Spiegel für Hamlet. In dem Stück geht es vorgeblich darum, dass Hamlet den Tod seines Vaters rächt, aber eigentlich geht es darum, dass Hamlet zaudert. Laertes ist also eine Art Hamlet in einem anderen Universum, denn als Hamlet seinen Vater ermordet, nimmt Laertes augenblicklich Rache und bringt das Stück sofort zum Ende. Als literarisches Konstrukt ist er, denke ich, da, um zu zeigen, was passiert wäre, wenn Hamlet jemand anders gewesen wäre. Es ist gewissermaßen Shakespeares Art zu sagen, dass unsere Geschichten von dem angetrieben werden, wer wir sind und was wir tun, und nicht durch die Ereignisse, die uns widerfahren.«

Ich atme tief durch. Toby fängt an zu klatschen, und ich werfe ihm einen Blick zu, dass er sofort aufhört.

»Sehr gut, Harriet«, sagt Mr Bott und nickt. »Sogar ausgezeichnet.« Er bedenkt Alexa mit kaltem Blick. »Alexa, in Literatur gibt es keine richtigen Antworten. Aber verdammt viele falsche. Und Ihre war eine davon.«

»Sir!«, empört sich Alexa. »Das ist nicht fair! Wir sind noch nicht am Ende des Stückes! Harriet hat geschummelt!«

»Das nennt man nicht Schummeln«, sagt Mr Bott müde und legt die Hand über die Augen. »Das nennt man ein leises Interesse an dem Verlauf der Geschichte. So wie man die Kanäle wechselt, um die morgigen Episoden geistloser Sitcoms zu sehen, weil man sich keinen Tag gedulden kann, um zu erfahren, was als Nächstes geschieht.« Dann drückt er mit den Fingern kurz den Nasenrücken und atmet aus.

»Aber ...«, setzt Alexa an, noch röter im Gesicht.

»Ich sehe, dass meine Zeit hier sinnvoll genutzt ist«, unterbricht Mr Bott sie. »Mein Leben ist erfüllt. Meine Seele ist gesättigt. Also, nach dieser ermutigenden Anmerkung werde ich noch ein paar Lektüren aus dem Lehrerzimmer holen. Mindestens drei Mitglieder der Klasse scheinen *Romeo und Julia* zu lesen und zu hoffen, ich bemerke den Unterschied nicht.« Er lässt einen abgrundtief geringschätzigen Blick durch die Klasse schweifen. »Beschäftigen Sie sich für fünf Minuten selbst. Falls Sie das können.«

Damit geht er.

Einfach so. Wie ein Zirkusdirektor, der gerade einem zornigen Tiger eins über die Nase gezogen hat und ihn dann zusammen mit seinem Assistenten im Käfig zurücklässt.

Ich wende mich langsam zu Alexa um, irgendwo aus der Ferne dringt etwas an meine Ohren – und übertönt das entsetzte Summen, das in meinem Kopf eingesetzt hat.

Das leise Zischen, mit dem dreißig Fünfzehnjährige gleichzeitig nach Luft schnappen.

»Also«, sagt Alexa schließlich und sieht mich an, und ich schwöre, sie knurrt förmlich. Sie kneift die Augen zusammen. »Sieht so aus, als gibt es jetzt nur noch du und mich, Harriet.«

20

Kennt ihr das, dass in Liebesfilmen immer der Augenblick kommt, wo der schwer verliebte Held einfach nicht mehr an sich halten kann, was er empfindet, und ihn das dringende Bedürfnis überkommt, sich öffentlich zu erklären?

Es ist immer total vorhersehbar und wird immer absolut erwartet, und doch ist die Heldin immer schockiert und überrascht, als käme es aus heiterem Himmel. Das hab ich noch nie kapiert. Ich meine, wie blöd kann man überhaupt sein? Hat sie es nicht auf hundert Meter kommen sehen? Hat sie nicht – wie jeder andere – die sich allmählich aufbauende Spannung gespürt?

So langsam verstehe ich es ein bisschen besser. Man sieht so etwas nicht kommen, wenn es einen selbst betrifft. Nur wenn es jemand anderen betrifft.

Denn plötzlich weiß ich: Alexas leidenschaftlicher, unerklärlicher Hass auf mich – ein Hass, der sehr der Liebe ähnelt und doch genau das Gegenteil davon ist – kann nirgends anders hin. Er ist wie ein gewaltiger pulsierender Vulkan angewachsen, der jeden Augenblick zischend zum Ausbruch kommen wird.

Und ich kann nirgends in Deckung gehen.

Oder? Verzweifelt werfe ich einen Blick auf die Tür. Soll ich fliehen? Oder den Kopf senken und es irgendwie durchstehen? Aber wir sind in der Schule. Wie schlimm kann es schon werden?

Und wisst ihr, was am beängstigendsten ist? Es juckt mich immer noch, ihre Grammatik zu verbessern. »Dich und mich«, bin ich versucht zu erwidern. »Nicht du und mich. Jetzt gibt es nur noch dich und mich, Alexa.«

»Also«, wiederholt Alexa noch einmal, und ich merke, dass die ganze Klasse immer noch die Luft anhält. »Harriet Manners.«

Ich schlucke und mache einen Schritt auf meinen Platz zu.

»O nein. Nein, nein. Du gehst nirgends hin.« Sie packt mich von hinten am Schulpullover und zerrt mich zurück vor die Klasse. Doch sie zieht nicht gewaltsam, eher behutsam, fast wie eine Mutter, die ihr Kind daran hindern will, über die Straße zu laufen, wenn ein Auto kommt.

Ich verharre, den Blick zu Boden gerichtet, und mache mich so klein und unscheinbar wie möglich.

»Noch dämlicher hättest du mich wohl nicht dastehen lassen können, was?«, fragt Alexa fast beiläufig. »Ich meine, ›vorgeblich‹? Hast du wirklich ›vorgeblich‹ gesagt?«

Ich finde meine Stimme, wenn auch die leiseste Stimme, die ich je gehört habe. »Das bedeutet ›anscheinend‹«, erkläre ich flüsternd. »Oder ›angeblich‹.«

Warum habe ich nicht einfach »angeblich« gesagt?

Meine Antwort scheint sie noch wütender zu machen. »Ich weiß, was es bedeutet!«, brüllt sie. »Himmel, du musst mich ja für ganz schön blöd halten, was!«

»Nein«, flüstere ich.

»O doch. Du und deine klugen kleinen Bemerkungen und deine bescheuerten kleinen Fakten und dein oberschlaues kleines Gesicht.« Sie zieht wieder die Grimasse – die, wo sie schielt und die Zähne vorschiebt. Was wirklich nicht fair ist. Sie weiß, dass ich schon seit Jahren keine Zahnspange mehr trage, und mein linkes Auge ist nur träge, wenn ich müde bin. »Du glaubst wirklich, du bist was Besseres, was, Harriet Manners?«

»Nein«, murmle ich wieder. Das beschämte Brennen hat sich vom Hals zu meinen Ohren ausgebreitet und kriecht mir jetzt über die Kopfhaut. Ich spüre, dass die ganze Klasse mich anstarrt, so wie sie im Zoo den Affen mit dem roten Hintern angestarrt haben. »Tu ich nicht.«

»Ich höre dich nicht«, sagt Alexa lauter. Sie kommt näher – tritt ganz dicht vor mich –, und eine kurze Sekunde lang denke ich, gleich knallt sie mir eine. »Dann will ich es mal anders formulieren: Denkst du, du wärst was Besseres als alle anderen, Harriet Manners?«

»Nein«, sage ich so laut wie möglich.

»O doch«, zischt sie und kommt noch näher, und selbst in meinem Schockzustand registriere ich ungläubig, was ich in ihrem Gesicht sehe: reinen, nahezu funkelnden Hass. Er brennt in ihr und beleuchtet sie von innen – wie bei diesen kleinen runden Kerzen mit Bildern von Pinguinen außen drauf. »Du hast ja keine Vorstellung davon, was für ein absoluter Verlierer du bist.«

»Das stimmt nicht«, flüstere ich.

Denn das weiß ich ganz genau. Ich weiß genau, wer ich bin. Ich bin Harriet Manners: Einserschülerin, Sammlerin von Halbedelsteinen, Erbauerin kleiner, vollkommen proportionierter Gleisanlagen für Modelleisenbahnen, Verfasserin von Listen, alphabetisch und nach Genres sortierender Bücherwurm, Benutzerin überflüssiger Adjektive, Hüterin von dreiundzwanzig Kellerasseln unter dem großen Stein am Fuß des elterlichen Gartens.

Ich bin Harriet Manners:
uncool, und zwar so was von.

Alexa achtet gar nicht auf mich. »Und ich finde, es ist an der Zeit, die Probe aufs Exempel zu machen«, fährt sie fort und lässt den Blick durch die Klasse schweifen. Ich spüre, wie mir das Wasser in die Augen steigt, aber ich bin wie erstarrt. Selbst meine Zunge ist taub. »Wer in diesem Raum«, sagt Alexa langsam und laut, »hasst Harriet Manners? Finger hoch.«

Ich kann nichts sehen, denn jetzt schwankt der ganze Raum.

»Toby«, fügt Alexa hinzu. »Heb den Finger, oder ich spül dich nächste Woche jeden Mittag das Klo runter.«

Ich schließe die Augen, und zwei Tränen rollen mir über das Gesicht. Ich will das auf keinen Fall sehen.

»Und jetzt mach die Augen auf«, sagt Alexa.

»Nein«, sage ich so resolut wie möglich.

»Mach die Augen auf.«

»Nein.«

»Mach die Augen auf. Sonst lasse ich mir noch was Schlimmeres einfallen, heute, morgen und übermorgen. Ich lasse mir so lange was Schlimmeres einfallen, bis du kapiert hast, was du bist und was nicht.«

Obwohl ich also ganz genau weiß, was ich bin und was nicht – und obwohl ich mir nicht sicher bin, ob es überhaupt möglich ist, sich noch was Schlimmeres einfallen zu lassen –, schlage ich die Augen auf.

Sämtliche Hände in der Klasse sind in die Luft gereckt.

Ehrlich, ich wünschte, sie hätte mir einfach eine geknallt.

Und mit diesem letzten Gedanken breche ich in Tränen aus, schnappe mir den Rucksack, auf dem UNCOOL geschrieben steht, und stürme aus der Klasse.

21

Menschen, die Harriet Manners hassen:
1. Alexa Roberts
2. Die Hut-Dame
3. Die Besitzer der Stände 24D, 24E, 24F, 24G und 24H
4. Nat
5. Klasse 11A Englische Literatur

Als ich zu Hause ankomme, weine ich so heftig, dass es sich anhört wie Holz sägen.

Ich heule nicht so leicht, und es besteht durchaus die Gefahr, dass meine Eltern gar nicht kapieren, was mit mir los ist, also tauche ich in einen Strauch vor unserem Haus ab, bis ich – ohne den Hauch eines Zweifels – sicher sein kann, dass ich atmen kann, ohne zu hicksen und ohne dass mir eine Rotzblase aus der Nase quillt. Und dann hocke ich in dem Strauch in der Höhle, die Toby sich in den drei Jahren, da er mich verfolgt, gemacht hat, und schluchze leise in den Ärmel meines Schulpullovers.

Ich weiß nicht, wie lange ich weine. Es ist wie ein endloser Kreislauf der Tränen, denn kaum habe ich mich beruhigt und schaue auf, da fällt mein Blick auf meine Schultasche, und ich fange wieder von vorn an.

Es kommt mir sogar vor, als würde die Schrift immer größer, obwohl ich natürlich weiß, dass das nicht sein kann.

UNCOOL.
UNCOOL.
UNCOOL.

Ich kann auch nicht mehr so tun, als wäre es mir egal, das ist es nämlich nicht. Denn sie lassen mich einfach nicht in Ruhe.

Ich hab das alles gründlich satt. Ich habe es satt, anders zu sein, außen vor zu stehen, gehasst zu werden. Ich habe es satt, dass alles, was ich bin, in Stücke zerfetzt und im Zimmer verstreut wird, als ob ein Welpe eine Rolle Toilettenpapier auseinandernimmt. Ich habe es satt, nie was richtig zu machen, unaufhörlich gedemütigt zu werden, ewig das Gefühl zu haben, nicht gut genug zu sein, egal was ich tue.

Ich habe es satt, mich so zu fühlen.

Und vor allem habe ich es satt, als einsamer Eisbär durch den Regenwald zu trotten.

Als die Buchstaben zwanzig Zentimeter groß sind und blinken, ertrage ich es nicht mehr und flippe endgültig aus. Ich stoße einen kleinen frustrierten Schrei aus und gehe mit meiner Gürtelschnalle darauf los, bis ich es so zerkratzt habe, dass man es nicht mehr lesen kann.

Und dann recke ich mich – endlich ruhiger –, krieche aus dem Strauch, wische mir den Dreck von der Schuluniform und versuche so zu tun, als wäre mein Benehmen völlig normal für einen Freitagnachmittag um vier Uhr.

Schniefend gehe ich zur Haustür.

»Dad?«, wispere ich, als ich sie leise öffne, und wische mir die Nase am Ärmel ab. »Annabel?«

Und dann verharre ich, irritiert.

Denn Annabel, mein Vater und Hugo stehen alle im Flur.

Und warten anscheinend auf mich.

22

Okay: Soll das ein Witz sein?

Ausgerechnet heute, wo ich am liebsten direkt ins Bett gehen würde, ohne dass mich jemand nervt, haben sich meine Eltern endlich überlegt, etwas für die einladende Atmosphäre im Haus zu tun?

»Was ist los?«, frage ich verlegen und wische mir rasch mit der Hand über die Augen. Hugo springt an meiner Hose hoch und leckt den Dreck ab. »Ist alles in Ordnung? Dad, warst du bei deinem Chef?«

Annabel beäugt mich mit gerunzelter Stirn. »Was ist los, Harriet? Hast du …« Ich sehe, dass sie im Geiste nach einem Wort sucht, das meinem Gesicht gerecht wird.

»Hast du etwa geweint?«, fragt sie schließlich unsicher.

»Ich bin erkältet«, erkläre ich entschlossen und schniefe. »Hat heute Morgen angefangen.« Und dann sehe ich meinen Vater an, der die Lippen fest zusammenkneift. »Dad? Dein wichtiges Treffen? Ist es gut gelaufen?«

»Hä?« Mein Vater verzieht das Gesicht. »Ja, kein Problem. Sie haben gesagt, ich wäre ein unorthodoxer Nonkonformist, genau wie es ich mir gedacht habe, aber als ich nach einer Gehaltserhöhung gefragt habe, haben sie abgelehnt.« Dann sieht er Annabel an und wippt ein paar Mal auf den Zehen auf und ab. »Erzähl ihr, Annabel.« Er gibt ihr mit dem Ellbogen einen Stups. »Erzähl's ihr.«

»Was?« Ich sehe Annabel an, die meinen Blick schweigend erwidert. »Was?«

Annabel seufzt. »Sie haben angerufen, Harriet«, sagt sie schließlich zögernd. »Die Modelagentur. Die hat angerufen. Während du in der Schule warst.«

Vor Schreck fällt mir die Kinnlade runter. »Sie haben angerufen? Aber ...« Ich unterbreche mich kurz, denn ich bin ganz durcheinander. »Das kann nicht sein. Ich hab denen doch gar nicht meine Nummer gegeben. Wie können sie da anrufen?«

»Also, sie haben sie irgendwie rausgefunden und haben hier angerufen!«, ruft mein Vater begeistert und stößt die Faust in die Luft. Hugo reagiert, indem er ein paar Schritte rückwärts macht und bellt. »Infinity Models, Harriet! Das ist gigantisch! Das ist gigantischer als gigantisch! Das ist megagigantisch! Sie haben angerufen und haben gesagt, sie sind völlig hin und weg von den Fotos und wollen uns alle sehen! Morgen, als Allererstes! In der Agentur! Bei ihnen! Mit uns! Und ihnen!«

»Megagigantisch ist kein Wort, Richard«, meint Annabel mit einem Seufzer. »Egal, was sie wollen, spielt keine Rolle. Wir haben es ja besprochen, Harriet wird es nicht tun. Sie will es nämlich auch gar nicht tun.« Dann sieht sie mich an. »Stimmt's?«

Schweigen.

»Stimmt's?«, wiederholt Annabel verwirrt.

Ich sehe meine Eltern an – Annabel, die die Hände in die Hüfte gestemmt hat, und mein Vater, der herumhüpft wie eine glückliche kleine Ente –, und plötzlich kann ich sie nicht mehr richtig sehen. Ich kann überhaupt nichts sehen. Es ist, als wäre die Welt seltsam dunkel und still geworden, und ich stehe in der Mitte und warte darauf, dass alles wieder von Licht und Lärm erfüllt ist.

Und dann trifft es mich wie der sprichwörtliche Vorschlaghammer oder die Faust oder sonst was Schnelles und Schweres und absolut Unerklärliches. Plötzlich ist es so klar, dass ich gar nicht begreife, wieso ich es vorher nicht gesehen habe, aber ich konnte es nicht sehen, weil ich es nicht so gebraucht habe wie jetzt, genau in diesem Augenblick.

Das ist es.

Damit könnte ich die Dinge endlich ändern.

Die perfekte Verwandlungsgeschichte – wie bei Ovid oder Hans Christian Andersens hässliches Entlein oder gar Aschenputtel (die ursprünglich Rhodopis hieß und im Jahr 1 vor Christus in Griechenland verfasst wurde). Damit könnte ich mich aus der sprichwörtlichen Raupe in einen Schmetterling verwandeln, aus einer Kaulquappe in einen Frosch. Aus einer Larve in eine Libelle (was eigentlich nur eine halbe Metamorphose ist, aber trotzdem erwähnenswert, finde ich).

MODELN KÖNNTE MICH VERWANDELN. Und dann wäre ich nicht mehr Harriet Manners: Streberin, von allen gehasst, ignoriert, gedemütigt. Ich wäre … eine andere. Jemand anderes. Jemand Cooles.

Denn – und der Gedanke kommt mir just in diesem Augenblick – wenn ich jetzt nichts tue, werde ich immer ich sein. Dann werde ich für immer die Streberin sein.

Und das bedeutet, dass die Leute mich für immer hassen und mich auslachen und die Hände heben werden. Bis ans Ende aller Tage. Und nie, nie, nie wird sich etwas ändern.

Außer ich tue es.

»Ich … ich …«, stammle ich, und dann halte ich inne und schlucke, denn ich kann selbst kaum glauben, was ich gleich sagen werde.

»Ja?« Annabel und mein Vater sprechen im Chor, wenn auch in völlig unterschiedlichem Tonfall.

»Ich ... ich glaube, ich möchte dahin.«

Schweigen. »Was?«, keucht Annabel schließlich. »Du willst was?«

»Ich will dahin«, wiederhole ich, doch diesmal mit klarerer Stimme. Für ein paar Sekunden ist Nats Gesicht in meinem Hinterkopf aufgeblitzt. Das angespannte, gerötete, traurige, untröstliche Gesicht meiner besten Freundin. Und dann ist daneben – wie bei einer Diashow – Alexas Gesicht aufgetaucht, und ich schalte beide schnell ab. »Ich will da hin, in die Modelagentur«, wiederhole ich noch einmal.

Mein Vater macht einen Luftsprung. »Du hast es gesagt, Annabel!«, kräht er. »Erinnerst du dich? Wir haben gestritten, und ich habe gewonnen, und da hast du gesagt, na gut, wenn sie will, dann fahren wir da eben hin!«

»Ich hätte nicht gedacht, dass sie es wirklich will.« Annabel ist verstimmt. »Du hast mich ausgetrickst, Richard. Ich fass es nicht, dass du mich ausgetrickst hast.«

»Bitte?«, sage ich und sehe sie mit riesengroßen Augen an. Als ich zur Seite schaue, tut mein Vater dasselbe. »Nur mal zum Gucken? Bitte, Annabel.«

Annabel macht den Mund auf, um etwas zu sagen, doch dann klappt sie ihn wieder zu. Sie betrachtet mein Gesicht, als wäre es eine Matheaufgabe und die Lösung wäre schwerer, als sie erwartet hatte. »Du willst da wirklich hin?«, fragt sie mit schockierter und leicht angewiderter Stimme, als hätte ich gerade gesagt, ich würde gern für den Rest meines Lebens streunenden Katzen die Flöhe aus dem Fell pulen und sie womöglich auch noch essen. »Klamotten? Harriet? Fotos? Mode? Modeln?«

»Ja«, sage ich und sehe ihr direkt in die Augen. »Vielleicht«, lenke ich ein. »Mal schauen.«

Annabel erwidert meinen Blick einige Sekunden lang, seufzt dann und lässt den Kopf in die Hände sinken. »Steht jetzt die ganze Welt kopf?«

»Definitiv«, erwidere ich. Denn genauso kommt es mir vor.

»Dann ...« Annabel schnaubt zornig. »Also, ich bin ja hier ein Opfer meiner eigenen Anständigkeit, oder? Dann müssen wir wohl hinfahren und sehen, was sie zu sagen haben.«

»Jaaaa!«, brüllt mein Vater, als hätte er gerade ein Tor geschossen, und als Annabel ihm einen kurzen, scharfen Blick zuwirft, räuspert er sich. »Ich meine, gute Entscheidung, Schatz. Ausgezeichnet. Sehr vernünftig.«

»Bild dir bloß nichts ein, Richard«, blafft Annabel. »Ich hab gesagt, wir fahren hin. Mehr nicht. Darüber hinaus habe ich nichts versprochen. Und dann entscheiden wir. Im Augenblick stimme ich noch gar nichts zu.«

»Aber natürlich«, erwidert mein Vater ein wenig eingeschnappt. »Das ist ebenfalls sehr vernünftig, Schatz.«

Doch als mein Vater mir zublinzelt und in der Küche verschwindet, um dort ein Freudentänzchen hinzulegen, geht mir auf, dass ich gar nicht richtig hingehört habe. Denn für mich zählt nur, dass ich – nach zehn Jahren – endlich etwas tue, um etwas zu verändern.

Wurde offen gestanden auch höchste Zeit.

23

Also, das Erste, was zu einer gelungenen Verwandlung erforderlich ist, ist ein Plan. Ein hübscher, gut durchdachter, strukturierter, wohlüberlegter und klarer Plan.

Und wenn dieser Plan zufällig eine Liste mit richtigen Tagesordnungspunkten ist, ausgedruckt am Computer im »Büro« meines Vaters (das Gästezimmer), dann umso besser.

Der Plan für heute lautet also ungefähr — oder genauer gesagt, exakt — so:

Plan für heute
- um 7 Uhr aufwachen und genau drei Mal die Schlummertaste drücken.
- Nicht an Nat denken.
- In meinem Schrank ein für den Besuch in einer Modelagentur passendes Outfit raussuchen.
- In besagtem Outfit nach unten gehen, wo meine ruhigen und unterstützenden Eltern »Ooh« und »Aah« sagen und hinzufügen, sie hätten ja keine Ahnung gehabt, dass ich so viel angeborenen Stil besäße.
- Nicht an Nat denken.
- Pünktlich um 8.34 Uhr das Haus verlassen, damit wir den 9.02-Uhr-Zug nach London kriegen.
- Rechtzeitig in London eintreffen, um im Café gegenüber noch ein Pain au Chocolat essen und einen Cappuccino trin-

ken zu können, denn das tun Models wahrscheinlich jeden Morgen.
- In etwas Fantastisches verwandelt werden.

Zugegeben, der letzte Punkt auf der Liste ist ein bisschen vage, weil ich mir nicht ganz sicher bin, was sie mit mir machen werden und wie sie es anstellen werden, aber das ist nicht schlimm. Solange der restliche Plan meiner Kontrolle unterliegt, müsste alles laufen wie geschmiert.

Leider scheinen die anderen ihn nicht gelesen zu haben.

»Richard Manners«, ruft Annabel gerade, als ich die Treppe runterkomme. Schon läuft es nicht richtig rund: Ich habe fünfzehn Mal die Schlummertaste gedrückt und bin schließlich zu der beruhigenden, süßen Melodie einer handfesten Streiterei meiner Eltern aufgestanden, die sich unten schon gegenseitig die Augen auskratzen. »*Nicht zu fassen, dass du die Erdbeermarmelade leer gemacht hast!*«

»*Hab ich nicht!*«, schreit mein Vater zurück. »Guck! Da ist noch was drin?«

»Was soll man denn mit so einem winzigen Klecks Erdbeermarmelade anfangen? Sehe ich aus wie eine Elfe? Mit klitzekleinen Elfenstückchen Toast? Ich bin eins achtundsiebzig.«

»Was soll ich darauf sagen, ohne dich unabsichtlich *dick* zu nennen?«

»Sei sehr vorsichtig, was du als Nächstes sagst, Richard Manners. Dein Leben hängt am nächsten Satz.«

»Also ... ich ... Harriet?« Damit dreht mein Vater sich zu mir um. Ich weiß nicht, wie sich sämtliche negativen Schwingungen so schnell gegen mich richten konnten, wo ich doch kaum den Raum betreten habe, aber offensichtlich haben sie das. »*Was zum Teufel trägst du da?*«

Empört blicke ich an mir runter. »Einen schwarzen Einteiler«, sage ich und recke die Nase so hoch wie möglich. »Ich erwarte nicht, dass du das verstehst, denn du bist alt. Das nennt man Mode. Mo-de.«

Jetzt sieht Annabel mich verblüfft an. »Ist das nicht das Halloween-Kostüm vom letzten Jahr, Harriet?«, fragt sie, kratzt ein bisschen Marmelade vom Toast meines Vaters und verteilt sie auf ihrem.

»Gehst du als Spinne?«

Ich huste. »Nein.«

»Und warum hängt an deiner Schulter dann ein Bein?«

»Das ist eine besondere Art Schleife.«

»Und was sollen die sieben überflüssigen Klettverschlüsse an deinem Rücken?«

»Ein modisches Statement.«

»Und das Spinnennetz an deinem Hintern?«

Ich geb's auf.

»Schön«, fauche ich. Nicht dass ich übertrieben emotional oder aufgeregt wäre, aber ich habe so viel Zeit darauf verwandt, den Plan zu schreiben, und jetzt hält sich keiner dran. Warum kann sich keiner an den Plan halten? »Es ist mein Halloween-Spinnen-Kostüm, okay? Zufrieden?«

»Ich bin mir nicht sicher, ob das für heute so eine gute Wahl ist«, sagt mein Vater zweifelnd und macht sich daran, die Erdbeermarmelade zurückzuerobern. Ich merke, dass er mühsam ein Lachen unterdrückt. »Ich meine, es gibt andere Insekten, die mehr im Trend sind. Bienen sollen diese Saison der große Renner sein.«

»Pech gehabt«, fahre ich auf. »Denn was anderes habe ich nicht, okay?«

»Wie wäre es mit einer Wespe?«, fragt mein Vater, und seine Stimme bricht.

»Auf allem anderen ist vorn ein Cartoon.«

»Oder Grashüpfer?«, schlägt Annabel vor und zwinkert meinem Vater zu. »Ich mag Grashüpfer.«

An dem Punkt raste ich völlig aus. Sie sind weder ruhig noch das kleinste bisschen unterstützend. »Warum seid ihr so schreckliche Eltern?«, schreie ich.

»Ich weiß nicht«, schreit mein Vater zurück. »Warum bist du so eine ungezogene kleine Spinne?«

Annabel bricht in schallendes Gelächter aus.

»Aaaaaah!«, fahre ich frustriert auf. »Ich hasse euch, ich hasse euch, ich hasse euch, ichhasseeuchichhasseeuch.«

Voller Schmach darüber, dass ich mich ohne Vorwarnung in einen Teenager verwandelt habe, schreie ich noch einmal und stürme aus dem Zimmer, mit so viel Würde, wie ich zusammenkratzen kann. Was allerdings – da eins meiner Beine am Türrahmen hängen bleibt und ich nicht vom Fleck komme, bis Annabel mich unter schallendem Gelächter losmacht – nicht besonders viel ist.

24

Meine Zimmertür knallt längst nicht mehr so laut wie früher. Ich glaube, meine Eltern haben sie abgeschmirgelt. Was sehr hinterhältig von ihnen ist und ein Sabotageakt gegen mein gesetzlich verbürgtes Recht zum kreativen Selbstausdruck.

Also schlage ich sie zum Ausgleich drei Mal zu.

Doch sobald ich mal bäuchlings auf dem Bett liege, schäme ich mich ein wenig. Schließlich habe ich mich selbst schon nicht an den Plan gehalten, bevor ich überhaupt nach unten gegangen bin. Ich habe den ganzen Morgen an Nat gedacht. Ihr galt mein erster Gedanke, sobald ich wach war, und dann habe ich mir fünfzehn Schlummertastenintervalle lang Nats Gesicht vorgestellt, wenn ich ihr erzähle, wo ich heute war. Ich habe mir Nats Miene vorgestellt, wenn ihr klar wird, dass ich ihr ihren Traum gestohlen habe – und auch noch aus den völlig falschen Gründen: nicht weil ich Mode liebe, sondern weil das mein einziger Ausweg ist.

Und sie will mir nicht aus dem Kopf.

Also, ja, ich war ganz schön sauer auf meine Eltern, weil sie sich über Insekten amüsiert haben, und ich bin auch ein bisschen frustriert, dass mein persönlicher Stil, den ich glaubte zu besitzen, entweder nicht vorhanden ist oder so persönlich, dass er erst gar nicht zutage tritt. Wie der letzte Rest Zahnpasta.

Aber vor allem bin ich sauer auf mich selbst.

»Harriet?«, fragt Annabel, während ich mich wutschnaubend mit Schokoriegeln vollstopfe, die ich im Nachttisch bunkere. »Kann ich reinkommen?«

Normalerweise fragt sie nicht. Das heißt wohl, dass sie sich ziemlich dämlich vorkommt.

»Egal«, erwidere ich trotzig.

»Du weißt, dass ›egal‹ keine grammatikalisch korrekte Antwort auf meine Frage ist, Harriet.« Annabel steckt den Kopf zur Tür rein. »Versuch's noch mal.«

»Wenn's sein muss«, verbessere ich mich.

»Danke. Dann komme ich jetzt rein.« Annabel tritt ein und setzt sich mit den Armen voller Plastiktüten zu mir aufs Bett. Unwillkürlich bin ich neugierig, denn Annabel geht ungefähr so gern shoppen wie ich. »Tut mir leid, dass wir dich auf den Arm genommen haben«, sagt sie und streicht mir eine Strähne aus den Augen. »Uns war nicht klar, wie nervös du bist.«

Ich stoße einen Laut aus, der absichtlich mehrdeutig ist. *Mag sein, dass ich nervös bin, mag auch nicht sein,* soll dieser Laut sagen, *mag sein, dass ich euch verzeihe, mag auch nicht sein.*

»Stimmt was nicht?«, fragt sie seufzend. »Du bist im Augenblick ganz neben der Spur. Dabei bist du normalerweise so vernünftig.«

Vielleicht ist das genau das Problem. »Mir geht's gut.«

»Und es gibt nichts, worüber du reden möchtest?«

Ein paar Sekunden lang stehen mir wieder die dreißig in die Luft gereckten Hände vor Augen. »… Nein.«

»Dann …« Annabel räuspert sich. »Ich habe dir ein Geschenk gekauft. Ich dachte, es würde dich aufmuntern.«

Ich sehe Annabel überrascht an: Sie schenkt mir selten was, und wenn, muntern ihre Geschenke mich garantiert nicht auf.

Annabel nimmt eine große Tüte und reicht sie mir. »Also, das habe ich dir schon vor einer ganzen Weile gekauft, ich wollte auf den richtigen Augenblick warten. Vielleicht ist er jetzt gekommen. Du kannst es heute tragen.«

Und damit zieht sie den Reißverschluss auf.

Ein paar Sekunden starre ich schockiert auf den Inhalt. Es ist eine Jacke und sie ist grau und maßgeschneidert. Dazu eine passende weiße Bluse und ein Bleistiftrock. Der Stoff hat sehr dünne weiße Nadelstreifen und die Ärmel haben Bügelfalten.

Es ist ohne jeden Zweifel ein Kostüm. Annabel hat mir ein Mini-Anwältinnen-Kostüm gekauft. Sie will, dass ich genauso aussehe wie sie, nur zwanzig Jahre jünger.

»Sieht so aus, als wärst du jetzt erwachsen«, sagt sie in einem seltsamen Tonfall. »Und Erwachsene tragen so was. Was meinst du?«

Was ich meine? Ich meine, die Modelagentur wird denken, wir wollten sie verklagen.

Aber als ich den Mund aufmache, um Annabel zu sagen, ich würde lieber als Spinne gehen mit sämtlichen acht angehefteten Beinen, sehe ich ihr ins Gesicht. Und sie strahlt so vor Eifer und Glück – für sie ist das hier eindeutig ein wichtiger Augenblick meines Erwachsenwerdens –, dass ich es nicht über mich bringe. Ich werde die Demütigung auf mich nehmen.

»Ich find's toll«, sage ich und kreuze hinter dem Rücken die Finger.

»Ehrlich? Und ziehst du es heute an?«

Ich schlucke schwer. Ich weiß nicht viel über Mode, aber ich habe letzte Woche nicht viele Fünfzehnjährige in Nadelstreifenkostümen gesehen.

»Ja«, antworte ich mit so viel Begeisterung wie möglich.

»Ausgezeichnet.« Annabel strahlt mich an und schiebt noch ein paar Tüten in meine Richtung. »Denn ich habe dir auch noch einen passenden Terminplaner und eine Aktentasche besorgt.«

25

Den Plan zu schreiben, war die reinste Zeitverschwendung. Und Verschwendung von Papier und Druckertinte.

Ehrlich, ich weiß gar nicht, warum ich mir überhaupt die Mühe gemacht habe. Als ich endlich wie eine Kanzlei-Hilfskraft gekleidet bin und meine Eltern ihren Streit um Dads T-Shirt beigelegt haben (»Es ist nicht mal gewaschen, Richard.« – »Ich beuge mich nicht den Regeln der Modeindustrie, Annabel.« – »Aber du beugst dich doch den grundlegenden Regeln der Hygiene, oder?«), haben wir unseren Zug verpasst und den Zug danach auch.

Als wir endlich zu der angegebenen Adresse kommen, ist keine Zeit mehr für Pain au Chocolat und Cappuccino, und selbst wenn Zeit wäre, würden sie mir keinen erlauben.

»Du trinkst keinen Kaffee, Harriet«, sagt Annabel, als ich vor dem Fenster anfange zu jammern.

»Aber, Annabel …«

»Nein. Du bist fünfzehn und auch so schon ständig total aufgekratzt.«

Und dann finden wir, als wir endlich in der richtigen Straße in Kensington sind, das Haus einfach nicht. Hauptsächlich deswegen, weil wir nicht nach einem Zementblock hinter einem kleinen Supermarkt suchen.

»Sieht ja nicht besonders …«, meint mein Vater, als wir davorstehen und es misstrauisch beäugen.

»Ich weiß«, pflichtet Annabel ihm bei. »Findest du, es ist …«

»Nein, es ist nicht windig. Ich hab ein Foto im *Guardian* gesehen.«

»Vielleicht ist es innen hübscher?«, meint Annabel.

»Paradox, für eine Modelagentur«, meint mein Vater, und dann lachen die beiden, und Annabel beugt sich vor und gibt Dad einen Kuss, was, glaube ich, bedeutet, dass sie einander das T-Shirt-Debakel verziehen haben. Ehrlich, die zwei sind wie ein Goldfischehepaar – zanken sich und haben es drei Minuten später schon wieder vergessen.

»Also«, sagt Annabel langsam und drückt Dads Hand ein paar Mal, als sie glaubt, ich kriege es nicht mit. Sie atmet tief durch und sieht mich an. »Sieht so aus, als hätten wir's gefunden. Bist du bereit, Harriet?«

»Ist das dein Ernst?«, wirft mein Vater ein und zaust mir durch die Haare. »Ruhm, Reichtum, Ehre? Sie ist eine Manners. Sie ist quasi dafür geboren.« Bevor ich überhaupt auf eine dermaßen absurde Behauptung reagieren kann, fügt er hinzu: »Wer als Letzter drin ist, hat verloren«, und rennt, Annabel hinter sich herziehend, los.

Und lässt mich – zitternd wie das sprichwörtliche Espenlaub – auf dem Gehweg zurück, wo ich mich auf den Bordstein hocke, den Kopf zwischen die Knie stecke und einen ganz und gar nicht sprichwörtlichen Panikanfall bekomme.

26

Ich atme ein paar Minuten keuchend ein und aus, aber danach bin ich immer noch nicht viel ruhiger.

Das überrascht euch vielleicht, aber Fakt ist: Menschen, die sehr sorgfältig planen, haben oft keinen besonders guten Bezug zur Realität. Nach außen wirken sie so, aber das täuscht. Sie konzentrieren sich ganz darauf, die Wirklichkeit in kleine Häppchen zu zerlegen, um nicht das ganze Bild ansehen zu müssen. Das ist Aufschieberitis in Reinkultur, denn es führt bei allen, einschließlich bei ihnen selbst, zu der Überzeugung, sie wären sehr vernünftig und hätten einen starken Bezug zur Realität, wo doch genau das Gegenteil der Fall ist. Sie zerschnippeln die Realität in kleine Teile, damit sie so tun können, als wäre sie gar nicht da.

Deswegen knabbert Nat an ihrem Burger, damit sie so tun kann, als würde sie ihn gar nicht essen, während sie in Wirklichkeit doch genauso viel davon isst wie ich.

Trotz meines exakten Plans ist mir gerade klar geworden, dass ich das hier nicht in noch kleinere Teile zerstückeln kann. Dieser Teil – eine Modelagentur betreten und Fremde zu bitten, mir objektiv zu sagen, ob ich hübsch bin oder nicht – ist ein großer, beängstigender Klops, und wenn ich ehrlich bin, dann habe ich eine Scheißangst.

Und so fange ich, genau in dem Augenblick, wo ich denke, schlimmer kann's gar nicht kommen, an zu hyperventilieren.

Von Hyperventilation spricht man definitionsgemäß, wenn jemand so schnell atmet, dass er mehr als fünf bis acht Liter Luft pro Minute einatmet, und ich habe irgendwo gelesen, das Beste, was man tun könne, wenn man hyperventiliert, sei, in eine Papiertüte hineinzuatmen. Denn das angesammelte Kohlendioxid aus dem ausgeatmeten Atem verlangsamt den Herzschlag, und dann verlangsamt sich auch die Atemfrequenz.

Das Problem ist, dass ich keine Papiertüte habe. Ich versuche es mit einer Chipstüte, aber von dem Geruch nach Salz und Essig wird mir schlecht. Ich überlege, es mit der Plastiktüte, die um die Chipstüte war, zu probieren, aber wenn ich da zu fest und zu schnell einatme, sauge ich sie womöglich bis in die Luftröhre, und das würde auch Menschen Probleme bereiten, die nicht eh schon zu schnell atmen. Als letzten Ausweg schließe ich also die Augen, halte mir die hohlen Hände vor den Mund und atme hinein.

Das mache ich ungefähr fünfunddreißig Sekunden lang, da rührt sich neben mir etwas.

»Geh weg«, sage ich matt und schnaufe weiter so fest ein und aus, wie ich kann. Es interessiert mich nicht, was mein Vater meint, wie ich mich beruhigen soll. Wenn er gestresst ist, spielt er allein mit sich eine Runde Snap.

»Wir sind nicht in Singapur, weißt du«, sagt eine Stimme. »Du kannst dich hier nicht einfach so auf die Straße schmeißen. Nachher hast du überall Kaugummi auf dem Kostüm.«

Ich höre abrupt auf zu schnaufen, doch ich halte die Augen geschlossen, denn jetzt ist es mir zu peinlich, sie zu öffnen. Mein Kostüm ist grau, genau wie der Gehweg – wenn ich mich ganz ruhig und still verhalte, verschmelze ich vielleicht mit meiner Umgebung, und der Besitzer der Stimme kann mich nicht mehr sehen.

Es funktioniert nicht.

»Also, Tisch-Mädchen«, fährt die Stimme fort, und zum zweiten Mal an diesem Tag hat jemand Mühe, das Lachen zu unterdrücken. »Was machst du diesmal?«

Das kann nicht wahr sein.

Aber genau so ist es.

Denn als ich ein Auge aufschlage und durch die Fingerlinse, sitzt da auf dem Bordstein neben mir Löwen-Junge persönlich.

27

Von allen Menschen auf der ganzen Welt, von denen ich nicht in einem Nadelstreifenkostüm am Straßenrand hockend und in meine hohlen Hände hyperventilierend gesehen werden wollte, steht dieser ganz oben auf meiner Liste.

Dicht gefolgt von den Leuten, die den Nobelpreis verleihen. Also ... nur für den Fall.

»Ähm«, sage ich in meine Hände und überlege fieberhaft. Hyperventilieren klingt nicht besonders gut, also beende ich den Satz mit »... ich rieche an meinen Händen«. Was, wenn man's bedenkt, noch schlimmer klingt. »Nicht weil sie schlecht riechen«, füge ich schnell hinzu. »Denn das tun sie nicht.« Ich linse schnell noch einmal durch meine Finger und sehe, dass Löwen-Junge die Füße müßig anzieht und streckt und den Blick zum Himmel gerichtet hat. Irgendwie − und ich weiß nicht, wie er das hingekriegt hat − sieht er heute noch besser aus als am Donnerstag. Ich hätte nicht gedacht, dass das überhaupt geht.

»Und wie sind sie?«

»Ein bisschen salzig«, antworte ich wahrheitsgemäß. Und dann platze ich nervös heraus: »Willst du mal riechen?«

Ich durchforste die Tiefen meines Wissens und meine jahrelangen Erfahrungen, und etwas Besseres als *Willst du mal an meinen Händen riechen* fällt mir nicht ein.

»Ich versuche, weniger zu schnüffeln«, sagt er und zieht eine Augenbraue hoch, »aber trotzdem danke.«

»Sehr gern«, antworte ich automatisch, und dann entsteht ein kurzes Schweigen, während ich mich frage, ob eine andere Harriet Manners – irgendwo in einem anderen Universum – ein Gespräch mit einem unverschämt gut aussehenden Jungen namens Nick führt, ohne sich – mal wieder – absolut zum Idioten zu machen.

»Und?«, fragt Nick schließlich. »Bist du jetzt bereit raufzugehen? Denn deine Eltern warten am Empfang, und nach dem Gesicht zu urteilen, das deine Mutter vor fünf Minuten gemacht hat, gibt es da oben womöglich inzwischen ein paar Tote.«

Sugar Cookies. Ich hätte mir denken können, dass Annabel *Tomb Raider* spielen wird, sie war den ganzen Morgen schon kratzig drauf. »Woher weißt du, dass das meine Eltern sind?«, frage ich kühl und hoffe, so tun zu können, als hätte ich die beiden noch nie im Leben gesehen.

»Erstens trägt deine Mutter genau dasselbe wie du. Also, ein Nadelstreifenkostüm.«

»Oh.«

»Und du hast dieselbe Haarfarbe wie dein Vater.«

»Oh.«

»Und sie sagen unaufhörlich: Wo zum Teufel ist Harriet? Und sehen aus dem Fenster.«

»Oh«, sage ich zum dritten Mal, und dann sage ich nichts mehr. Meine Hände zittern, und ich weiß nicht, ob ich noch weitere Peinlichkeiten ertrage. Ich bin jetzt schon total rot. »Weißt du«, sage ich, nachdem ich ein wenig überlegt habe, »ich glaube, ich bleibe einfach hier hocken.«

»Um am Bordstein zu hyperventilieren?«

Ich schaue auf und sehe, dass Nick mich angrinst. »Ja«, sage ich ein wenig patzig. Er hat kein Recht, sich über Atembeschwerden lustig zu machen. So was kann sehr gefährlich sein.

»Ich bleibe hier und hyperventiliere den Rest des Tages am Bordstein«, bestätige ich. »Ich habe beschlossen, mir damit bis zum Einbruch der Nacht die Zeit zu vertreiben.«

Nick lacht noch einmal, obwohl es mir vollkommen ernst ist. »Red keinen Blödsinn, Harriet Manners.« Er steht auf, und ein kleiner Blitz schießt durch meinen Bauch: Er hat sich an meinen Namen erinnert. »Du brauchst auch nicht nervös zu sein. Das Modeln ist nicht schlimm. Manchmal ist es sogar richtig lustig. Solange man es nicht persönlich nimmt.«

»Mhm«, sage ich, denn offen gestanden nehme ich alles persönlich. Und dann sehe ich ihm hinterher, wie er lässig zurück zum Gebäude schlendert. Alles, was Nick tut, geschieht langsam, als lebte er in einer kleinen privaten Blase, die auf halbe Geschwindigkeit programmiert ist. Und ich muss zugeben, dass ich es äußerst faszinierend finde.

Auch wenn es mir das Gefühl gibt, alles, was ich tue und sage, ist zu schnell und zu hektisch und aufgedröselt wie das Wollknäuel meiner Großmutter.

»Und willst du wissen, was wirklich gut ist am Modeln?«, fragt Nick und dreht sich um.

Ich betrachte ihn misstrauisch und versuche, nicht darauf zu achten, dass mein Magen Achterbahn fährt und nach Luft schnappt wie ein Fisch auf dem Trockenen. »Was?«

»Die ganze Branche ist voller Tische, unter denen man sich verstecken kann. Wenn du zu dem Schluss kommst, dass es dir nicht gefällt, kannst du dir einfach einen aussuchen.« Und mit einem letzten Lachen verschwindet er durch die Tür der Agentur.

Vor achtundvierzig Stunden war das Aufregendste, was mir je widerfahren war, eine Berührung meiner Hand durch den am wenigsten pickligen Jungen in der örtlichen Buchhandlung, und das war auch nur zufällig passiert, als er mir ein Buch gereicht hatte.

Jetzt erwartet man von mir, dass ich von der Straße aufstehe und dem bestaussehenden Jungen, der mir je über den Weg gelaufen ist, in eine international gefeierte Modelagentur folge, als wäre es die natürlichste, normalste Sache der Welt.

Lasst mich also für den Fall, dass ihr mich noch nicht genug kennt, etwas klarstellen.

Das ist es nicht.

28

Ich warte noch ein Weilchen, denn es ist wichtig, sich stets ein hohes Maß an persönlicher Würde zu bewahren. Außerdem soll keiner denken, ich wäre wie wild in jemanden verknallt, weil ich ihn die Treppe raufverfolge.

Und dann stehe ich auf und gehe, so schnell ich kann.

Doch es ist zu spät. Egal wie schnell meine Schritte sind, Nick ist mir immer ein Stück voraus, als wäre er die Möhre und ich der Esel. Als ich den Empfang von Infinity (im dritten Stock) erreiche, ist er ganz verschwunden, und alles, was ich mitbekomme, ist die leicht hin und her schwingende Tür, sonst würde ich noch denken, ich hätte ihn mir bloß eingebildet.

Doch ein schneller Blick überzeugt mich davon, dass er recht hatte.

Annabel kocht. Während mein Vater herumhüpft und der Empfangsdame mächtig auf den Senkel geht, sitzt Annabel in vollkommenem Schweigen da, kerzengerade, den Rücken kilometerweit von der Lehne entfernt. Die Sehnen an ihrem Hals treten hervor wie die Blasen an unserer Wohnzimmertapete.

Und dann geht mir auf, warum. Irgendwo aus der Richtung, wohin Annabel den Blick gerichtet hat, höre ich ein leises Weinen.

»Wo warst du?«, will sie wissen, sobald ich reinkomme, doch Wilbur bewahrt mich davor, ihr von Nick zu erzählen, denn in dem Augenblick platzt er in einem Wirbel aus orangefarbener

Seidenhose und einem Hemd mit Farbklecksen drauf – die eindeutig nicht das Ergebnis eines Malversuchs sind – durch die Tür.

»Guuuuutennnn Mooooorgennnn«, singt er und drückt die Hände zusammen. »Na, wenn das nicht Mr und Mr Baby Baby Panda sind! Direkt vor mir, zusammen, wie ein Paar hübsche Schälchen Erdbeerquark! Oh, ich könnte euch beide so vernaschen. Aber das tue ich nicht, denn es wäre schrecklich ungesellig.«

Annabel reißt Mund und Augen weit auf. Selbst mein Vater hat aufgehört herumzuhüpfen und nimmt leicht eingeschüchtert neben ihr Platz.

»Wie?«, flüstert sie ihm zu. »Wie hat der Mann uns gerade genannt?«

»Das ist die Welt der Mode«, murmelt mein Vater beruhigend und nimmt behutsam ihre Hand, als wäre sie Gretel und er Hänsel. »So sprechen die hier.«

»Und hier haben wir Mini Panda höchstpersönlich!«, fährt Wilbur ungeachtet ihres Unbehagens fort und winkt mir. »Diesmal im Kostüm, schau an! Was hat dich diesmal inspiriert, Äffchenherz?«

Ich schaue rasch zu Annabel und sehe, dass sie meinen Vater ansieht und stumm »Äffchenherz« sagt, und er zuckt die Achseln und sagt seinerseits stumm: »Mr Baby Baby Panda?«

»Meine Stiefmutter ist Anwältin«, erkläre ich Wilbur.

»Meine Stiefmutter ist Anwältin«, wiederholt er langsam, und auf seinem Gesicht macht sich wachsende Verwunderung breit. »Genial! Ich bin Wilbur, mit *bur,* nicht mit *iam*«, fährt er unbekümmert fort, hüpft rüber zu Annabel und meinem Vater und reicht ihnen die Hand. »Und ich bin ganz, ganz aus dem Häuschen, Sie beide kennenzulernen.«

»Es ist … ähm«, bringt Annabel heraus, und Wilbur hält ihr den Finger an die Lippen, um sie zum Schweigen zu bringen. »Schschscht. Ich weiß, ich weiß, mein kleiner Kürbis. Und ich muss sagen, dass ich vollkommen und durch und durch recht habe bezüglich der *Visage* Ihrer schönen Tochter. Ihr Gesicht ist besonders. Neu. Interessant. Und davon kriegen wir hier nicht allzu viel zu sehen. Immer sind's Beine bis hier« (er zeigt an seinen Hals) »und Wimpern bis da« (er hält sich die Hand 15 Zentimeter vors Gesicht) »und Lippen bis dort« (die Hand verharrt vor dem Gesicht). »Öde, öde, öde.« Strahlend wendet er sich mir zu. »Und du hast nichts von alldem, nicht wahr, mein kleines Pfirsichbäckchen?«

Ich öffne den Mund, um zu antworten, doch da geht mir auf, dass er mich wissen lässt, dass ich nichts von all dem besitze – was man normalerweise Schönheit nennt. Na toll.

Mein Vater starrt immer noch voller Entsetzen auf seine Hand, die Wilbur hält. »Ähm«, sagt er und will sie so höflich wie möglich aus seinem Griff lösen.

»Ich weiß«, pflichtet Wilbur ihm bei und hält sie noch fester. »Das ist alles sehr aufregend, nicht wahr? Fühlt es sich nicht an wie ein gigantischer Taifun?«

Und bevor einer von ihnen etwas sagen kann, zieht er Annabel und meinen Vater hoch und schleift sie hinter sich her.

29

Also, ich würde ja gern noch ein wenig plaudern«, sagt Wilbur, während er meine Eltern in ein kleines Büro im hinteren Bereich des Empfangs schiebt. »Aber wir haben keine Zeit zu verlieren, denn in sechs Minuten ist mein nächster Termin. Also bringen wir das hier eiligst über die Bühne und lassen den Zauber geschehen, richtig?« Er wendet sich an meinen Vater und hebt die Hand.

»Richtig!«, sagt der und klatscht ab.

»Wenn's irgendwie geht«, seufzt Annabel, als Wilbur auf kleine Plastikstühle zeigt, »würde außer mir bitte noch jemand das hier ernst nehmen? Sie sollten wissen, dass ich mir Notizen mache«, fügt sie streng hinzu und holt ihren Block heraus.

»Wie fantaköstlich!«, ruft Wilbur. Annabel notiert ein Wort, aber ich kann nicht erkennen, was. »Also«, fährt er fort, »gibt es irgendwelchen Spielraum bei dem Namen Harriet? Oder sind wir da festgelegt?«

Wir sehen ihn ein paar Sekunden lang schockiert an, denn ... na ja, es ist mein Name. Ich bin gewissermaßen seit fünfzehn Jahren darauf festgelegt.

»Mein Name«, erkläre ich Wilbur in möglichst würdevollem Tonfall, »geht auf Harriet Quimby zurück, die erste amerikanische Pilotin und die erste Frau, die je in einem Flugzeug den Ärmelkanal überquert hat. Meine Mutter hat ihn ausgesucht, weil er für Freiheit, Mut und Unabhängigkeit steht, und sie hat ihn mir gegeben, kurz bevor sie starb.«

Es entsteht eine kurze Pause, während der Wilbur angemessen gerührt dreinschaut.

Und dann fragt mein Vater: »Wer hat dir das erzählt?«

»Annabel.«

»Also, das stimmt nicht. Du wurdest nach Harriet, der Schildkröte, benannt, der zweitältesten Schildkröte auf der Welt.«

Schweigen breitet sich aus, während ich meinen Vater anstarre und Annabel den Kopf so abrupt in die Hände legt, dass ihr Stift am Kragen abfärbt. »Richard«, stöhnt sie leise.

»Eine Schildkröte?«, wiederhole ich bestürzt. »Ich bin nach einer Schildkröte benannt? Für was zum Teufel soll eine Schildkröte denn stehen?«

»Langlebigkeit?«

Ich starre meinen Vater mit offenem Mund an. Nicht zu fassen. Seit fünfzehn Jahren trage ich diesen grässlichen Namen, und jetzt kann ich nicht mal mehr meiner toten Mutter die Schuld in die Schuhe schieben?

»Wie wäre es mit Frankie?«, schlägt Wilbur hilfsbereit vor. »Ich glaube nicht, dass es berühmte Reptilien dieses Namens gab, aber die eine oder andere Katze sicher.«

»Sie bleibt Harriet«, sagt Annabel gepresst.

»Du musst zugeben, dass es einen Versuch wert war«, flüstert Wilbur mir zu, doch ich bin zu sehr damit beschäftigt, meinen Vater mit bösen Blicken zu durchbohren, um etwas zu antworten.

»Also«, fährt Annabel fort, und jetzt bemerke ich, dass sie eine Liste vor sich hat. »Wilbur. Ihnen ist bewusst, dass Harriet noch zur Schule geht?«

»Natürlich, Flauschbällchen: Die anderen sind entschieden zu alt.«

Annabel blickt ihn finster an. »Wie ich sehe, muss ich das anders formulieren. Was ist mit Harriets schulischen Pflichten?«

»Wir arrangieren uns. Bildung ist ungeheuer wichtig, nicht wahr? Besonders wenn man aufhört, schön zu sein, und womöglich ein wenig dick wird. Denn was bleibt einem dann noch?«

Annabels Augen werden zu noch schmaleren Schlitzen. »Wie viel wird das alles kosten?«

»Himmel, Sie schleichen aber nicht lange um den heißen Brei herum, was?«, bemerkt Wilbur anerkennend und blinzelt meinem Vater zu. »Bei Probeaufnahmen arbeiten alle umsonst, die kosten nichts. Wenn sie gebucht wird, wird Harriet bezahlt, und die Agentur bekommt einen Anteil davon. Darum geht es doch, oder? Ich bin nicht hier, um eine kostenlose Mahlzeit abzustauben.« Wilbur hält kurz inne und überlegt. »Ein bisschen schon«, korrigiert er sich. »Aber nicht nur.«

»Und wer kümmert sich um sie? Sie ist erst fünfzehn.«

»Sie, Häschen. Oder Panda senior hier. Mit fünfzehn braucht sie immer eine Begleitperson, und ich würde vorschlagen, dass das einer von Ihnen übernimmt, denn die Fremden, die wir von der Straße reinholen, machen das nicht mit so viel Begeisterung.«

Ein Blick auf meinen Vater verrät mir, dass seine freudige Erregung gefährliche Ausmaße annimmt.

Annabel blickt ihn finster an. »Und wer hat da vorhin geweint?«, zischt sie. »Und vor allem: Warum?«

Wilbur seufzt. »Wir mussten ein Mädchen ablehnen, Schätzchen. Das passiert andauernd. Wenn wir jeden, der Model sein will, zum Model machen würden, wären wir schließlich bloß eine Agentur für Menschen, nicht wahr? Mode ist exklusiv, mein Artischockenherzchen. Und das heißt qua definitionem, dass wir Menschen ausschließen.«

»Das war ein Kind«, sagt Annabel aufgebracht.

»Vielleicht, vielleicht auch nicht.« Wilbur zuckt die Achseln. »Schwer zu sagen. Manche essen auch nicht besonders viel. Das bringt die Wachstumshormone durcheinander, wissen Sie? Wie auch immer, wir mussten sie wegschicken.« Und dann strahlt er uns an. »Sie schicke ich natürlich nicht weg, denn Sie sind auf besondere Einladung hier, von moi.« Damit wirft er die Polaroidfotos von der Clothes Show auf den Tisch. »Ihre Tochter ist absolut hinreißend. Ich habe noch nie im Leben so eine Alien-Ente gesehen.«

»Eine was?«

»Eine Alien-Ente. Frankie hier sieht aus wie der rotblonde Abkömmling einer zärtlichen Verbindung eines Aliens mit einer Ente, und das ist im Augenblick unglaublich frisch.«

»Sie heißt nicht Frankie«, zischt Annabel mit kaum verborgener Frustration. »Sie heißt Harriet.«

»Hättest du nicht wenigstens lächeln können, Frankie?«, will mein Vater mit einem Seufzer wissen, während er die Fotos betrachtet. »Warum ziehst du immer so einen Flunsch?« Er sieht Wilbur entschuldigend an. »Es ist immer dasselbe. Als wir letztes Jahr in Frankreich waren, hat sie achtzig Prozent der Fotos verdorben.«

»Sie heißt Harriet!«, fährt Annabel meinen Vater an.

»O nein«, sagt Wilbur ernst. »Für mich ist das okay. Es gefällt den Leuten, wenn ihre Supermodels so unglücklich aussehen wie überhaupt möglich. Schönheit und Zufriedenheit zusammen … das wäre einfach unfair.« Er betrachtet die Fotos noch einmal mit zufriedener Miene. »Harriet sieht durch und durch unglücklich aus. Sie ist perfekt. Sobald wir das träge Auge gerichtet haben.«

»Was reden Sie da?«, fällt Annabel ihm ins Wort. Ihre Stimme schraubt sich mit jedem Satz in neue Höhen, als würde sie singen. »Harriet hat kein träges Auge.«

»Tut mir leid, tut mir leid«, lenkt Wilbur ein und wedelt mit den Händen, um sie zu beschwichtigen. »Wie kann man das politisch korrekter ausdrücken? *Richtungsmäßig behindert?*«

Annabel sieht aus, als würde sie ihn gleich beißen.

»Sind Sie sich ganz sicher«, mische ich mich endlich ins Gespräch, bevor Annabel das ganze Zimmer kurz und klein schlägt, »dass ich bin, was Sie suchen? Ich meine, ganz sicher? Es gibt da kein Missverständnis?«

Denn – offen gestanden – bei den ganzen blank liegenden Nerven und der Wahnsinnsanspannung und dem Gebrüll bin ich noch nicht zu Wort gekommen, geschweige denn, zu einem einzigen klaren Gedanken. Trotzdem ist einiges von dem, was ich gehört habe, hängen geblieben. Worte wie: rothaarig, Schildkröte, Alien, Ente, träge und Auge.

Offen gestanden ist das nicht gerade der magische Augenblick der Verwandlung, den ich mir vorgestellt hatte. Ich fühle mich kein bisschen schön.

Ja, im Grunde fühle ich mich mieser als vorher, bevor ich hier reinkam.

»Meine kleine Schildkröte«, sagt Wilbur und nimmt meine Hand, als mein schielendes, richtungsmäßig behindertes kurzbewimpertes Alien-Auge sich mit Tränen füllt. »Silberblick oder nicht, es ist kein Missverständnis. Du bist perfekt, wie du bist. Und das denke nicht nur ich.«

»Nein, dein Daddy findet das auch«, sagt mein Dad, beugt sich vor und wuschelt mir durch die Haare, um Frieden mit mir zu schließen.

Ich schleudere ihm einen giftigen Blick zu und schlage eingeschnappt seine Hand weg.

Wilbur lächelt ihn an. »Meine geheimnisvolle Anspielung betrifft eine enorm wichtige Fashiondesignerin, die die Polaroids gesehen hat und Harriet kennenlernen will. Pronto.« Er unterbricht sich und schaut auf seine Uhr. »Pronto ist Italienisch und heißt umgehend«, fügt er hinzu.

Schweigen breitet sich aus, während wir drei – Annabel, mein Vater und ich – Wilbur mit leeren Mienen anstarren und darauf warten, dass er das weiter ausführt. Vergeblich.

Nach zwanzig Sekunden reißt Annabel der Geduldsfaden. »Worüber zum Teufel reden Sie da, Sie seltsamer kleiner Mann? Wann?«

Wilbur schaut auf seine Uhr, die angefangen hat zu piepen. »Jetzt«, sagt er und steht grinsend auf. »Es ist der andere Termin, von dem ich gesprochen habe.«

»Jetzt?«

»Ja.« Und dann sieht Wilbur mich an. »Sie ist nebenan.«

30

Also, ich weiß ganz schön viel.

Ich weiß zum Beispiel, dass das Wort »Mumie« von dem ägyptischen Wort für »schwarze, klebrige Masse« stammt. Ich weiß, dass der Mond der Erde jedes Jahr ein wenig Energie stiehlt und sich 3,8 Zentimeter von uns wegbewegt. Ich weiß, dass sämtliche Körperfunktionen stoppen, wenn man niest, sogar der Herzschlag.

Und ich weiß nicht das Geringste über das Modeln.

Doch ich bin mir ziemlich sicher, dass hier irgendwas nicht so läuft, wie es sollte. Normalerweise müsste die Agentur mich auf Herz und Nieren prüfen und dann darüber nachdenken, und wir müssten die Agentur auf Herz und Nieren prüfen und darüber nachdenken, und dann müssten wir alle viele sorgfältig erwogene Entscheidungen treffen und lange, öde Wartephasen hinter uns bringen, bevor etwas Interessantes geschieht. Falls überhaupt etwas Interessantes geschieht.

Sie sollten mir nicht einfach eine Fashiondesignerin hinknallen, so wie Alexa mir einen Korbball an den Kopf klatscht, bevor das Spiel überhaupt angefangen hat.

Außerdem bin ich noch gar nicht verwandelt worden. Ich bin nicht bereit. Ich bin immer noch eine Raupe.

»Was?«, stammelt Annabel schließlich ungläubig. »Sie ist was?«

Inzwischen hat Wilbur mich vom Stuhl gezogen und schiebt mich auf wackligen Rehkitzbeinen zur Tür. »Sie ist nebenan«, wiederholt er. »Himmel. Wissen Sie, in der Drogerie gibt es ganz fantastische kleine Ohrenspritzen, damit kriegen Sie diese Hörprobleme gut in den Griff.«

»Ich glaube nicht«, zischt Annabel und schickt sich an, sich von ihrem Stuhl zu erheben.

»O doch«, beharrt Wilbur. »Ich habe so was auch schon benutzt. Es macht *Plopp*, und schon kann man wieder hören.«

Annabel schnalzt genervt mit der Zunge. »Ich meine, Harriet geht nirgendwohin.«

Wilbur sieht Annabel verdutzt an. »Aber es ist eine sehr wichtige Designerin, mein kleiner Türrahmen. Ich glaube, Sie verstehen das nicht ganz. So was hat's noch nie gegeben. Frankie hat ein Riesenglück, dass sie die Chance bekommt, sie kennenzulernen.«

»Und wenn sie die Königin der Welt wäre«, fährt Annabel ihn an. »Harriet wird nicht einfach so da reingeschubst.«

Wilbur seufzt. »Schauen Sie. Gehen wir vernünftig an die Sache ran, *non?* Sie haben noch nichts unterzeichnet und noch nichts entschieden. Sie können immer noch Nein sagen. Aber wäre es nicht besser zu wissen, wozu Sie Nein sagen? Das ist simple Mathematik.«

»Das hat nichts mit Mathematik zu tun«, fährt Annabel auf. Und dann zieht sie die Stirn kraus. Ich sehe, dass die Logik sich schon eingeschlichen hat und fleißig ihr Werk tut.

»Das leuchtet mir ein«, sagt mein Vater vorsichtig. »Außerdem, Annabel …«, beginnt er nervös, »…was ist, *wenn sie die Königin der Welt ist?*«

»Oh, mein lieber Petrus«, sagt Annabel, nachdem sie meinen Vater ein paar Sekunden lang angestarrt hat, und dann wendet sie sich mir zu. (»Heißen Sie Petrus?«, fragt Wilbur meinen

Vater derweil flüsternd.) »Möchtest du diese Person denn kennenlernen?«

»Hm«, antworte ich, denn plötzlich ist alles weit weg und ganz still, und ich zittere am ganzen Leib, sogar die Daumen.

Das kann nicht sein. Das steht so nicht auf dem Plan. Das steht auf keinem Plan.

Was bedeutet, dass ich keinen Plan habe.

Die wollen, dass ich ohne Plan da reingehe?

Ja. Sieht ganz so aus.

»Perfektomondo!«, ruft Wilbur und schiebt mich, bevor ich noch einen einzigen Gedanken fassen kann, zur Tür hinaus und schließt diese hinter uns.

31

»Nein«, sagt Wilbur, als wir allein im Flur stehen und ich schon wieder anfange zu hyperventilieren. Hätte ich doch bloß die Chipstüte mitgenommen. »Du musst dir keine Sorgen machen, Pflaumenkuchen. Die Frau kann dir nicht wehtun.« Er denkt ein paar Sekunden über seine Worte nach. »Nein, das stimmt so nicht ganz. Sie kann dir wehtun und wird es womöglich auch. Aber versuch, das zu vergessen, denn wenn sie deine Angst riecht, dreht sie erst recht auf. Sie ist wie ein gemeiner Rottweiler, allerdings mit weniger Muskelmasse und besseren Tischmanieren.«

»A...a...aber wer ist sie?«, stottere ich.

»Wenn ich dir das sage, kriegst du Panik«, sagt er und sieht mich stirnrunzelnd an.

Ich habe schon Panik. Ich kann mir nicht vorstellen, dass er irgendetwas sagen kann, was es noch schlimmer macht. »Krieg ich nicht«, lüge ich.

»O doch. Du kriegst Panik, und dann kriege ich Panik, und dann kriegst du noch mehr Panik, und dann weiß sie, dass wir schwach sind, und verspeist uns beide.«

»Wilbur, ich verspreche Ihnen, dass ich nicht in Panik gerate. Sagen Sie mir nur, wer sie ist.«

Wilbur atmet tief durch und fasst mich am Arm. »Erdbeertörtchen«, sagt er ehrfürchtig, »es ist Yuka Ito.«

Und dann wartet er auf meine Reaktion. Die – wie sich

nach wenigen Sekunden herausstellt – äußerst enttäuschend für ihn ausfällt, denn nach einem kurzen Schweigen schüttelt er mich sanft und tippt mir an den Kopf. »Bist du noch da drin? Oder hat der Schock dich umgebracht?«

»Wer?«

»Yuka Ito.« Wilbur wartet noch ein bisschen, dass der Groschen fällt, und dann seufzt er, denn hier wird eindeutig kein Groschen fallen. »Legendäre Designerin, die persönlich mindestens fünf Supermodels entdeckt hat? Busenfreundin von acht *Vogue*-Herausgeberinnen rund um die Welt? Hat ihren eigenen persönlichen Sessel bei der New York Fashion Week? Derzeit Kreativdirektorin von Baylee?« Wilbur unterbricht sich, um noch einen Seufzer auszustoßen. »Häschennäschen, diese Frau arbeitet nicht in der Modebranche, sie *ist* die Modebranche. Sie ist der Anfang und das Ende der Modebranche. Ein bisschen mehr Panik wäre schon angemessen.«

Wissenschaftlern zufolge bewegt sich die Information zwischen den Neuronen im Gehirn mit einer Geschwindigkeit von mindestens 418 Stundenkilometern. Das glaube ich nicht, denn mein Gehirn arbeitet nicht auch nur annähernd so schnell.

Mein Mund ist plötzlich ganz trocken. Von Yuka Ito habe ich noch nie gehört, von Baylee schon. Die Leute in der Schule kaufen die gefälschten Handtaschen auf dem Markt.

Und die wollen mich da einfach so reinschicken? In einem Kostüm? Ohne irgendwelche Vorbereitungen?

Wo zum Teufel bleibt meine Verwandlung?

»A…a…aber w…w…was soll ich d…d…denn d…d…da machen?«, fange ich an zu stottern, denn meine Ohren tun, was sie immer tun, wenn ich große Angst habe: Sie werden völlig taub. »W…w…was soll ich d…d…d…denn sa…sa…sagen?«

Wilbur seufzt erleichtert. »So ist schon besser. Totalzusammenbruch. Eine sehr viel korrektere Reaktion.« Er tätschelt mich und schiebt mich auf den zweiten Glaskasten zu. »Du tust gar nichts, Donut-Gesicht. Yuka Ito tut. Vertrau mir, sie weiß sofort, ob du das bist, was sie sucht. Und wenn nicht ... Also. Dann beißt sie dich wahrscheinlich nur.«

»A...a...aber ...«

»Kein Problem, sie ist vollkommen steril. Dies ist der Augenblick, da der Rest deines Lebens Gestalt annimmt, Harriet Manners«, sagt Wilbur und legt mir die Hand beruhigend auf die Schulter. Und dann überdenkt er seine Worte. »Oder vollkommen den Bach runtergeht«, ergänzt er und öffnet die Tür. »Alles ganz easy«, fügt er hinzu.

Und schiebt mich hinein.

32

Okay.

Tief durchatmen. Ein, aus. Ein, aus. Aber nicht zu heftig, ich will ja nicht, dass Yuka Ito denkt, ich hätte Wehen. Alles ist dunkel, allerdings weiß ich nicht, ob es daran liegt, dass mein Gehirn einfach vor Schock dichtmacht, oder ob meine Augen sich erst an das trübe Licht gewöhnen müssen. Der ganze Raum ist stockfinster, nur in der Ecke steht eine kleine Lampe.

Und auf einem Stuhl mitten im Raum sitzt eine zierliche Frau.

Sie sitzt ganz reglos und schweigend da, von Kopf bis Fuß in Schwarz. Alles ist schwarz: Ihre langen Haare sind schwarz, ihr winziger Hut ist schwarz, und die Spitze, die über ein Auge hängt, ist schwarz. Ihr Kleid ist schwarz, ihre Schuhe sind schwarz, und ihre Strümpfe sind schwarz. Das Einzige an ihr, das nicht schwarz ist, sind ihre Lippen, und die sind von einem leuchtenden Purpurrot. Die Hände hat sie sehr ordentlich im Schoß gefaltet, und das Einzige, was mir einfällt, wie ich sie noch beschreiben könnte, ist, dass sie alles ist, was Wilbur nicht ist: still, kontrolliert und absolut starr. Und sie sieht exakt aus wie eine elegante Spinne.

Ich hätte wirklich bei meinem ersten Outfit bleiben sollen.

Wie aufs Stichwort ruft Wilbur: »Schätzchen!«, und stolziert durch den Raum, um sie zu begrüßen. »Wir haben uns viel zu lange nicht gesehen!«

Sie betrachtet Wilbur ohne den geringsten Ausdruck in ihrem perfekten, blassen Gesicht. »Ich habe Sie vor acht Minuten gesehen. Und das ist, wenn ich mich recht erinnere, zwei Minuten länger her, als wir verabredet hatten.«

»Exakt! Zuuuu lange!« Wilbur kommt völlig unbeeindruckt zu mir zurück und schiebt mich vor. »Ich hatte Probleme, die hier herbeizuschaffen«, erklärt er fröhlich, als wäre er Hugo und ich wäre ein richtig schönes Stöckchen. »Aber am Ende habe ich sie doch hergebracht.«

Er schubst mich noch einmal mit den Fingerspitzen, bis ich verlegen vor Yuka stehe. Wilbur hatte recht: Sie hat etwas Königliches an sich, und ich ertappe mich dabei, wie ich in einen Knicks sinke, wie man ihn uns im Ballettkurs beigebracht hat, bevor die Lehrerin Annabel bat, mich nicht mehr hinzubringen, denn es sei »unmöglich, mir Anmut beizubringen«.

Yuka Ito betrachtet mich mit versteinerter Miene, und dann drückt sie – fast ohne sich zu bewegen – auf einen kleinen Knopf an einer Fernbedienung in ihrem Schoß. Fast direkt über mir geht ein greller Scheinwerfer an, und ich zucke ein wenig zusammen.

Ehrlich. Was ist das hier für ein Raum?

»Harriet«, sagt sie, als ich nach oben spähe. Doch ihre Stimme ist ohne jeden Ausdruck, also weiß ich nicht, ob es eine Frage oder eine Aussage ist oder ob sie nur übt, meinen Namen zu sagen.

»Harriet Manners«, korrigiere ich sie automatisch.

»Harriet Manners.« Sie betrachtet mich langsam von oben nach unten. »Wie alt bist du, Harriet Manners?«

»Ich bin fünfzehn Jahre, elf Monate und zwei Tage alt.«

»Ist das deine natürliche Haarfarbe?«

Ich zögere kurz. Warum sollte jemand sich die Haare in diesem Ton färben wollen? »... Ja.«

Yuka zieht eine Augenbraue hoch. »Und du hast noch nie als Model gearbeitet?«

»Nein.«

»Weißt du etwas über Kleidung?«

Ich sehe verblüfft an meinem grauen Nadelstreifenkostüm runter. Das kann nur eine Fangfrage sein. »Nein.«

»Und weißt du, wer ich bin?«

»Ja. Sie sind Yuka Ito, Kreativdirektorin von Baylee.«

»Hast du das gewusst, bevor Wilbur es dir vor dreißig Sekunden gesagt hat?«

Ich schaue Wilbur an. »Nein.«

»Aber sie ist sehr klug«, platzt Wilbur enthusiastisch heraus, der einfach nicht mehr an sich halten kann. »Sie kapiert alles unglaublich schnell, nicht wahr, meine kleine Hummel? Sobald ich ihr gesagt hatte, wer du bist, hat sie es nicht mehr vergessen.«

Yuka lässt langsam den Blick über ihn gleiten. »An welchem Punkt genau«, sagt sie mit eisiger Stimme, »habe ich den Eindruck erweckt, ich wollte Sie in ein Gespräch verwickeln, Wilbur?«

»An keinem«, antwortet Wilbur und tritt ein paar Schritte zurück. Er winkt mir, mich hinter ihn zu stellen.

»Und«, fährt sie fort, den Blick wieder auf mich gerichtet, »wie stehst du zu Mode?«

Ich denke ein paar Sekunden lang gründlich darüber nach. »Es sind nur Klamotten.« Und dann schließe ich den Mund so fest wie möglich und schnipse im Geiste mit Daumen und Zeigefinger. Es sind nur Klamotten? Was ist los mit mir? Der mächtigsten Frau der Modeindustrie zu erklären, es wären nur

Klamotten, ist, als würde man zu Michelangelo sagen: Es ist nur eine Zeichnung. Oder zu Mozart: Es ist nur Geklimper. Warum gibt es kein Netz zwischen meinem Gehirn und meinem Mund, um solche Sätze abzufangen, wie das Sieb in der Küchenspüle, das die Gemüsereste auffängt?

»Würdest du mir dann freundlicherweise erklären, warum du Model sein willst?«

»Vermutlich …« Ich schlucke unsicher, denn das ist eine richtig gute Frage. »Weil ich will, dass die Dinge sich ändern.«

»Und mit Dingen meint sie«, mischt Wilbur sich wieder ein und tritt vor, »so was wie den Weltfrieden. Umweltbewusstsein. Hunger. Armut.«

»Also, eigentlich meine ich hauptsächlich mich«, korrigiere ich ihn unbehaglich. »Ich bin mir nicht sicher, ob man bei den anderen Sachen mit Mode was ausrichten kann.«

Yuka starrt mich mit völlig ausdruckslosem Gesicht an – es kommt mir vor wie zwanzig Jahre, aber in Wirklichkeit sind es nur zehn Sekunden.

»Dreh dich um«, sagt sie schließlich mit trockener Stimme.

Also drehe ich mich um. Und weil ich nicht weiß, was ich sonst machen soll, drehe ich mich immer weiter. Und drehe mich. Und drehe mich, bis ich Angst kriege, mir könnte schlecht werden und ich müsste kotzen.

»Du kannst jetzt aufhören«, fährt sie mich schließlich an, und ihre Stimme klingt hoch und angespannt. Sie schnippt noch einmal mit den Fingern, und das Licht über mir geht aus und taucht mich wieder in Finsternis. »Das reicht. Ich habe genug gesehen. Geh jetzt.«

Ich bleibe stehen, doch der Raum dreht sich weiter, und Wilbur packt mich, bevor ich hinfalle.

Nicht zu fassen.

Das war meine Chance, und ich hab's vermasselt. Das war der Notausgang aus meinem Leben, und ich habe mir die Tür innerhalb von fünfundvierzig Sekunden selbst vor der Nase zugeschlagen. Was bedeutet, dass ich auf ewig in mir feststecke.

Für immer und ewig.

O Gott. Vielleicht bin ich am Ende doch eine Idiotin. Sobald ich zu Hause bin, muss ich unbedingt noch einmal meinen IQ überprüfen.

»Geh, geh, geh«, flüstert Wilbur drängend, denn ich stehe immer noch starr vor Schock mitten im Raum und glotze Yuka an. »Raus, raus, raus.«

Und dann verbeugt er sich vor Yuka und schlurft rückwärts aus dem Zimmer, wobei er mich hinter sich herzieht und mich wieder zurück in die wirkliche Welt schleift.

33

In der wirklichen Welt geht es, wie sich herausstellt, noch frostiger zu als in der Modewelt.

Schlecht gelaunt stapfe ich zurück in das kleine Büro, wo meine Eltern warten: Annabel, den Kopf in die Hände gestützt, und mein Vater, der sie ostentativ ignoriert und in beleidigtem Schweigen aus dem Fenster starrt.

»Sag deiner Stiefmutter, dass es dir nichts ausmacht, nach einer Schildkröte benannt worden zu sein«, verlangt mein Vater von mir, den Blick weiter stur aus dem Fenster gerichtet. »Sag ihr das, Harriet. Sie redet nicht mit mir.«

Ich seufze. Heute geht's wirklich nur bergab. Und angesichts dessen, wie der Tag angefangen hat, hätte ich das nicht für möglich gehalten. »Ich sollte wohl dankbar sein, dass ihr euch nicht die Liste der meistgesuchten Verbrecher des FBI oder das Guinness-Buch der Rekorde vorgenommen habt, Dad.«

»Schildkröten sind unglaubliche Kreaturen, Harriet«, erwidert mein Vater ernst. »Was ihnen an Eleganz und Schönheit fehlt, machen sie mehr als wett durch ihre Fähigkeit, sich in sich selbst zurückzuziehen und sich so vor Räubern zu schützen.«

»Wie ich zum Beispiel?«

»Das habe ich damit nicht gesagt, Harriet.«

»Was denn dann?«

»Nein«, fährt Annabel plötzlich dazwischen und hebt den Kopf.

Mein Vater ist völlig perplex. »Doch, Annabel, das tun sie. Ich habe im Fernsehen einen Dokumentarfilm darüber gesehen.«

Annabel schießt zu ihm herum, und ihr Gesicht hat plötzlich die Farbe des Papiers, das sie immer noch in den Händen hält. »Ich habe keine Ahnung, warum du das Bedürfnis hattest, ihr von der verdammten Schildkröte zu erzählen. Was ist los mit dir?« Mein Vater sieht mich Hilfe suchend an, aber ich ziehe ihn da nicht raus. »Und«, fährt sie fort und richtet jetzt den Blick auf mich, »ich meine: Nein, du wirst nicht modeln. Nicht jetzt, nicht nächstes Jahr, niemals. Punkt, Ende, finito, wie auch immer. Die Sache hat hier und heute ein Ende.«

»Jetzt warte mal 'ne Sekunde«, wendet mein Vater ein. »Da habe ich ja wohl auch noch ein Wörtchen mitzureden.«

»Hast du nicht. Nicht wenn es ein dummes Wörtchen ist. Sie wird nicht modeln, Richard. Harriet hat eine brillante Zukunft vor sich, und ich lasse nicht zu, dass sie sich die durch diesen Blödsinn hier ruiniert.«

»Wer sagt, dass sie brillant ist?«, frage ich, doch die beiden beachten mich gar nicht.

»Wer sagt, es ist Blödsinn?«

»Ich sage, es ist Blödsinn, und wenn du auch nur eine einzige Hirnzelle im Kopf hättest, würdest du das auch sagen. Hast du auch nur ein einziges Wort von dem gehört, was der verrückte Mann gesagt hat, Richard?«

»Du willst doch nur, dass sie Anwältin wird wie du!«, schreit mein Vater.

»Will ich nicht. Und wenn? Was ist falsch daran, Anwältin zu sein?«

»Lass mich jetzt nicht damit anfangen, was mit Anwälten alles nicht stimmt!«

Inzwischen stehen sie einen Meter voreinander, bereit zum Kampf. Ich bin nur froh, dass sie diesmal keine Messer in der Hand haben.

»Habe ich dazu vielleicht auch was zu sagen?« Ich stehe auf.

»Nein«, fahren beide auf, ohne den Blick voneinander zu wenden.

»Schön«, sage ich und setze mich wieder. »Gut zu wissen.«

Annabel hängt sich die Handtasche über die Schulter, sie zittert immer noch am ganzen Leib. »Ich habe gesagt, ich würde darüber nachdenken, und das habe ich getan. Ich habe mir sogar Notizen gemacht, und nein: Die ganze Sache endet hier. Ich habe nichts gesehen, was mich davon überzeugt, dass das hier richtig ist für Harriet. Ja, ich habe nur Dinge gesehen, die mich exakt vom Gegenteil überzeugt haben: Das hier ist eine dumme, kranke, zerstörerische Umgebung für ein junges Mädchen, es war eine furchtbare Idee, und es muss ein Ende haben, bevor es noch weitergeht.«

»Aber ...«

»Nein. Dieses Gespräch ist zu Ende. Hast du verstanden? Vorbei. Harriet geht zur Schule wie jede normale Fünfzehnjährige, und sie wird ihre Prüfungen ablegen wie jede normale Fünfzehnjährige und das normale Leben einer Fünfzehnjährigen führen, damit sie eine brillante, erfolgreiche, stabile Erwachsene wird. Habe ich mich klar ausgedrückt?«

Ich könnte sie darauf hinweisen, dass das jetzt alles keine Rolle mehr spielt – schließlich habe ich meine Chance gerade vermasselt –, doch Annabel ist so Furcht einflößend – wir können ihre Nasenlöcher hochgucken, ganz weit –, dass mein Vater und ich nur den Kopf senken und »Okay« murmeln.

»Also, wenn ihr so weit seid: Ich warte draußen«, sagt Annabel, und aus dem Augenwinkel sehe ich, dass ihr eine Träne über die Wange rollt. »Weit weg von dem Blödsinn hier.«

Und mein Vater und ich glotzen weiter auf den Tisch, bis wir hören, wie die Eingangstür zugeht, und wir uns sicher sein können, dass Annabel auf der anderen Seite ist.

34

Wir halten den Blick noch eine ganze Weile auf die Tischplatte gesenkt: ich, tief in Gedanken versunken, und mein Vater, weil er sich womöglich tatsächlich für den Tisch interessiert.

Wisst ihr, das menschliche Gehirn überrascht mich immer wieder aufs Neue. Es entwickelt sich ständig weiter: nicht nur über die Jahrhunderte, sondern jeden Tag, jede Minute. Es ist in einem konstanten Fluss. Vor achtundvierzig Stunden hätte ich nur gelacht, wenn jemand mir gesagt hätte, ich könne kein Model werden. Vielleicht hätte ich ihn auch angestarrt, als wäre er ein fremdes Wesen, ein Alien, dem Füße aus dem Kopf wachsen. Ich wollte immer Paläontologin werden oder Physikerin. Modeln ist keine wirklich bedeutungsvolle Aufgabe.

Doch jetzt ... jetzt will ich nicht in mein altes Leben zurück.

Nicht jetzt, wo die Alternative so zum Greifen nah war.

Als ich aufschaue, bemerke ich, dass mein Vater mich eindringlich mustert. »Was willst du, Harriet?«, fragt er freundlich. »Lass Annabel mal ganz außer Acht, sie ist im Augenblick sehr emotional. Ich glaube, es ist ihre monatliche ... Du weißt schon, die Zeit, wo sie zur Werwölfin mutiert. Was willst du?«

Ich starre wieder auf den Tisch und denke an Nat und wie niedergeschmettert sie wäre, wenn das hier noch weiterginge.

Ich denke an Annabel und ihren Zorn, und dann denke ich an Yuka Ito und ihre offene Verachtung.

»Es spielt keine Rolle«, sage ich leise. »Es wird sowieso nichts draus. Ich hab's vermasselt.«

In diesem Augenblick platzt Wilbur herein und wirft sich dramatisch auf den Stuhl, von dem Annabel gerade aufgestanden ist. Er scheint gar nicht zu merken, dass jemand fehlt.

»Es wird was«, sagt er abrupt und reißt in einer begeisterten Geste die Arme auseinander. »Du hast den Job. Sie liebt dich.«

Ich glotze ihn schweigend an. »A...a...aber ... nein, sie liebt mich nicht, sie hasst mich«, stottere ich schließlich. »Sie hat das Licht ausgeschaltet und so.«

»Sie hasst dich?« Wilbur gluckert vor Lachen. »Himmel, mein Erbsentöpfchen. Hast du nicht gesehen, was sie mit den anderen Mädchen gemacht hat? Also, offensichtlich nicht. Wir hätten alle möglichen Prozesse am Hals, wenn das jemand mitbekäme. Aber nein, sie hasst dich nicht, mein kleiner Goldfisch. Bei den meisten anderen Kandidatinnen hat sie das Licht nicht mal eingeschaltet, sondern hat sie nur im Dunkeln böse angestarrt. Ich war überrascht, dass sie noch wusste, wie der Schalter funktioniert.«

»Was ist hier los?«, fragt mein Vater. Wenigstens glaube ich, dass er es ist. Mein Hirn produziert schon wieder diesen hohen Ton. »Was für ein Job?«

»Der Job des Jahrhunderts, mein kleines Zuckerkrümelchen, die Position des Jahrtausends. Der Job aller Jobs.«

»Und der wäre?«, fährt mein Vater ihn sauer an. »Lassen Sie das Theater, Wilbur, und sagen Sie es uns einfach.«

Wilbur grinst. »Haha. Yuka Ito möchte, dass Harriet das neue Gesicht von Baylee wird. Wir sind knapp dran, also fangen wir morgen mit den Shootings an. In Moskau. Für einen Vierundzwanzig-Stunden-Wirbelsturm der Mode.«

Ich habe das Gefühl, in einem Aufzug zu stehen, der in drei Sekunden dreißig Stockwerke nach unten schießt. Mein Magen löst sich völlig aus seiner Verankerung.

Mein Vater öffnet und schließt ein paar Mal den Mund. »Echt jetzt?«, fragt er schließlich, und selbst in meinem derzeitigen salzsäuleartigen Zustand zucke ich ein wenig zusammen. Ich wünschte wirklich, er würde aufhören zu reden wie die Jungs auf der Straße. Es ist oberpeinlich.

»So echt, dass es eine eigene Fernsehsendung haben könnte«, bestätigt Wilbur ernst. »Wir suchen schon Ewigkeiten nach der Richtigen, sämtliche Werbeplätze sind längst gebucht, und die Mannschaft steht in den Startlöchern. Jetzt, wo wir sie gefunden haben, kann's losgehen.«

»Himmel!«, meint mein Vater und wirkt plötzlich seltsam ruhig. Ich dachte, er würde aufspringen und wieder durchs Zimmer tanzen, aber er wirkt sehr gefasst und – na ja – fast väterlich. »Gut!«, sagt er mit verträumter Stimme. »Wow.« Er sieht mich noch mal an. »Dann passiert es also wirklich. Wer hätte das gedacht?«

Der schrille Ton in meinem Kopf wird immer lauter. »Dad?«, krächze ich. »Was soll ich machen?«

Mein Vater räuspert sich, beugt sich vor und legt die Hand an meine Wange. »Harriet«, sagt er in ernstem Tonfall (so kenne ich ihn gar nicht). »Denk gut darüber nach. Wenn du es nicht willst, gehen wir jetzt. Keine Frage. Wenn du es willst, stehe ich hinter dir.«

»Aber Annabel ...«

Mein Vater seufzt. »Um Annabel kümmere ich mich. Sie macht mir keine Angst.« Er denkt darüber nach. »Okay, sie macht mir Angst. Aber dann jage ich ihr einfach auch Angst ein.«

Ich möchte schlucken, aber es geht nicht. Die Tür, von der ich dachte, sie wäre zugeknallt, wurde gerade weit aufgestoßen.

Hier ist er.

Hier ist er tatsächlich. Hier ist der Scheideweg, von dem in Gedichten immer die Rede ist.

Ich kann zurück in mein altes Leben, dann geht alles genauso weiter wie vorher. Ich kann Harriet Manners sein: Nats beste Freundin, Opfer von Alexa, Stieftochter von Annabel, Stalkingopfer von Toby. Fremde und absolut bekloppte Handschnüfflerin für Nick. Uncool.

Oder ich kann mich umdrehen und etwas ganz Neues versuchen.

In mir bricht etwas auf. »Ich will's machen«, höre ich mich sagen. »Ich will versuchen, Model zu sein.«

»Na dann«, sagt Wilbur glücklich.

»Aber wie geht es jetzt weiter?« Dad nimmt meine Hand und drückt sie. Ich drücke zurück. Ich zittere am ganzen Leib.

»Jetzt?«, sagt Wilbur lachend und lehnt sich auf seinem Stuhl zurück. »Jetzt? Also. Sagen wir mal, dass Harriet Manners bald groß in Mode sein wird.« Er lacht noch einmal. »Ja, allerdings, ganz groß en vogue.«

35

Also, mein Vater und ich haben einen schlauen Plan ausgeheckt. Er ist nicht besonders kompliziert und besteht im Grunde nur aus einer simplen Strategie:

Lügen.

Das ist alles.

Ungefähr dreißig Sekunden lang haben wir über die Sag-die-Wahrheit-Option nachgedacht und sind dann zu dem Schluss gekommen, dass es wahrscheinlich rundherum besser ist, wenn wir einfach … lügen. Im Grunde haben wir Angst. Außerdem, wie mein Dad sagt: »Annabel ist im Augenblick sowieso schon völlig durchgeknallt, Harriet. Willst du sie wirklich noch mehr in Wallung bringen? Willst du das?«

Also werden wir Annabel anlügen. Und – füge ich im Stillen hinzu – Nat.

Natürlich werden wir nicht auf ewig lügen. Das wäre lächerlich. Wir werden ihnen nur die Wahrheit vorenthalten, bis das Timing stimmt. Und der richtige Zeitpunkt gekommen ist.

Außerdem haben wir absolut keine Alternative.

Was die Sache nicht besser macht. Also entschuldige ich mich, sobald wir von der Agentur zu Hause sind, und gehe schnurstracks an den einzigen Ort in der Welt, wo ich hingehe, wenn ich von allem die Nase voll habe.

Ich begebe mich direkt in den Waschsalon.

Der Waschsalon liegt ungefähr 300 Meter von unserem Haus entfernt. Hierher komme ich, seit mir erlaubt ist, das Haus allein zu verlassen, denn aus irgendeinem Grund geht's mir hier immer schnell wieder besser. Ich liebe das leise Surren, ich liebe den Seifenduft, ich liebe das helle Licht, ich liebe die Wärme, die die Maschinen verströmen. Doch vor allem liebe ich das Gefühl, dass an einem Ort, wo alles gewaschen wird, nichts je schlimm oder falsch sein kann.

Ich krame 50 Pence von meinem Taschengeld aus der Tasche und stecke sie in einen Trockner. Und – als er eingeschaltet ist und warm vibriert – lehne ich den Kopf an das konkave Glasfenster und schließe die Augen.

Ich weiß nicht, wie lange ich so mit dem Kopf am Trockner dasitze, aber ich muss eingedöst sein, denn ich werde davon wach, dass jemand sagt: »Hast du gewusst, dass die amerikanische Durchschnittsfamilie jede Woche acht bis zehn Waschmaschinen wäscht und dass eine einzige Ladung Wäsche durchschnittlich eine Stunde und siebenundzwanzig Minuten braucht, bis alles gewaschen und getrocknet ist? Das bedeutet, dass die amerikanische Durchschnittsfamilie jährlich rund 617 Stunden mit dem Waschen und Trocknen der Wäsche beschäftigt ist. Was glaubst du, wie die Zahlen für England sind? Ich glaube, niedriger. Wir kommen mir ein wenig schmutziger vor.«

Auch wenn ich nicht die Augen aufschlagen muss, um zu wissen, wer da spricht, öffne ich sie trotzdem. Und vor mir sitzt – oben auf einer Waschmaschine – Toby.

Ich sehe ihn schweigend an.

»Hey, du bist wach!«, bemerkt er. »Schau!« Und dann zeigt er auf sein T-Shirt, auf dem ein Schlagzeug abgebildet ist. »Das ist interaktiv. Guck! Wenn ich auf die Trommeln drücke, hört man ein Trommeln.« Bum, bum.

»Toby. Was machst du hier?«

»Hast du das gehört?« Er trägt eine gelbe Pudelmütze, die vor Aufregung hin und her wackelt. »Ein Schlagzeug! Auf meinem T-Shirt!« Bum, bum, bum. »Ganz schön realistisch, was? Meinst du, wenn du eins mit einer Gitarre anziehst, könnten wir 'ne Band gründen?«

»Nein. *Was machst du hier?*«

»Die Wäsche, Harriet, ist doch logisch.«-

Ich ziehe eine Augenbraue hoch. Er wirkt kein bisschen verlegen ob dieser schrecklichen Ausrede, was ich – angesichts der Tatsache, dass er überhaupt keine Wäsche dabeihat – leicht beängstigend finde. »Bist du mir hierher gefolgt?«

»Ja.«

»Warum?«

»Du hast so traurig ausgesehen. Und es ist dunkel und könnte gefährlich sein, allein nach Hause zu gehen.«

Ich mache ein finsteres Gesicht. Das klingt ganz danach, als würde Toby mir öfter im Dunkeln nachschleichen. »Ja, Toby. Es besteht die Gefahr, dass mir ein Stalker nachstellt.«

»Meinst du?« Toby sieht sich um. »Ich glaube, ich bin der einzige, Harriet. Ich bin in der ganzen Zeit noch nie einem anderen begegnet. Bist du aufgeregt wegen des Modelns?«

Ich starre ihn ein paar Sekunden lang an. »Woher zum Teufel weißt du davon?« Wie soll ich es vor Nat und Annabel geheim halten, wenn ich es nicht einmal vor Toby verheimlichen kann?

»Also, ich wäre kein Stalker, wenn ich es nicht wüsste, oder?« Toby lacht. »Himmel, dann wäre ich wirklich nicht zu gebrauchen. Dann müsste ich meine Stalkerausrüstung beschämt an den Nagel hängen.« Er denkt darüber nach. »Was bedauerlich wäre, denn alles, was ich habe, ist diese Thermosflasche, und die ist mir irgendwie ans Herz gewachsen.« Er holt eine rote

Thermosflasche raus und zeigt sie mir. »Suppe«, erklärt er. »Falls ich Hunger kriege.«

»Toby, das soll niemand wissen.«

»Aber ich weiß es, und das bedeutet, dass wir zwei ein Geheimnis haben, richtig?« Ich starre ihn zornig an. »Und das bedeutet, dass wir verwandte Seelen sind, oder? Und – korrigier mich, wenn ich mich täusche – Seelengefährten?«

»Wir sind keine Seelengefährten, Toby. Du kannst nicht hingehen und Geheimnisse stehlen und Menschen zwingen, deine Seelengefährten zu sein.«

»Okay.« Er wirkt kein bisschen beschämt bei dieser Zurückweisung. »Aber du bist doch froh, dass ich dem Model-Mann deine Nummer gegeben habe, oder?«

Ein paar Sekunden lang kann ich nur stottern, ohne dass ein Laut aus meinem Mund kommt. »Du hast der Modelagentur meine Telefonnummer gegeben?«

»Du bist auf der Clothes Show so schnell davongerannt, dass du es, glaube ich, vergessen hast. Gut, oder?« Toby grinst mich an, und der gelbe Bommel hüpft fröhlich auf und ab. »Jetzt wird die ganze Welt dich so sehen, wie ich dich schon lange sehe. Ich war dem Trend schon immer einen Schritt voraus.«

Ich zeige auf das zerkratzte Wort auf meiner Schultasche. »Und was, wenn sie mich so sieht, wie die in der Schule mich sehen, Toby? Was dann?«

Toby denkt ein paar Augenblicke darüber nach. »Dann brauchst du, glaube ich, eine größere Tasche.« Und er schlägt auf das Schlagzeug auf seinem T-Shirt: Bum, bum, drummmm.

Plötzlich bin ich mir nicht mehr so sicher, ob das mit dem Waschsalon so eine gute Idee war. »Ich gehe nach Hause.«

»Okay. Soll ich dir in ein paar Schritten Entfernung folgen?«

Ich sehe ihn stirnrunzelnd an, doch er scheint es nicht zu bemerken.

»Übrigens«, fügt er hinzu, »hat Nat dir erzählt, was sie gestern gemacht hat? Sie war toll, Harriet. Wie Boudicca, allerdings ohne Streitwagen. Und ohne Pferde und Schwerter, aber trotzdem: Es war Furcht einflößend.«

Kurz vor der Tür halte ich inne. »Nat?«, frage ich ganz durcheinander. »Was redest du da?«

»Sie hat gehört, was die in Englisch mit dir gemacht haben, und ist richtig ausgeflippt. Sie ist in den Umkleideraum marschiert, wo Alexa sich für den Hockey-Club umziehen wollte, und hat rumgebrüllt wie eine Wilde.« Toby unterbricht sich. »Was ich allerdings nicht gesehen habe, denn sie wollten mich nicht reinlassen. Anscheinend ist dieser Raum nur für Mädchen, und ich bin kein Mädchen, Harriet. Lass dir versichert sein. Da können Ben und Alexa sagen, was sie wollen. Ich bin ein ganzer Kerl.«

Das Blut gefriert mir in den Adern, und das nicht nur, weil Toby gerade die Formulierung *ein ganzer Kerl* benutzt hat.

»Und weißt du, was das Beste war?«, fügt Toby hinzu, der anscheinend gar nicht merkt, dass sämtliche Muskeln in meinem Gesicht inzwischen in einer Mischung aus Schuldgefühlen und Entsetzen zucken. »Willst du wissen, was sie noch gemacht hat?«

»Was?«

»Ehrlich, du wirst es nicht glauben.«

Ich bin so nervös, dass ich ihn anknurren könnte. »Erzähl«, brülle ich fast durch den ganzen Waschsalon. »Erzähl mir endlich, was sie gemacht hat.«

»Sie hat Alexa den Pferdeschwanz abgeschnitten, Harriet. Schnapp, ab. In voller Länge. Mit einer Schere. Und dann hat sie gesagt: ›Wollen doch mal sehen, wie's dir gefällt, wenn alle über dich lachen‹, und ist davongestürmt.« Toby lacht. »Anscheinend sieht Alexa jetzt ein bisschen aus, als wäre sie auch ein ganzer Kerl.«

Hölle. Stöhnend lege ich mir eine Hand über die Augen. Das ist die Schulversion der Ermordung von Erzherzog Franz Ferdinand in Sarajevo im Juni 1914, was zur russischen Mobilmachung geführt hat. Was dazu geführt hat, dass Deutschland Russland den Krieg erklärt hat. Was zum Ersten Weltkrieg geführt hat.

Nat hat gerade einen Krieg für mich angezettelt. Um mich zu verteidigen. Meinetwegen.

Und ich bin es nicht wert.

Mieser kann man sich gar nicht fühlen. Ich habe neue Höhen der Selbstverachtung erreicht (oder Tiefen, je nachdem, wie rum man die Latte anlegt). »Ich … ich …«, sage ich leise und halte mich am Türgriff fest. »Ich muss wirklich nach Hause, Toby.«

Und dann stürme ich zur Tür hinaus, so schnell meine Beine mich tragen.

36

Ich laufe den ganzen Weg nach Hause.

Okay, das stimmt nicht. Ich laufe nicht den ganzen Weg nach Hause. Ich wollte nur, dass ihr denkt, ich könnte den ganzen Weg nach Hause laufen, wenn es sein müsste. Denn wahrscheinlich könnte ich es.

Ich laufe den größten Teil des Weges, und dann geht's auf Pfadfinderart weiter (zwanzig Schritte gehen, zwanzig Schritte laufen). Es kommt mir trotzdem noch so vor, als könnte ich nicht schnell genug von dem fortkommen, wovor ich weglaufe. Hauptsächlich vor mir.

Was mache ich bloß? Ich bin dabei, meine beste Freundin zu enttäuschen, während sie mich mit Zähnen und Klauen verteidigt, meine Stiefmutter zu hintergehen, die mich nur beschützen will, und − je nach dem, wie dämlich ich mich beim Modeln anstelle − Wilbur und die ganze Modewelt obendrein zu enttäuschen.

Mein Kopf fühlt sich an, als würde er gleich anfangen zu klappern von all den Wörtern, die darin herumhüpfen wie Bälle. Sooft die Begriffe Moskau, Nick, Baylee oder Verwandlung auftreffen, zuckt mein ganzer Körper vor Aufregung. Sooft die Worte Nat und Annabel auftreffen, ist mir, als würde ich implodieren vor Schuldgefühlen und Angst.

Und jedes Mal, wenn Alexa auftrifft, möchte ich am liebsten kotzen.

Das ist mir alles zu viel. Ich kann einfach nicht mehr. Ich habe mich entschieden und es ist zu spät: Ich werde dabei bleiben, egal was passiert. Also verbringe ich den Rest des Abends damit, im Kopf eine imaginäre Kiste zu basteln. Und in diese Kiste tue ich die ganzen Bälle und schließe den Deckel. Und dann schließe ich die Kiste ab und verlege vorübergehend den Schlüssel.

Ich werde nach Russland fliegen und mich verwandeln lassen und nichts und niemand kann mich noch daran hindern.

Lüge Nummer 1:

NAT, ICH HABE EINE BÖSE ERKÄLTUNG. HAT MICH SCHLIMM ERWISCHT. KOMME HEUTE UND MORGEN WAHRSCHEINLICH NICHT ZUR SCHULE. HOFFE, DIR GEHT'S GUT. BIS DONNERSTAG. XX

Lügen Nummer 2 und 3:

Annabel: »Warum trägst du deinen Pu-der-Bär-Pullover, Harriet?«
Ich: »Heute müssen wir keine Schuluniform anziehen.«
Annabel *(nach langem Schweigen):* »Und warum bist du noch nicht zur Arbeit, Richard?«
Mein Vater: »Heute müssen wir keine Unif... Moment. Nein. Ich fange heute später an. Ich fahre später zur Arbeit. Schau, ich habe Erdbeermarmelade gekauft.«
Annabel: »Erdbeermarmelade? Wieso das denn? Ich hasse Erdbeermarmelade.«

Lüge Nummer 4:

Ich: »Annabel, weißt du, wo mein Ausweis ist?«
Annabel: »Wozu um alles in der Welt brauchst du an einem Montagmorgen um acht Uhr deinen Ausweis?«
Ich: »... Internationales Schulprojekt?«
Annabel: »Warum klingt das wie eine Frage. Fragst du mich oder teilst du es mir mit?«

Lüge Nummer 5:

TOBY, BIN NACH AMSTERDAM ZU EINEM SHOOTING. H

Als Annabel uns beide mit einem Stirnrunzeln bedacht hat, sich davon überzeugt hat, dass ich kein Fieber habe, und zur Arbeit gegangen ist, sind mein Vater und ich ziemlich spät dran, und das Packen besteht darin, alles Mögliche in einen kleinen Koffer zu stopfen, draufzuspringen, um ihn zuzukriegen, und zu überlegen, ob ich einfach alles, was übersteht, abschneiden soll wie den Rand einer Pastete.

Ich habe mir auch überlegt, wenn ich es schon tue, dann auch richtig, und habe am Computer ein Blasendiagramm angefertigt und meinem Vater eine Kopie davon in die Hand gedrückt, damit er den Plan kennt. Meine Lügen sind die rosa Blasen, seine Lügen die blauen, und unsere gemeinsamen Lügen sind – logisch – die lilafarbenen.

Kurzzusammenfassung: Nat denkt, ich bin zu Hause, krank. Annabel denkt, ich bin bei Nat, um bei ihr zu übernachten und am nächsten Tag von da in die Schule zu gehen. Annabel denkt auch, mein Vater ist nach Edinburgh geflogen zu einer dringenden Besprechung mit einem Kunden, die erst in letzter

Minute angesetzt wurde und sicher bis zum nächsten Abend dauert.

»Nicht zu fassen, dass du ein Blasendiagramm gezeichnet hast«, sagt mein Vater immer wieder ungläubig, als wir im Flugzeug auf unsere Plätze sinken.

»Ein Blasendiagramm war die angemessenste Form für so ein Unternehmen«, erkläre ich ihm aufgebracht. »Vertrau mir, ich habe auch ein Ablaufdiagramm und ein Tortendiagramm gemacht, aber die haben nicht so gut funktioniert. Dies hier ist viel vernünftiger.« Mein Vater sieht mich ein paar Sekunden lang schweigend an. »Das meine ich nicht«, sagt er schließlich.

»Ich habe auch eine Zeitachse gezeichnet«, erkläre ich ihm, während wir die Sicherheitsgurte anlegen, »auf der die Lügen im Stundentakt verteilt waren. Aber da könntest du leicht durcheinanderkommen. Ich finde, es ist das Beste, wenn ich die Kontrolle darüber behalte und dir Bescheid sage, wenn du was sagen sollst, was nicht wahr ist.«

Mein Vater betrachtet wieder das Blasendiagramm. »Aber ein Blasendiagramm? Harriet, bist du dir sicher, dass du meine Tochter bist? Ich meine, bist du dir ganz sicher, dass Annabel dich nicht mitgebracht und eingeschmuggelt hat?«

Ich werfe ihm einen finsteren Blick zu, und dann zucke ich vor Schmerz zusammen, denn so wie es aussieht, hat das Universum beschlossen, Rache an mir zu üben und mir – ganz reale und keineswegs metaphorische – Teufelshörner aufzusetzen. Als die Stewardess auf die Ausgänge zeigt, ist meine Stirn heiß und pocht, als sie die Erdnüsse verteilt, tut mir die Stirn so weh, dass ich sie nicht mal runzeln kann, und als wir über Moskau in den Sinkflug gehen, hat mein Vater meinen funkelnagelneuen riesigen Pickel »Bob« getauft und unterhält sich mit ihm wie mit einem richtigen Wesen.

»Möchte Bob ein Glas Orangensaft?«, fragt er jedes Mal, wenn die Stewardess vorbeigeht. »Oder einen Kräcker?«

Und dann lacht er, und es erfordert alle Geduld, die ich irgendwie aufbringe, mich nicht mit der Bitte an den Piloten zu wenden, ob wir nicht umdrehen und meinen Vater in England absetzen können, weil er sich nicht benimmt.

All das kann meine Aufregung allerdings nicht ganz dämpfen.

Ich fliege nach Russland.

Russland. Land der Revolutionen und der einbalsamierten Revolutionsführer mit Glühbirnen im Hinterkopf. Land des Kreml und des Winterpalastes und des ehemaligen Bernsteinzimmers, das ganz vergoldet war und irgendwann im Zweiten Weltkrieg »verloren« ging. Land der großen Pelzmützen und kleinen Puppen, die ineinandergesteckt werden.

Und wenn ich modeln muss, solange ich dort bin: Mir soll's recht sein.

»Da wären wir«, sagt mein Vater, als das Flugzeug landet, stupst mich mit dem Ellbogen und grinst. »Weißt du, wie viele Teenager dafür liebend gern einen Mord begehen würden, Schatz?«

Ich schaue aus dem Fenster. Ein flauschiges, weißes Schneegestöber hat sich wie Puderzucker über alles gelegt, wie auf einer Postkarte. Russland sieht genauso aus, wie ich es mir vorgestellt habe. Und das könnt ihr mir glauben: Ich habe es mir oft vorgestellt. Es ist auf meiner Top-Ten-Liste der Länder, die ich besuchen will. An dritter Stelle, um genau zu sein.

Ich schlucke schwer. Schon fangen die Dinge an, sich zu verändern. Von heute an wird alles anders.

»Du lebst deinen Traum.« Dad lächelt mir zu und sieht wieder aus dem Fenster.

»Ja.« Ich erwidere sein Lächeln. »Sieht ganz so aus.«

37

Also, das Tolle am Moskauer Flughafen ist, dass er durch und durch russisch ist.

Ich meine, die Schilder sind auf Russisch. Die Bücher sind auf Russisch. Die Broschüren sind auf Russisch. Die Läden sind russisch. Alles, was in den Läden verkauft wird, ist russisch. Alle Menschen sind Russen.

Okay, vielleicht sind nicht alle Menschen Russen – die meisten steigen aus Flugzeugen aus Großbritannien und Amerika, und wenn ich ganz ehrlich bin, ist alles auch auf Englisch – aber trotzdem sieht alles ... anders aus. Exotisch. Historisch. Revolutionär.

Selbst mein Vater wirkt eleganter, dabei trägt er immer noch das scheußliche T-Shirt mit dem Roboter vorne drauf.

Auf Wilbur scheint nichts von alldem auch nur den geringsten Eindruck gemacht zu haben. Er ist in Gedanken mit anderen, weniger tiefsinnigen Dingen beschäftigt.

»Oh, meine Billy Ray Cyrus«, meint er seufzend, als wir ihn endlich gefunden haben. Er sitzt in einem Seidenhemd, das mit kleinen Ponys bedruckt ist, auf einem pinkfarbenen Koffer, und in der Sekunde, da ich vor ihm stehe, legt er sich die Hände auf die Augen, als könnte ich sie ihm mit dem Pickel auf meiner Stirn ausstechen. »Wo kommt denn der her? Was hast du gegessen?«

»Schoko-Müsliriegel«, wirft mein Vater hilfsbereit ein. »Sie hatte drei zum Frühstück.«

»Du siehst aus wie ein Baby-Einhorn, Glitzerzehchen. Hättest du nicht noch vierundzwanzig Stunden abwarten können? Nur vierundzwanzig Stunden, bevor du dir Hörner wachsen lässt?«

Gedemütigt runzle ich die Stirn, zucke zusammen und versuche, den Pickel wieder reinzudrücken. »Es ist nur einer«, murmle ich beschämt. »Ein Pickel, Singular.«

Wilbur seufzt. »Also, hör auf, mit den Fingern den Berg erklimmen zu wollen, Krümelchen«, meint er seufzend und schlägt sanft meine Hand weg. »Es sei denn, du willst für die Nachwelt eine Flagge darauf hissen.«

Mein Vater lacht dermaßen, dass ich ihn in den Arm knuffen muss. Erwachsene sollten wirklich mal lernen, sensibler mit den Hautproblemen ihrer Teenager umzugehen. So eine Bemerkung kann niederschmetternd sein für ihre psychische Gesundheit und ihr Selbstbewusstsein und – vermute ich mal – für Modelkarrieren. »Das kann man doch mit Make-up zudecken, oder?«, frage ich nervös.

»Honignäschen, Make-up aufzulegen wird sein, wie Zucker auf die Spitze des Fuji rieseln zu lassen. Dem Himmel sei Dank für Computer, mehr sage ich dazu nicht.« Dann tritt Wilbur einen Schritt zurück und betrachtet mein Outfit. »Zum Glück«, ruft er aus, »ist der Tag gerettet durch einen weiteren Augenblick vollkommener modischer Brillanz. Dreh dich um, mein kleines Nashorn.«

Ich sehe ihn ein paar Sekunden mit zusammengekniffenen Augen an und senke dann den Blick. Hä? »Mein Pu-der-Bär-Pullover?«, sage ich ungläubig. »Und der Rock von meiner Schuluniform?«

Dazu kann ich nur sagen: Es waren die einzigen Klamotten, die noch gepasst haben und die a) nicht in der Wäsche waren (weil mit Kotze bekleckert), b) kein Fußballtrikot und c) kein Kostüm, und d) deren Schnittmuster kein Insekt zugrunde lag.

»*Pu-der-Bär-Pullover und Rock von der Schuluniform*«, sagt Wilbur, blickt voller Staunen gen Himmel und schlägt sich die Hand vor die Stirn. »Erstaunlich. Du bist ein echtes Original, meine kleine Qualle. Egal, wir können nicht den ganzen Tag hier stehen und über dermatologische Katastrophen und dein Stilgefühl reden – also, ich könnte das schon, aber leider werde ich dafür bezahlt, es nicht zu tun.«

Und er wackelt mit seinem Koffer in der einen Hand und die andere unerklärlicherweise hoch in die Luft gereckt durch den Flughafen.

»Wohin fahren wir denn zuerst?«, frage ich, während mein Vater und ich hinter ihm hertrotten. Ich bin so aufgeregt, dass es sich anfühlt, als würden kleine Insekten in meinem Bauch hin und her schießen, wie in der Marmeladenglasfalle, die wir in der Grundschule basteln mussten, um Fliegen zu fangen. »Ins Gulag-Museum? In die Tretjakow-Galerie? Ins Nowodewitschi-Kloster? Die Arbeiter-und-Kolchosbäuerin-Plastik ist in Moskau, wisst ihr. Sie ist von Paris hierher umgezogen.«

Weil ich nämlich während des ganzen Fluges einen Reiseführer über Moskau und so gelesen habe.

Also, genauer gesagt, drei. Und einen Stadtplan studiert.

»Oh, fantastisch. Hier gibt's an jeder Ecke Wodka, richtig?«, fragt mein Vater. »Hab das Gefühl, ich könnte einen vertragen.«

»Meine Butterkekschen«, sagt Wilbur und wendet sich um, stemmt die Hände in die Hüfte und sieht uns an. »Wir sind *weder* hier, um Sightseeing zu machen, *noch,* um Wodka zu trinken. Dies ist kein romantisches Wochenende zu dritt, obwohl«, er sieht meinen Vater an, »Mr Panda senior hier eindeutig ein ganz Süßer ist.«

Mein Vater ist kurzzeitig fassungslos, und dann grinst er und blinzelt mir zu. »Siehst du? Ich habe Annabel doch gesagt, ich wäre süß, aber sie wollte mir nicht glauben.«

»Und wohin fahren wir dann jetzt?«, wiederhole ich ungeduldig. Ich schwör's, ich dreh meinem Vater noch den Hals um, bevor die Reise hier zu Ende ist.

»Wir fahren direkt ans Set, Löffelbiskuit«, sagt Wilbur in geschäftigem Tonfall, »und wir sind so knapp mit der Zeit, dass wir nicht mal Zeit haben, euer Gepäck vorher ins Hotel zu bringen. Egal, bevor wir irgendwohin gehen, müssen wir noch das andere Model finden.«

Schockiert starre ich Wilbur an. Er trippelt auf die Taxischlange zu und winkt, als würden seine Füße brennen. »Juhuuuu?«, ruft er lauthals. »Avez vous ein Taxi für uns? Siehvuplä?«

Ich schaue ihm hinterher, ein wenig abgelenkt von der Tatsache, dass er zu denken scheint, wir seien in Frankreich. »Das andere Model? Was für ein anderes Model?«

Ein zweites Model war nicht auf meinem Blasendiagramm.

»Es ist ein Paar-Shooting, Welpenpfötchen«, erklärt Wilbur mir und schaut auf seine Uhr. »Ich bin mir sicher, das habe ich dir alles erklärt, obwohl das auch ein Traum gewesen sein kann. Und bestimmt nicht einer meiner interessantesten.« Er schaut noch einmal auf seine Uhr und seufzt. »Ja, da ist noch ein zweites Model. Und wie vorherzusehen war, kommt er zu spät. Wie immer.«

Mir rutscht der Magen in die Knie. »Er?«, stammle ich schließlich.

»Das ist das Personalpronomen, das wir benutzen, wenn das Subjekt männlich ist, Blütenblättchen. Und wenn mich meine Erinnerung nicht täuscht, kennst du ihn schon. Ihr habt über

Tauben gesprochen ... oder waren es Enten? Jedenfalls irgendwelche Vögel.«

Mein Magen macht einen Sinkflug. Und dann rutschen mein Herz, meine Lunge, meine Nieren und meine Leber hinterher, bis sie in einem Haufen vor meinen Füßen liegen.

Das kann nicht sein. Unmöglich.

Ganz ausgeschlossen.

»Na endlich«, sagt Wilbur, dreht sich um und winkt. Wie es aussieht, kann es sehr wohl sein.

Denn dort — im Schnee an einen Laternenpfahl gelehnt, in einer großen Armeejacke, in der er verboten gut aussieht — steht Nick.

Mal wieder.

38

Wie groß war die Chance?

Ich sage euch, wie groß die Chance war. Ungefähr 673 zu 1. Und das nur, wenn Yuka Ito ausschließlich männliche Models besetzte, die in London leben. Wenn man den Rest des Erdballs mit einbezieht – der ebenfalls voller schöner Menschen ist –, dann geht die Statistik noch mehr in Richtung »absolut unwahrscheinlich«. Tausende zu eins. Viele, viele Abertausende zu einer winzig kleinen, mickrigen Eins.

Und wie habe ich das so schnell ausgerechnet? Das ist unwichtig.

Aber wenn ich, sagen wir mal, zufällig auf die Webseiten sämtlicher wichtiger Modelagenturen gestoßen wäre, während ich mich am Wochenende gelangweilt hätte, und zufällig alle männlichen Models gezählt und zufällig ausgerechnet hätte, wie die Chancen stünden, Nick bald wiederzusehen, dann wäre das meine Prognose gewesen.

Wenn ich das getan hätte.

Doch das ist, wie gesagt, unwichtig.

673 zu 1. Und doch: Hier ist er und steigt zu mir ins Taxi. Und zu meinem Vater. Was verrückt ist, denn wenn mein Planet und Nicks Planet nicht dazu bestimmt sind zu kollidieren, dann liegen sein Planet und der meines Vaters auf verschiedenen Orbits, in verschiedenen Sonnensystemen, in ganz verschiedenen Universen.

Mein Vater wirft einen Blick auf Nick, der hinten neben mir sitzt, Schnee in den Haaren, und hüstelt. »Ich glaube, so langsam verstehe ich, warum du so scharf darauf warst, Model zu werden, Harriet«, sagt er im plumpesten Tonfall, den ich je gehört habe.

Ich trete ihm an den Knöchel.

»Was denn!?« Mein Vater tut vollkommen unschuldig und gekränkt. »Ich sage ja nur, aus der Perspektive einer Fünfzehnjährigen ergibt das alles plötzlich sehr viel mehr Sinn.« Er grinst mich an.

Peinlicher könnte es gar nicht sein. Unmöglich. Wenn ich während der Fahrt die Taxitür aufmache und meinen Vater rausschubse, werde ich dann des Mordes angeklagt?

Vielleicht wäre es die Sache sogar wert.

»Dad«, winsle ich und blicke so angestrengt wie möglich aus dem Fenster. Moskau zieht vorüber – eine einzige Kulisse aus Schnee und hohen Gebäuden –, aber ich kann mich kaum darauf konzentrieren. Nicht nur, dass Nick hier ist, wo er doch gar nicht hier sein sollte, er sieht auch noch viel besser aus als beim letzten Mal. Er sieht mit jedem Tag besser aus, als würde er so was wie ein magisches Schönheitselixier zu sich nehmen, das aus der Zunge eines Einhorns und dem Haar eines Drachen gemacht ist oder so.

Vielleicht sollte ich ihn fragen, ob er noch was übrig hat.

»Ihr habt euch auf der Clothes Show unter dem Tisch getroffen, erinnert ihr euch?«, fragt Wilbur ganz unschuldig und wedelt mit der Hand zwischen uns hin und her.

Das überlegene Grinsen meines Vaters ist inzwischen wie eingemeißelt. »Tatsächlich?«

Nick schenkt mir ein angedeutetes Lächeln und legt die Füße auf die Rücklehne des Vordersitzes. »Harriet Manners«, sagt er in seinem langsamen, lässigen Tonfall. »Immer auf der Seite von Recht und Gesetz.«

»Das hat sie von ihrer Stiefmutter«, erklärt mein Vater, und ich kalkuliere in Gedanken, wie groß die Verletzungen wohl sind, wenn ich warte, bis wir an einer roten Ampel halten, und dann ganz beiläufig die Tür auf seiner Seite aufstoße.

»Ich wusste nicht, dass du auch hier bist«, sage ich so lässig wie möglich, auch wenn es kein bisschen lässig rauskommt.

Nick zuckt die Achseln. »Ich habe den Baylee-Auftrag schon vor einer Weile bekommen«, sagt er, als hätte er soeben einen Aushilfsjob im Supermarkt ergattert. »Es hat nur gedauert, bis sie das richtige Mädchen gefunden haben.«

Oh, mein Gott. Und das soll ich sein? Ich war noch nie für irgendetwas das richtige Mädchen. Normalerweise bin ich Die-Mit-Der-Man-Sich-Abfinden-Muss-So-Wie-Es-Aussieht-Weil-Das-Andere-Mädchen-Die-Windpocken-Bekommen-Hat (Aufführung von »Aschenputtel«, fünfte Klasse).

Wilbur beugt sich vor. »Plumpudding«, sagt er ehrfürchtig. »Diesen Jungen musst du im Auge behalten. Er hat alles gemacht. Gucci, Hilfiger, Klein, Armani. Noch keine siebzehn Jahre alt und eines der erfolgreichsten männlichen Models in ganz London. Du kannst dich glücklich schätzen, mit ihm zu arbeiten, mein Honigtöpfchen. Er kann dich an die Hand nehmen. Er kann dich da durchtragen.«

Ich werfe rasch einen Blick auf Nicks Hand. Schön wär's!, denke ich sehnsüchtig. Und dann überziehen sich meine Wangen mit einem Hauch Rosa.

»Du musst dir keine Sorgen machen, ehrlich«, sagt Nick ruhig und schaut aus dem Fenster. »Wir tauchen da auf, wir machen unseren Job, wir werden eingeschneit, wir fliegen wieder heim. Kein Aufstand.«

Ich nicke schnell; mein ganzer Kopf zischt und knistert inzwischen vor Anspannung. Kein Aufstand. Okay, ich kann versuchen, das zu glauben. Je näher wir dem Set kommen, desto realer wird das Ganze und desto deutlicher spüre ich die Panik wieder aufsteigen. Obwohl ich mich offen gestanden allmählich daran gewöhne. Die letzten paar Tage waren weniger wie eine Achterbahnfahrt, sondern mehr wie ein Flug in einer dieser Kapseln, in die sie Astronauten schnallen als Vorbereitung aufs All. Ich weiß inzwischen nicht mehr so genau, wo oben und wo unten ist.

Aber es ist okay. Kein Aufstand.

Wilbur, mein Vater und ich verbringen 24 Stunden in Moskau, um Fotos zu machen. Zwanglose, fröhliche Fotos mit einer richtig teuren Kamera.

Und einem von Londons männlichen Topmodels und einem berühmten Fotografen. Und vielleicht Modelegende Yuka Ito, die in hundert Metern Entfernung Kaffee trinkt und mit angewiderter Miene Scheinwerfer an- und ausknipst.

Nur sechs Menschen, und einer von ihnen ist Löwen-Junge.

Kein Aufstand. Klar.

Mein Herz fängt an zu hämmern wie so ein kleiner Zinnsoldat in einem Weihnachtsfilm, und mein Mund fühlt sich plötzlich ganz taub an. Ich lecke mir die Lippen und versuche mich zu konzentrieren.

Ich habe es gewollt. Es war meine Entscheidung. Ich lüge für diese Sache. Und wozu treibe ich den ganzen Aufwand, wenn ich dann solche Angst habe, dass ich es nicht genießen und mich nicht davon verwandeln lassen kann?

Ich schaue aus dem Fenster und versuche, meine Atmung zu beruhigen. Moskau ist wirklich schön. Die Gebäude sind riesig und majestätisch, die Menschen tragen alle dicke Mützen und

Schals, und zwischen den vielen Schneeflocken funkeln Lichterketten. Und wenn man ganz genau hinschaut, kann man hier und da einen Mann in Uniform entdecken, der mit einem riesigen Maschinengewehr in den Händen an einer Ecke steht.

Was ein wenig von dem weihnachtlichen Ambiente ablenkt, aber trotzdem: faszinierend.

Und dann ist da der Fluss: Er ist riesig und schimmert von all den Lichtern, deren Spiegelungen sich übers Wasser erstrecken. Genau wie in den Büchern, die ich zu Hause habe, und viel, viel besser als die Seine in Paris.

Was nicht rassistisch gegenüber Flüssen sein soll. Ich meine nur.

»Wir sind fast da, meine kleinen Schokodrops«, sagt Wilbur, als das Taxi um eine Ecke biegt. »Baby Baby Einhorn, wie geht es dir? Bist du ruhig? Gelassen? Zutiefst und rettungslos fashionable?«

Ich vollführe das am wenigsten überzeugende Nicken meines Lebens. »Mir geht's gut«, lüge ich, als das Taxi anhält. Plötzlich kommen mir die Hände in meinem Schoß vor wie lebendige Fisch: ganz glitschig und unfähig still zu halten. »Ich fühle mich toll«, fahre ich fort und schaue aus dem Fenster. »Ich bin ...«

Und dann verstumme ich.

Denn vor uns liegt ein endlos weiter, vollkommen schneebedeckter Platz. An einer Seite ist eine kunstvolle rote Mauer, und an der anderen Seite ist ein großer weißer Palast mit üppigen Verzierungen. Wenn ich mich umdrehen würde, wäre hinter uns ein rotes, schlossartiges Etwas, aber direkt vor uns ist das schönste Gebäude, das ich je gesehen habe. Rot und blau und grün und gelb und gestreift und mit Sternen besetzt und garniert wie die aufwendigste Torte, die man sich vorstellen kann.

Und davor sind ungefähr fünfunddreißig Leute, sechzig Scheinwerfer, diverse Wohnwagen, Stühle, Gestelle voller Kleider, Grüppchen von Passanten und auf einem Kissen – unerklärlicherweise – ein kleines weißes Kätzchen, das ein Halsband trägt.

Und es sieht aus, als würden sie alle auf uns warten.

39

Richtig, Löwen-Junge hat gelogen.

Man kann es nicht anders sagen: Er hat gelogen. Das hier ist nicht nur ein Aufstand, sondern ein Riesen-Aufstand, in jedem denkbaren Sinn des Wortes. Sobald wir auf dem Roten Platz – wo wir uns, wie ich längst kapiert habe, befinden – aus dem Taxi steigen, sind wir umzingelt. Wie in einem Zombie-Film, außer dass es statt Zombies, die zerrissene Klamotten tragen und uns fressen wollen, modische Leute sind, die Schwarz und Pelz tragen und alle etwas über unseren Flug wissen wollen.

»Endlich!«, ruft jemand von hinten. »Endlich sind sie hier!«

»Ihr Süßen«, erklärt Wilbur und steigt majestätisch aus dem Auto. Der Schnee fällt nicht mehr ganz so dicht, doch Wilbur öffnet trotzdem einen großen Schirm, damit seine Haare nicht »feucht« werden. »Ich würde ja gern behaupten, es sei der Verkehr gewesen, aber das war es wirklich nicht. Es ist nur viel leichter, einen großen Auftritt zu inszenieren, wenn alle auf einen warten, nicht wahr?«

Inzwischen starre ich Nick so durchdringend an, dass meine Augenbrauen schon wehtun. »Kein Aufstand?«, zische ich, als man uns aus dem Auto hilft. »Kein Aufstand?«

Nick grinst und zuckt die Achseln. »Ach, komm schon«, sagt er leise. »Wenn ich dir die Wahrheit gesagt hätte, hättest du doch nur versucht, aus dem Autofenster zu klettern.«

Er hat recht. Genau das hätte ich versucht.

»Hätte ich nicht«, fahre ich ihn an, denn es ist kein schönes Bild, was er da von mir zeichnet (wie ich aus Fenstern klettere), und dann werfe ich – um ein wenig Würde zurückzugewinnen – den Kopf so zornig wie möglich zurück.

Was zufällig nicht besonders zornig ist. Es ist ganz schön hart, sauer zu sein, wenn man mit jemandem, der aussieht wie ein Prinz, mitten in einem Märchen vor einem Schloss steht.

Nicht dass ich Nick so sehe. Wir sind nur Kollegen.

Ich will bloß sagen: Meine Wut ist nicht ganz so überzeugend, wie sie es unter anderen Umständen womöglich gewesen wäre. Zum Beispiel gegenüber Toby vor dem Supermarkt um die Ecke.

Mein Vater sonnt sich inzwischen in all der Aufmerksamkeit. »Meine Tochter«, sagt er zu jedem, der es hören will. »Die da. Die Rotblonde. Sehen Sie?« Und dann zeigt er auf seine eigenen Haare. »Die hat sie von mir. Das Gen ist eigentlich rezessiv, sie hatte also großes Glück, denn ihre Mutter war brünett.«

»Dad«, flüstere ich noch einmal, denn schon schießen mir vier weitere Möglichkeiten, ihn umzubringen, durch den Kopf. »Bitte.«

»Aber Harriet, das hier ist alles ganz schön ...« Er seufzt glücklich, während er nach dem richtigen Wort sucht, und ich weiß, was er sagt, bevor er zur ersten Silbe ansetzt. Er reaktiviert nämlich gerade sein abgelegtes Vokabular aus den Neunzigern. »... fett«, beendet mein Vater seinen Satz, und ich muss mir die Hand vors Gesicht halten, um meine Verlegenheit zu verbergen.

Offen gestanden ist das alles ein bisschen überwältigend. Ich bin auf dem Roten Platz. Zu meiner Linken liegt der Kreml mit dem Lenin-Mausoleum und vor mir die Basilius-

Kathedrale: eines der fantastischsten und berühmtesten Werke der Architektur auf der ganzen Welt. Dahinten ist das Warenhaus GUM, dort das Staatliche Historische Museum und da drüben die Kasaner Kathedrale. Es gibt sogar eine Bronzestatue von Kusma Minin und Dmitri Poscharski, obwohl sie so dick zugeschneit ist, dass ich nicht erkennen kann, wer wer ist.

Er ist fantastisch, was mich eigentlich nicht überraschen sollte. Man nennt ihn nicht den Roten Platz, weil er rot ist, sondern weil das russische Wort für Rot − **Красная** − auch »schön« bedeutet. Dies ist der schöne Platz von Moskau.

Hier sind so viele Menschen, die so viel Krach machen, und so vieles, was mir fremd ist, dass ich ein paar Augenblicke brauche, um zu merken, dass Nick mal wieder verschwunden ist und dass die Menschenmenge sich jetzt in der Mitte teilt − wie das Rote Meer, nur schwarz.

Die Gespräche verstummen allmählich und die Menge öffnet sich, bis durch die Mitte ein verschneiter Pfad führt. Schließlich hört sogar Wilbur auf zu reden, und das Einzige, was man noch hören kann, ist das Kätzchen, das ab und zu ein leises Quietschen von sich gibt, als würde man eine Tür schließen.

»Da kommt sie«, flüstert jemand, und es klingt panisch.

Alle Köpfe wenden sich in eine Richtung.

Denn dort kommt − auf den höchsten schwarzen Absätzen, die ich je gesehen habe − Yuka Ito. Und ihr Blick ist direkt auf mich gerichtet.

40

Also, kann ja sein, dass ich mich täusche, aber Yuka Ito scheint dasselbe Outfit zu tragen wie beim letzten Mal, außer dass ihr Lippenstift heute orange ist statt rot.

Was mich, ehrlich gesagt, ein wenig überrascht. Für jemanden, der in der Modewelt so ein hohes Tier ist, scheint sie noch weniger Klamotten im Kleiderschrank zu haben als ich.

Yuka bleibt zwei Meter vor uns stehen, wie hypnotisiert und von Schnee bedeckt. Sie wirkt nicht glücklich. Klar, weiß ich natürlich nicht, wie Yuka Ito aussieht, wenn sie glücklich ist. Sagen wir mal so: Der Schnee auf ihren Schultern schmilzt nicht im Geringsten.

»Wilbur«, sagt sie in einem Tonfall, der so passend eisig ist, als käme er direkt vom Himmel. »Ich bin verwirrt. Was glaubst du, was genau deine Aufgabe ist?«

»Abgesehen davon, ganz allgemein fabelhaft zu sein?«

»Strittig«, versetzt Yuka. »Würdest du sagen, deine Aufgabe ist es, meine Models zu der verabredeten Zeit zu mir zu bringen?«

Wilbur denkt ein paar Sekunden darüber nach. »Ich würde sagen, das steht definitiv auf der Liste, ja.«

»Könntest du mir dann erklären, warum die beiden fünfundvierzig Minuten zu spät kommen?«

»Schatz.« Wilbur verdreht seufzend die Augen. »Wir müssen cool bleiben, oder? Pünktlich irgendwo aufzutauchen, ist schrecklich übereifrig. Ganz und gar nicht cool. Dies ist Mode, weißt du. Außerdem«, er macht eine kleine Handbewegung und senkt die Stimme, als würde er uns ein Geheimnis verraten, »es schneit.«

»Ja, das habe ich schon bemerkt. Und alle anderen waren pünktlich hier, denn in Russland kommt Schnee, sagen wir mal, nicht ganz unerwartet.« Ein paar Sekunden lang kneift sie die Lippen zu einem geraden Strich zusammen, und dann richtet sie den Blick auf mich. »Und könntest du mir auch erklären, warum das weibliche Gesicht meiner neuen Kollektion eine Art Kopfschmuck zur Schau trägt?«

Kopfschmuck? Was zum Teufel … Oh. Ich werde rot bis unter die Haarwurzeln. Wenn über meinem Kopf ein Scheinwerfer hinge, würde er ungefähr jetzt ausgeschaltet.

»Dazu«, entgegnet Wilbur geduldig, »muss man wohl einwenden, dass auf dem Gebiet ein gewisses Risiko besteht, wenn man einen Teenager castet, Yuka, oder? Sie sind dünn, ja, aber sie sind voller Hormone und Eiter. Das ist einfach so. Das ist, als würde man einen Tiger engagieren und sich dann darüber beschweren, dass er Schnurrhaare hat.«

Yuka betrachtet mich ungerührt. Ich habe mich definitiv schon hübscher gefühlt.

Sie schnalzt mit der Zunge. »Schön«, sagt sie schnippisch. »Wir bearbeiten sie sowieso digital bis zur Unkenntlichkeit. Bring sie rüber ins Hotel, damit sie fertig gemacht wird, während wir aufbauen und Nicks Soloaufnahmen machen. Ich geb dir anderthalb Stunden.« Und dann schnippt sie vor einer Handvoll Leuten, die direkt zu ihrer Linken stehen, mit den Fingern. »Da drin ist eine Liste. Halt dich genau dran. Und ich meine genau. Dies ist nicht der richtige Zeitpunkt, um mit Kreativität zu glänzen.« Sie blickt die ganze Meute grollend an. »Also«, fügt sie hinzu, »was steht ihr noch hier rum? Ich bin fertig.«

Und dann schreitet sie zurück durch das Schwarze Meer, das sich ordentlich hinter ihr schließt.

Ich sehe Wilbur ein paar Momente verwirrt an.

»Liste?«, sage ich schließlich. »Was für eine Liste?«

»Ah. Ich glaube, Zwergengesicht, es gibt eine Liste, was wir *damit* machen müssen.« Und dann wedelt er mit der Hand in meine Richtung.

Verdutztes Schweigen. Mit damit meint er anscheinend mich.

»Aber«, platze ich endlich heraus, »ich dachte, Sie hätten gesagt, ich wäre perfekt so, wie ich bin?«

An diesem Punkt wirft Wilbur den Kopf in den Nacken und bricht in schallendes Gelächter aus.

Was offenbar seine einzige Antwort ist.

41

Also, ich muss etwas gestehen: Ich bin nicht ganz unvorbereitet hergekommen.

Ich meine, ich kann nicht erwarten, dass sie alles machen, oder? Wenn ich cool sein will, muss ich mir schon ein bisschen Mühe geben. An meiner eigenen Verwandlung mitwirken. Alles andere wäre ganz schön faul.

Also habe ich letzte Nacht ein paar Stunden im Internet recherchiert und weiß jetzt sehr viel mehr über die Modewelt als früher. Und im Augenblick bin ich ziemlich aufgeregt, denn jetzt bekomme ich die Gelegenheit, es zu beweisen, und kann vielleicht einen kleinen Fortschritt in die richtige Richtung machen. Auch wenn ich mir nicht ganz sicher bin, wohin die Reise geht.

»Setz dich, Schätzchen«, sagt eine Frau, die schwarz gekleidet ist. Man hat mich aus dem Schnee geholt und in ein kleines Hotelzimmer unmittelbar hinter dem Roten Platz gebracht. Ich habe noch nie so viele Schminksachen, Make-ups und Haarbürsten auf einem Haufen gesehen. Die haben hier sogar so eine Infrarothaube: So ein Ding, wie das, wo meine Großmutter sich druntersetzen muss, wenn sie eine Dauerwelle bekommt.

Ich setze mich.

Eine andere Frau holt ein Blatt raus und überfliegt es. »Machst du Witze?«, sagt sie ungläubig. »Hier steht: Keine

Katzenaugen? Weiß Yuka nicht, dass Katzenaugen diese Saison total en vogue sind?«

Die andere Frau zuckt die Achseln. »Sie meint, Prada hat's gerade gemacht, und damit ist es offiziell schon wieder out.«

Ich blinzle. Das ist nicht ganz das Gespräch, für das ich mich innerlich schon warmlaufe, aber ich werde mein Bestes tun, um mitzuhalten.

»Wissen Sie«, sage ich, räuspere mich und bemühe mich um eine möglichst lässige Haltung, »Katzenaugen haben eine spiegelähnliche Membran an der hinteren Augenwand, um das einfallende Licht voll auszunutzen. Deswegen leuchten sie auch.«

Die beiden Frauen sehen mich ein paar Sekunden lang an. »Das ist ... interessant.«

Das ist noch nicht ganz so gut gelaufen, wie ich mir erhofft hatte.

»Und was das Thema Mode angeht«, füge ich schnell hinzu, während ich im Geiste meine Recherchen der vergangenen Nacht durchforste, »wussten Sie, dass es im achtzehnten Jahrhundert absolut hip war, sich Augenbrauen aus Mäusefell anzukleben?«

Sie sehen mich schweigend an.

»Und«, füge ich hinzu, fest entschlossen weiterzumachen, bis sie beeindruckt sind, »wussten Sie, dass es die Knopfleiste an Jackenärmeln gibt, seit Napoleon befahl, Knöpfe anzunähen, damit seine Soldaten sich nicht mehr die Nase am Jackenärmel abwischten?«

»Das ist ekelhaft«, meint eine.

»Aber irgendwie auch eigenartig interessant«, fügt die andere hinzu. »Du bist ganz süß, was, Schätzchen?«

Seht ihr? Ich habe doch gesagt, meine Recherchen würden sich auszahlen. Einen kleinen Teil der Modewelt habe ich mit meinem hippen Wissen schon für mich eingenommen.

»Also«, fährt sie fort und richtet den Blick wieder auf die Liste, »ich glaube, wir haben gerade genug Zeit, um hinterher dein Make-up zu machen. Und dich in die Klamotten zu stecken.«

Ich starre sie an, und dann starre ich meinen Vater an, der im Zimmer herumschleicht, Sachen in die Hand nimmt und sie wieder hinstellt. (»Schau, Harriet! Eine russische Bibel! Alles auf Russisch!«) Ich ziehe die Augenbrauen hoch, doch Dad zuckt nur die Achseln. »Ich hab keinen Schimmer, wovon hier die Rede ist, Herzchen. Mich brauchst du nicht zu fragen.«

»Hinterher?«, frage ich vorsichtig und richte den Blick auf Wilbur. »Und was ist vorher?«

Wir haben anderthalb Stunden. Wie viel Zeit braucht man, um ein wenig Lippenstift aufzumalen und ein Kleid anzuziehen? Wie viel Zeit braucht man, um mich in ein Model zu verwandeln? Für wie hässlich halten die mich?

Wilbur schlägt die Hände zusammen. »Ach, mein kleines Ananasstückchen, das ist der beste Teil«, erklärt er mir. »Das ist der Teil, auf den ich mich am meisten freue, seit ich einen Blick auf die Liste geworfen habe.«

Ich sehe mich im Zimmer um, und mich beschleicht ein unbehagliches Gefühl und setzt sich in der Magengrube fest. Das Gefühl drohenden Unheils. »Was geht hier ab?«

»Oh, also, komm schon«, ruft Wilbur ganz aufgeregt und springt auf und ab. »Was geschieht mit dem hässlichen Entlein, wenn es sich in einen Schwan verwandelt?«

Sämtliches Blut weicht mir aus dem Gesicht. »Wollen Sie mich zwingen, schwimmen zu gehen?«

»Ja!«, ruft Wilbur aufgeregt. »Wir werden …« Dann hält er inne. »Was? Warum sollten wir dich zwingen, Sport zu treiben? Nein, Zuckerschnäuzchen, *wir werden dir die Haare schneiden.*«

An diesem Punkt fliegt die Tür auf. »Und das«, sagt Wilbur und zeigt auf das unglaublich winzige Männchen, das gerade hereingekommen ist, »das ist der Zauberer, der dich verwandeln wird.«

Also, ich weiß nicht, welche Märchen Wilbur gelesen hat, aber in keiner der Geschichten kriegt das hässliche Entlein irgendwann einen Haarschnitt verpasst.

Nein. Das hässliche Entlein wächst heran und wird nach und nach auch äußerlich zu dem schönen Vogel, der es innerlich schon immer war. Es ist eine Verwandlungsgeschichte über innere Schönheit, und es geht darum zu begreifen, wer man im Innersten ist, und sein Schicksal zu erfüllen, und auch darum, die gemeinen Enten zu ignorieren, die einem auf dem Weg dahin das Leben schwer machen.

Das Entlein *bekommt nicht die Haare geschnitten.*

Ich versuche, Wilbur das zu erklären, doch er will davon nichts wissen. »Denk doch mal nach, Siruptöpfchen«, sagt er abwesend und tanzt immer noch um mich herum wie ein aufgekratztes Rumpelstilzchen. »Wie wird denn das struppige graue Federzeug wunderschön, glatt und weiß? Willst du behaupten, da hat kein Friseur die Finger im Spiel?«

Ich weiß nicht genau, was ich darauf sagen soll, also mache ich den Mund zu und betrachte den Friseur – ein Franzose namens Julien, der in umgekehrter Richtung um mich herumtanzt.

»Also«, sagt Julien, »ma petite puce. Wie 'eißt du noch?«

»Harriet Manners«, sage ich und halte ihm die Hand hin. Hat er mich gerade einen Floh genannt?

Julien starrt schockiert auf meine Hand. »Mon chocolat d'eclair«, sagt er angewidert. »Isch bin Franzose. Wir geben uns nicht die 'and. Das ist un'igienisch.«

»Tut mir leid.« Rasch ziehe ich die Hand zurück und wische sie an meiner Hose ab.

»Non, stattdessen küssen wir ein wenisch. So.« Damit beugt er sich vor und küsst Wilbur drei Mal auf die Wangen und dann ein Mal genießerisch auf den Mund.

Wilbur kichert. »Der beste Teil der ganzen Reise«, flüstert er hinter vorgehaltener Hand. »Ich liebe Franzosen.«

»Auf die Lippen war nur für Wilbur«, erklärt Julien und wirft ihm eine Kusshand zu. »Das machen wir in Frankreisch nischt. Alors.« Er tritt hinter mich, umfasst mein Gesicht und sieht in den Spiegel. Dann taucht rechts Wilburs Gesicht auf und links das Gesicht meines Vaters, bis die drei mich anglotzen wie ein schlechtes LP-Cover aus den 80er-Jahren.

Idioten.

»Diese 'aare«, fährt Julien fort, »sind groß.«

»Ja«, pflichte ich ihm bei.

»Zu groß. Sie ... wie soll isch sagen ... befluten disch.«

»Überfluten?«, wirft mein Vater hilfsbereit ein.

»Mais oui. Du bist nischts als eine kleine Welle in einem Meer von 'aare. Wir können deine Gesischt nischt sehen. Es ist ganz verloren.« Julien sieht Wilbur an und richtet den Blick dann wieder auf mich. »Yuka hat recht«, sagt er schließlich, und Wilbur stößt einen kleinen Schrei aus, als hätte ihm gerade jemand auf den Zeh getreten und er freute sich darüber. »Aber natürlisch. Yuka hat immer recht. Deswegen ist sie Yuka.«

»Recht?« Ich fühle mich bei diesem Gespräch nicht so wohl, wie ich mich fühlen sollte.

»Dein 'aar«, erklärt Julien mir in nonchalantem Tonfall, »ist zu groß für deine Kopf.«

»Ich will es so«, erkläre ich. »So kann ich mich besser dahinter verstecken.«

»Non.« Julien drückt mich wieder auf den Stuhl. »Eine kleine Kopf braucht eine kleine 'aar.«

»Und ein kleines Ego braucht sehr viel Haare«, entgegne ich, aber es ist zu spät. Julien hat eine dicke Strähne zwischen die Schere genommen und rückt damit immer näher an meinen Kopf heran. »Dad!«, schreie ich. »Tu was!«

»Wenn Sie meiner Tochter auch nur ein Haar krümmen«, sagt mein Vater entschlossen und steht auf, »wird meine Frau sie alle verklagen.«

»Okay.« Julien zuckt die Achseln.

Und dann schneidet er die ganze Strähne ab.

42

Mein Vater hat einen Nervenzusammenbruch. Er sieht immer wieder auf meinen Kopf, murmelt: »O Gott, o Gott, o Gott«, und schlägt sich die Hände über die Augen. »Ich fürchte, das wird Annabel nicht entgehen«, sagt er schließlich. Ich streiche über die Haare, die ich zwischen den Fingern kralle. Vor einer Stunde waren sie hüftlang, und jetzt habe ich einen Bob bis kurz unter die Ohren und dazu einen kurzen, fransigen Pony, der den Rest meiner Teenagerjahre senkrecht abstehen wird.

Julien nennt diesen Look »La Jeanne d'Arc des neuen Jahrzehnts«. Ich persönlich finde, das heißt nur, dass ich im Restaurant auf die falsche Toilette geschickt werde, bis die Haare wieder nachgewachsen sind.

»Schatz«, sagt die Stylistin und tätschelt mir die Schulter, »ich weiß, dass du niedergeschlagen bist: Verlust deiner Weiblichkeit und so. Aber dafür ist jetzt wirklich keine Zeit. Wir müssen dich fertig machen.«

Ich nicke, reiße mich zusammen und stehe auf. Ich habe es doch nicht anders gewollt. Ich kann mich nicht beschweren, nur weil meine Vorstellungen von einer Verwandlung nicht dieselben sind wie ihre, nämlich, dafür zu sorgen, dass ich besser aussehe.

»Okay«, sage ich tapfer und setze mich vor den Schminktisch. Ich lasse diese Leute einfach tun, wozu sie hier sind.

Und das ist offensichtlich, mich zu Tode zu langweilen.

Verwandelt zu werden, ist unendlich öde. Ich dachte, der Prozess wäre recht interessant, aber das ist er nicht. Es ist, als würde man jemandem, den man nicht kennt, beim Malen nach Zahlen zusehen. Sie bemalen mein Gesicht unerklärlicherweise mit etwas, was dieselbe Farbe hat wie meine Gesichtshaut, dann tragen sie rosa Zeug da auf, wo ich vorher schon rote Wangen hatte, bevor sie die zugedeckt haben, und dann tragen sie jede Menge schwarze Wimperntusche auf, die mir in den Augen brennt, und dann pinkfarbenen Lippenstift.

Dann verteilen sie etwas Schimmerndes auf meinen Schultern und in meinem Haar und reichen mir mein »Outfit«.

Ich habe es in Anführungszeichen gesetzt, denn es ist überhaupt kein richtiges Outfit. Es sind ein kurzer Kunstpelzmantel und ein paar rote Stöckelschuhe mit den höchsten Absätzen, die ich je gesehen habe.

Das war's.

Nein, sorry. Ich bekomme auch eine große schwarze Unterhose, die man unter dem Mantel nicht sehen kann, und eine durchsichtige Strumpfhose, die nichts anderes tut, als meine Beine seltsam schimmern zu lassen, wie die Beine von Barbie.

Ein paar Sekunden starre ich ungläubig auf die Sachen, und dann gehe ich damit ins Bad, um mich nicht vor den vielen Fremden umziehen zu müssen, was alle aus irgendeinem mir unerfindlichen Grund ziemlich witzig zu finden scheinen. Dort setze ich mich auf den Toilettendeckel und mache mich ans Werk.

Zehn Minuten später sitze ich immer noch da.

»Harriet?«, sagt eine besorgte Stimme schließlich, begleitet von einem Klopfen an der Tür. »Ich bin's, Dad. Geht's dir gut, Schatz?«

»Vermutlich ist sie so verzaubert von ihrer eigenen Schönheit, dass sie sich nicht vom Spiegel losreißen kann«, höre ich Wilbur überlaut flüstern. »Ich habe das Problem jeden Morgen. Deswegen komme ich immer zu spät.« Dann klopft auch er an die Tür. »Reiß den Blick von deinem Spiegelbild los, Baby«, ruft er durch die Tür. »Schau weg, dann ist der Zauber gebrochen.«

Ich schaue zur Tür. »Dad? Kannst du reinkommen? Ich sitze auf der Toilette.«

Nichts. »Schatz, ich liebe dich, wie du weißt, sehr. Du bist mein einziges Kind und mein Ein und Alles und so weiter. Aber ich komme nicht rein, wenn du auf der Toilette sitzt.«

Ich seufze frustriert. »Auf dem Deckel, Dad. Ich sitze auf dem Toilettendeckel. Runtergeklappt.«

»Oh. Okay.« Mein Vater steckt den Kopf zur Tür herein. »Was machst du da?«

»Ich kann nicht aufstehen.«

»Du bist gelähmt? Wie ist das passiert?«

»Nein, ich meine, ich kann einfach nicht aufstehen. Die Absätze sind zu hoch, Dad. Ich kann damit nicht gehen.« Ich versuche aufzustehen, und meine Knöchel wackeln und ich plumpse wieder auf den Toilettendeckel. »Ich kann buchstäblich nicht aufstehen.«

»Oh.« Mein Vater runzelt die Stirn. »Warum hat Annabel dir nicht beigebracht, wie man mit Absätzen läuft? Ich dachte, wir hätten eine Vereinbarung: Ich bringe dir bei, wie man cool ist, und sie zeigt dir den ganzen Mädchenkram.«

Schweigend sehe ich ihn ein paar Augenblicke an. Das erklärt vieles. »Also, ich kann nicht. Ich habe noch nie hohe Absätze getragen. Was mache ich denn jetzt?«

Mein Vater überlegt, und dann singt er »Lean on Me« von Al Green. Er beugt sich über mich und zieht mich hoch, und ich mache einen wackligen Schritt und klammere mich an seine Schultern wie ein beduseltes Koalababy, das an einem Eukalyptusbaum hängt. Mein Vater sieht mich an und wirbelt mich dann herum, sodass ich nicht zur Tür schaue.

»Was machst du denn da?«, fahre ich ihn an. Im Augenblick kriege ich es nicht mal hin, ein richtiges Mädchen zu sein, ganz zu schweigen von einem Model. »Die Tür ist da.«

»Bevor wir irgendwohingehen, will ich, dass du dir das ansiehst«, sagt mein Vater und zeigt in den Spiegel.

Eine Weile sagt niemand etwas.

Neben dem Spiegelbild meines Vaters ist das eines Mädchens. Sie hat weiße Haut, ausgeprägte Wangenknochen, ein spitzes Kinn und grüne Augen. Sie hat dünne lange Beine und einen langen Hals, und sie wirkt elegant und unbeholfen zugleich, wie ein junges Reh. Und erst als ich mich ein bisschen vorbeuge und sehe, dass ihre Nase – genau wie meine – am Ende ein wenig aufwärtszeigt, begreife ich, dass ich das bin.

Das bin ich?

Das bin ich. Wow. Die Schönheitsindustrie funktioniert tatsächlich. Ich sehe ... ich sehe ... ich sehe ganz gut aus.

»Du kannst sagen, was du willst«, sagt mein Vater nach einem Augenblick. »Aber ich glaube, Annabel und ich haben was richtig gemacht.«

Ich stoße ein beschämtes und zugleich erfreutes Quietschen aus.

»Und deine Mutter natürlich auch. Versteh mich nicht falsch, die Haare hast du von mir. Aber deine Mutter hat dir ihre Schönheit vererbt. Sie wäre begeistert.« Dann wirbelt mein Vater mich wieder herum, sodass meine Zehen auf seinen Füßen zu stehen kommen, und trägt mich halb, halb tanzt er mit mir aus dem Bad. »Brüll für mich?«, sagt er.

»Brüüüüllllll.«

»So ist gut. Und jetzt auf sie mit Gebrüll, Tiger.«

»Ich glaube, das hier soll eigentlich Leopard sein«, erkläre ich ihm und betrachte den Mantel. »Er ist gepunktet und nicht gestreift. Tiger haben Streifen.«

Dad grinst von einem Ohr zum anderen. »Dann auf sie mit Gebrüll, Leopard.«

Wir brauchen weitere vier Minuten, um aus dem Bad zu kommen, und als ich wieder im Hotelzimmer bin, hat Dad sich eine neue tierische Entsprechung für mich überlegt – »Babygiraffe, die Eislaufen lernt«.

Was – für das Protokoll – sehr unfreundlich ist. Ich möchte mal sehen, wie er versucht, mit zwanzig Zentimeter hohen Buntstiften unter den Füßen zu gehen. Zudem legen sich Giraffen nie hin, und ich lande an mindestens drei Punkten in der Horizontalen.

»Also, das funktioniert so nicht, oder?«, meint Wilbur schließlich. »Wir müssen dich runter zum Shooting bringen, und in dem Tempo bist du wahrscheinlich zu alt zum Modeln, wenn wir dich endlich unten haben, Engel-Muh. Dann bist du wahrscheinlich Anfang zwanzig, und wem soll das nützen?«

»Ich könnte meine Turnschuhe wieder anziehen«, schlage ich vor und hole sie aus meiner Tasche. Wilbur betrachtet sie und zuckt sichtlich zusammen. »Ein perfekt geschnittener Mantel aus der Limited Edition der nächsten Saison von Baylee zu ... sind das Turnschuhe Eigenmarke Supermarkt?« Er schluckt. »Ich glaube, mir ist gerade ein wenig Galle hochgestiegen. Nein, das geht nicht. Modesakrileg. Das kann ich nicht erlauben. Nicht solange noch Atem in diesem meinem wunderschönen Körper ist.« Stirnrunzelnd sieht er sich im Zimmer um. »Zum Glück bin ich ebenso brillant wie umwerfend«, fügt er fröhlich hinzu. »Und ich habe eine Idee.«

Zehn Minuten später erscheine ich mit meiner ganzen Entourage im Schlepptau auf dem Roten Platz, auch wenn es nicht ganz der Auftritt ist, auf den ich gehofft hatte.

Ja, ich glaube, die meiste Zeit vergrabe ich das Gesicht in den Händen.

Nick wirft einen Blick auf den Rollstuhl, errät sofort, warum ich darin sitze, und lacht völlig uncool so laut auf, dass von der Skulptur in der Nähe ein paar Tauben auffliegen.

Yuka ist nicht halb so beeindruckt.

»Gut, würde jemand so freundlich sein, mir zu erklären …«, zischt sie, als wir näher kommen, und bedenkt die sieben Menschen, die hinter mir stehen, mit einem zornigen Blick, »…wer mein Model kaputt gemacht hat?«

43

Elegant. Würdig. Anmutig.

Drei Adjektive, die mich nicht im Geringsten beschreiben. Fünf Menschen müssen mich aus dem Rollstuhl heben und mich zu Nick tragen, der im Schnee vor der Basilius-Kathedrale auf mich wartet. Und als sie mich abgesetzt haben, dauert es noch ein paar Minuten, bis ich so weit ausbalanciert bin, dass ich mich allein in der Senkrechten halten kann.

Was mir gerade so gelingt – solange ich mich ganz doll konzentriere und keinen Muskel bewege und meine Zehen in den Schuhen zu Klauen krümme. Und die Hände seitlich ausstrecke wie eine Seiltänzerin.

Bei alldem hilft mir das Gelächter meines Vaters kein bisschen. Nicks übrigens auch nicht.

Man hat mich bereits kurz dem Fotograf Ben vorgestellt, einem dünnen, blonden Mann ohne – soweit ich sehen kann – die geringste Neigung zur Extravaganz. Ja, er wirkt vollkommen auf seinen Job konzentriert, was mich sogar noch mehr beunruhigt. Bei Wilbur kann ich wenigstens ab und zu vergessen, was jetzt alles von mir abhängt.

Es ist kein kleines Verwandlungsexperiment mehr. Es ist ein Job. Sehr teuer. Sehr wichtig. Und für sehr viele Menschen sehr bedeutsam.

»Schau, wie ich Pirouetten im Schnee drehe!«, ruft Wilbur, der im Hintergrund im Rollstuhl herumwirbelt.

Der Fotograf wirft einen Blick in seine Richtung, knirscht mit den Zähnen und schaut wieder auf Nick und mich. »Also, ich muss erst die Beleuchtung einrichten«, sagt er angespannt und sieht hoch zum Himmel. Der Schnee fällt wieder dichter, und der Himmel ist ein wenig dunkler als vorher. »Kann mir jemand den Lichtreflektor holen?«

Ein Junge sprintet los und kommt mit einer großen goldenen Scheibe zurück.

»Macht es euch ein paar Minuten bequem«, sagt er und friemelt an einem kleinen schwarzen Kasten herum, während der Junge die goldene Scheibe hierhin und dorthin hält. »Wenn alles perfekt ist, mache ich ein paar Probeaufnahmen.« Er friemelt wieder an dem Kasten herum und sieht hoch. »Könnte in der Zwischenzeit schon mal jemand Gary holen.«

Gary? Gary? Wer zum Teufel ist Gary?

Seit ich aus dem Hotel gekommen bin, habe ich Blickkontakt mit Nick vermieden, doch jetzt sehe ich ihn an. Meine Haare sind weg, und ich bin extrem gehemmt. Ich fühle mich wie der Zauberer von Oz, nachdem der Vorhang gefallen ist: ziemlich dumm und ungeschützt.

Nick hat die Hände in den Taschen eines großen Armee-Mantels, seine Haare sind zu einem Irokesenschnitt gegelt. Er sieht mich naserümpfend an, und meine inneren Organe machen wieder Tumult.

Also, allmählich nervt mich das. Müsste ich nicht längst immun gegen ihn sein? Oder ist er eine menschliche Version von Schnupfen?

»Pass bloß auf«, sagt er in seinem gedehnten Tonfall. »Gary ist ein bisschen gemein.«

Ich sehe mich erschrocken um. »Ist Gary ein anderes Model?«, flüstere ich entsetzt. »Ein Stylist? Ein Friseur? Yukas Assistent?«

»Nein«, sagt Nick, und ein Mundwinkel zuckt. »Schlimmer als die alle zusammen. Er ist ein Monster. Macht immer einen höllischen Riesenaufstand, egal wo er hinkommt.« Und dann blickt er an mir vorbei und nickt. »Da kommt er. Pass auf.«

Aus der Menschenmenge löst sich eine Frau mit dem winzigen weißen Kätzchen im Arm.

Okay, der erste Eindruck täuscht: Gary ist ein Monster.

Sobald die Dame ihn mir reicht, beißt er mir in den Finger und macht sich daran, fauchend wie ein kleiner wütender Wasserkocher, meine Schulter hochzuklettern. Ehrlich, es ist einfach unnatürlich, dass so etwas Süßes und Flauschiges so biestig ist.

Rat suchend sehe ich Nick an. »Warum spuckt er mich an?«

»Vielleicht denkt er, er wäre ein Lama.« Ich schnappe mir Gary, der es sich anders überlegt hat und jetzt wieder runtergekrabbelt ist und meinen Arm als Sprungbrett benutzen möchte. Ich halte das nicht für eine gute Idee. Er ist klein und weiß – wenn er im Schnee landet, finden wir ihn womöglich nie wieder.

»Okay, Leute«, sagt Ben schließlich. »Ich glaube, wir sind so weit, ein paar Probeaufnahmen zu machen.« Er unterbricht sich und sieht mich an. »Harriet, was machst du mit dem Tier da?«

Ich schaue an mir hinunter, dahin, wo ich Gary an den Hinterbeinen gepackt halte, während er mit den Vorderbeinen weiterkrabbelt. »Ihn kennenlernen?«, meine ich matt.

»Ginge das auch so, dass es irgendwie weniger nach Tierquälerei aussieht?« Ben räuspert sich. »Okay, ich mache erst mal rund ein Dutzend Aufnahmen. Es ist jetzt nicht so wichtig, was du machst, denn ich teste nur die Einstellung. Aber es könnte eine gute Gelegenheit zum Üben sein.«

Ich nicke nervös, halte mit aller Kraft die Katze fest und versuche zu ignorieren, dass eine große Menschenmenge im Halbkreis um uns herumsteht und jede einzelne meiner Bewegungen beobachtet.

Gut, das ist es also.

Wenn ich ehrlich bin, hatte ich ein wenig mehr Training erwartet, vielleicht eine kleine Broschüre mit Schritt-für-Schritt-Anleitungen fürs Modeln, aber ... gut. Ich mache einfach mit. Lasse das innere Model raus.

Ich meine, es muss eins geben, oder? Warum wäre ich sonst hier? Wilbur und Yuka haben tief in mir drin offensichtlich etwas gesehen, was nur darauf wartet, herauszuplatzen und alle zu beeindrucken. Wie ein ... Drache. Oder ein sehr großer Hund.

Ich starre mit meinem modeligsten Gesicht in die Kamera.

Ben hält inne und schaut auf. »Was machst du da, Harriet? Was ziehst du für ein Gesicht?«

Ich schlucke. »Das ist mein Modelgesicht.«

»Dein ...«, sagt Ben verdutzt und verdreht die Augen. »Du hast ein Modelgesicht, Harriet. Du musst dich nicht anstrengen, als hättest du einen schweren Anfall von Verstopfung. Entspann dich.« Wieder hält er inne. »Und was machst du jetzt?«

»Lächeln?«

»Warum um alles in der Welt lächelst du? Wann lächeln Topmodels?« Ben seufzt. »Hast du je in deinem Leben schon einmal eine Modezeitschrift aufgeschlagen? Sieh dir Nick an, Harriet. Was macht er?«

Ich sehe Nick an. »Er ... ähm ... er steht nur da.«

»Genau. Er ist ganz natürlich und sieht dabei unglaublich gut aus. Tu einfach so, als wäre die Kamera gar nicht da, Schatz, und konzentrier dich darauf, so schön zu sein, wie du kannst.«

Der kleine Kater ist eindeutig auch nicht davon überzeugt, dass ich das kann: Er miaut und kratzt in panischer Angst an meiner anderen Schulter herum. Worauf ich auf den Absätzen gefährlich ins Schwanken gerate und die Hand ausstrecke, um mich an Nicks Schulter festzuhalten. »Tut mir leid«, murmle ich verlegen und blicke in den Schnee.

Das ist ja viel, viel schwerer, als ich gedacht hatte. Warum hat mir niemand erklärt, dass für das Modeln tatsächlich einige Fähigkeiten erforderlich sind? Warum hat mir niemand gesagt, dass ich tatsächlich was tun muss?

Warum haben sie nicht gewusst, dass ich mich blöd anstellen würde?

Ich spüre, wie mir die Tränen in die Augen treten, und irgendwo im Hintergrund höre ich die Visagistin ob meiner Wimperntusche lauthals in Panik geraten. Verzweifelt sehe ich Nick an, und er schenkt mir ein schiefes Lächeln.

»Okay«, flüstert er. »Gib mir die Katze.« Er nimmt sie mir ab. Gary miaut, kuschelt sich glücklich in Nicks Armbeuge und schläft ein.

Toll. Selbst Gary ist in ihn verliebt. War ja klar.

»Und jetzt pruste einen Pupser.«

Ein paar Sekunden sehe ich ihn schweigend an. »Du willst, dass ich einen Pupser pruste?«

»Ja. So laut du kannst. Und richtig nass.«

Ich spüre, wie meine Wangen unter der ganzen Grundierung rot anlaufen. »Ich pruste keinen Pupser«, erkläre ich ihm würdevoll. »Ich bin so gut wie erwachsen.«

»Pruste.«
»Nein.«
»Na los.«
»Nein.«
»Mach schon.«

»Schön«, fauche ich ihn sauer an und stoße ein halbherziges Prusten aus.

»Was war das denn?« Nick runzelt die Stirn. »Ich habe nichts gehört.«

»Zum Teufel ...« Ich seufze und pruste noch mal, so laut ich kann. Ich werde nicht zu Yuka schauen; ich glaube, es ist wirklich wichtig, dass ich jetzt so tue, als wäre sie gar nicht da. Ich glaube nicht, dass sie mich für so was hier ausgewählt hat. »So. Zufrieden?«

»Viel besser. Und jetzt wackle mit den Schultern. Und dem Hals.«

Ich wackle mit Schultern und Hals.

»Schlag die Knie zusammen.«

Ich schlag die Knie zusammen.

»Und jetzt tanz den Ententanz.«

Ich kichere und tanze gehorsam den Ententanz.

»Kannst du kalte Füße aushalten?«

»Hä?«

»Kannst du kalte Füße aushalten? Wenn ja, dann zieh die blöden Schuhe aus und nimm sie in die Hand. Ich habe eine Idee.«

Ich schaue zu Ben, der damit beschäftigt ist, einen Scheinwerfer zu seiner Rechten einzustellen. Und dann schaue ich nach links, wo Yuka Ito auf einem schwarzen Stuhl sitzt und uns so wütend anblitzt wie Annabel, wenn sie Austern isst.

»Okay«, sage ich achselzuckend und ziehe die Schuhe aus. Ich bin so nervös, dass ich meine Füße eh nicht spüre. Außerdem glaube ich nicht, dass es noch schlimmer werden kann. Jetzt kann's nur noch aufwärtsgehen.

Anscheinend findet Nick das auch. Wörtlich.

»Also«, meint er grinsend. »Ich halte deine Hand. Und wenn ich *spring* sage, dann springst du so hoch, wie du kannst. Schau direkt in die Kamera, mach ein neutrales Gesicht und spring. Okay?«

Ich nicke benommen.

»Entspann dich.«

Ich nicke.

»Ententanz?«

Ich nicke und wackle ein bisschen mit den Armen.

»Okay«, flüstert Nick.

Und ich springe.

44

Ich halte Nicks Hand.

Ich halte tatsächlich Nicks Hand. Und niemand hat ihn dazu gezwungen. Er hat es von sich aus angeboten.

Klar, er wird dafür bezahlt. Aber er hätte es nicht vorschlagen müssen.

Es war seine Idee.

Das ist nicht das Einzige, was mir während des Shootings durch den Kopf geht. Ich bin Profi. Ich denke an vieles ... was mit dem Modeln zu tun hat. Wie Kleider und Make-up und Haare und klebrige Augenbrauen aus Mäusefell.

Und ... und ... nein. Mir sind die Ideen ausgegangen.

Das ist alles, woran ich denke. Die Tatsache, dass Nick meine Hand hält und dass noch nie in meinem ganzen Leben ein Junge meine Hand gehalten hat, außer damals, als ich acht war und gezwungen wurde, beim Schülertheater die Mutter des Märchenprinzen zu spielen, aber das zählt nicht und deswegen zähle ich es auch nicht dazu.

Und diesmal ist es Löwen-Junge.

Diesmal ist es Nick.

Am Ende sind wir ganz schön viel rumgesprungen. Es stellte sich heraus, dass Nick, als er *spring* sagte, die Idee hatte, dann auch hochzuspringen, und so sind wir beide gleichzeitig so hoch wir konnten in die Luft gesprungen (was in meinem

Fall nicht besonders hoch war). Nick hat den kleinen Kater festgehalten, ich habe die roten Schuhe in der Hand gehalten, und wir sind zusammen hochgesprungen.

Und alle fanden es toll. Ben war begeistert. Wilbur war begeistert. Mein Vater war hin und weg. Die Menschenmenge liebte es. Selbst Yuka drohte nicht länger, alle in einem Umkreis von fünfzehn Kilometern zu feuern.

Gary war nicht ganz so begeistert, aber man kann es nicht jedem recht machen.

Nachdem wir oft genug aus dem Stand in die Luft gesprungen sind, sind wir nicht mehr zu halten und laufen von links nach rechts und springen. Und dann laufen wir von rechts nach links und springen. Schließlich bin ich so entspannt und habe so viel Spaß, dass sie mich tatsächlich überreden können, für ein paar Aufnahmen zur Abwechslung mal nicht zu springen. Sie rücken sogar ganz nah an mein Gesicht, und ich weiche nicht zurück und zucke nicht zusammen, denn ich bin zu sehr damit beschäftigt ... ähm, an Make-up zu denken. Und Kleider. Und Haare. Und Mäuse. Und so weiter und so fort.

Und bevor ich es mitkriege, sind wir fertig.

Ich bin Model.

»Meine kleine Erbsenschote!«, kreischt Wilbur, sobald Ben die Kamera ausschaltet. Nick lässt sofort meine Hand los, und in dem Augenblick, da ich mich umwende, ist er verschwunden. *Puff. Weg.* Wie der sprichwörtliche Dschinn. »Schau dich an, du hüpfst im Schnee herum wie ein kleines Känguru!«

Mein Vater schiebt sich an ihm vorbei. »Alles in Ordnung, Kleines?«, fragt er, und sein Lächeln ist so breit, dass es aussieht, als würde sein Gesicht gleich platzen. »Du kommst ganz nach mir, eindeutig. Ich hab Hochsprung bei den unter Sechzehnjährigen gemacht. Hab Pokale gewonnen und alles.«

»Hast du nicht, Dad. Mit dreizehn hast du beim Sportfest eine Bronzemedaille errungen. Sie hängt noch über dem Kamin.«

»Pokal, Medaille, was macht das schon? Egal, ich bin sehr stolz auf dich.« Er nimmt mich in die Arme. »Eine Minute lang dachte ich schon, wir müssten den Rückflug aus eigener Tasche bezahlen. Also, hat jemand was von Gratis-Wodka gesagt?«

Ich schaue noch einmal auf meine leere Hand. Nicht zu fassen, dass Nick schon fort ist. Ich habe noch nie jemanden erlebt, der sich so schnell und unerwartet in Luft auflösen kann. Und ich wünschte wirklich, er könnte es nicht.

»London, Häschen«, sagt Wilbur freundlich und tätschelt meine Schulter.

»Hm?« Ich höre ihm gar nicht richtig zu. Ich schaue immer noch in die Richtung, in die Nick verschwunden ist. »London?«

»London. Er ist zurück nach London. Da hat er morgen früh ein Shooting für einen anderen Designer.«

Ich schlucke verlegen und wende schnell den Blick ab. »Wer? Ich weiß nicht, von wem Sie reden.«

»Oh, bitte, Rosenblütchen. Du strahlst wie der gute Lenin da drin, und du kannst dich nicht damit rausreden, dass in deinem Hinterkopf eine Glühbirne steckt.«

Ich räuspere mich verärgert. »Nick und ich sind nur Kollegen«, sage ich so gleichgültig wie möglich mit einem kleinen improvisierten Achselzucken. »Wir arbeiten zusammen.«

»Jetzt nicht mehr«, sagt Wilbur sachlich und tätschelt mir den Kopf. »Er arbeitet nicht mehr für Baylee. Yuka liegt nicht besonders viel an Männermode. Kein schlechtes Geld für vier Stunden Arbeit, was? Da frag ich mich doch, ob ich nicht endlich nachgeben und vor der Kamera arbeiten sollte.« Und tätschelt sein Bäuchlein.

Eine Welle der Enttäuschung schwappt durch meinen Magen, und ich beiße mir auf die Unterlippe, damit sie sich bloß nicht in meinem Gesicht zeigt.

Natürlich. Ich hätte es wissen müssen. Wahrscheinlich sehe ich Nick nie wieder, höchstens auf den Seiten einer Zeitschrift, im Wartezimmer beim Doktor, und die Hälfte seines Gesichts wird sowieso fehlen, weil irgendeiner den Gutschein auf der Rückseite rausgerissen hat.

Meine Wangen kribbeln. Und er hat nicht mal Tschüss gesagt.

»Also«, sage ich so ruhig wie möglich, »ist mein Einsatz hier dann auch zu Ende?«

Ich habe mich fotografieren lassen, ich habe einen neuen Haarschnitt, ich trage Make-up, und ich habe Händchen gehalten, aber …

Ich fühle mich immer noch wie ich.

Irgendwie funktioniert das Ganze nicht so, wie es sollte.

Wilbur sieht mich ein paar Augenblicke an und fängt dann schallend an zu lachen. »Ist mein Einsatz zu Ende? Ist mein Einsatz … Oh, mein kleiner Bücherwurm.« Schließlich seufzt er, beugt sich vor und stemmt die Hand in die Falte seiner Taille. »Ich lach mich noch kaputt. Beinahe hätte ich mich nass gemacht.«

Ich sehe ihn aufgebracht an. Ehrlich, ich wünschte, die Leute würden mir einfach eine Antwort geben, wenn ich sie was frage.

»Dann ist es also noch nicht vorbei?«, formuliere ich es neu.

»Nein, vorbei ist es allerdings noch nicht«, erwidert Wilbur. »Jetzt kommt der lustige Teil.«

Aus irgendeinem Grund bin ich nicht so aufgeregt, wie ich sein sollte. »Was kommt jetzt?«, frage ich mit einem wachsenden Gefühl der Bedrohung. Nick ist weg, von jetzt an bin ich auf mich gestellt.

»Wir fahren in einen anderen Teil von Moskau«, sagt Wilbur und wischt sich die Lachtränen aus den Augen.

»Zum Abendessen?«

Schon fängt Wilbur wieder an zu kreischen. »Abendessen? Abendessen? Du bist Model, Zuckerpfläumchen. Du isst kein Abendessen mehr. Und kein Mittagessen. Und auch kein Frühstück, es sei denn, du willst es hinterher wieder rauswürgen wie eine kleine Schlange. Nein, wir fahren zu einer Baylee-Modenschau.«

»Zu einer Modenschau? Und ich auch?«

»Also, ich hoffe doch, mein kleiner Hühnerflügel«, sagt Wilbur und streicht liebevoll eine Franse meines Ponys glatt. »Denn du wirst dort auftreten.«

45

Wie soll ich mich darauf konzentrieren, mich in einen Schmetterling zu verwandeln, wenn ich nie weiß, was in der nächsten Minute passieren wird?

Obwohl ich fairerweise zugeben muss, dass ich nicht weiß, was ich getan hätte, wenn sie es mir rechtzeitig gesagt hätten. Ich bin kein glühender Fan von Fashion Shows. Und zwar nicht, weil ich so eine trübsinnige Spaßbremse bin. Nein, das ist eine hart erarbeitete Erkenntnis, gewonnen aus ganz viel praktischer Erfahrung.

Als ich neun war, verbrachte ich den Großteil des Sommers auf dem »Catwalk« im Garten von Nats Haus und lief an einem Springseil entlang, das dort aufgespannt war. Das gehörte zu der Abmachung, die Nat und ich getroffen hatten: Ich übte mit ihr »Laufsteg laufen«, sie übte mit mir die 22 Strophen des »Lieds von Hiawatha« – und wir beide taten so, als fänden wir das ganz toll.

Aber sosehr ich mich auch anstrengte, so kunstvoll Nat unsere »Designer-Garderobe« aus Plastiktüten zusammenstückelte und die Gänseblümchen-Kränze auf unseren Köpfen arrangierte: Irgendetwas ging immer schief. Irgendetwas riss. Oder ich stolperte. Einmal musste ich sogar zum Notarzt – sieben Stiche.

Nat entschied dann, dass es wahrscheinlich weniger gefährlich wäre, wenn ich mich um die Getränke kümmerte und

Regie führte – sicher untergebracht in einem Liegestuhl auf dem Rasen.

Während sie weiter modelte.

Nat.

Wenn ich an sie denke, will sich ein Kästchen in meinem Hirn öffnen, in dem ich alle Gedanken an sie und das ganze schlechte Gewissen verstaut habe, und sein Inhalt will rausfliegen, deshalb nagle ich das Kästchen jetzt fest zu.

»Modenschauen sind fantastisch«, versichert Wilbur mir und schiebt mich schon in das nächste Taxi. »Wir müssen offensichtlich noch an deiner Gehtechnik arbeiten, Kicherböhnchen, denn ich glaube nicht, dass der Rollstuhl auf den Laufsteg passt. Aber das macht nichts. Wir haben mindestens zwanzig Minuten, um dir beizubringen, wie man auf Absätzen läuft.«

Mir ist ein bisschen nach Kotzen zumute.

Doch ich hole das Blasendiagramm mit den Lügen aus der Tasche und schalte mein Handy ein. »Dad«, sage ich zu ihm, »es ist Zeit. Du musst Annabel was schicken, damit sie glaubt, dass du in einer tödlich langweiligen Besprechung steckst, die kein Ende findet.«

»Und was?«, fragt mein Vater.

»Ich weiß nicht, Dad«, fahre ich ihn an. Allmählich liegen meine Nerven blank. »Ich kann nicht alles machen. Schick ihr einfach, was du ihr sonst schickst, wenn du dich bei Besprechungen langweilst.«

Mein Vater runzelt die Stirn. »Erstens schreibe ich während einer Besprechung keine SMS unter dem Tisch. Ich bin ja nicht in der Schule. Zweitens sind Annabel und ich seit acht Jahren verheiratet. Wir halten uns nicht täglich per SMS über unseren Gefühlszustand auf dem Laufenden. Und drittens bin ich ein Mann. Ich schreibe nie jemandem etwas über meine Gefühle oder so. Über gar nichts.«

»Um Himmels willen, Dad«, schimpfe ich. »Nerv mich nicht. Schick ihr einfach eine SMS. Halt dich an das Blasendiagramm, ja? Ich habe heute keine Zeit für deine nonkonformistischen Einwände.«

Mein Vater sieht mich an, zuckt die Achseln und holt sein Handy raus. »Gut. Aber gib hinterher nicht mir die Schuld, wenn ihr das verdächtig vorkommt. Das hier ist dein Abenteuer, ich hab nur die Nebenrolle.«

»Du hast keineswegs nur die Nebenrolle, Dad.«

»O doch. Ich bin wie Robin. Oder Dr. Watson.«

Ich ziehe ein mürrisches Gesicht. »Versuch's mal mit Chewbacca«, murmle ich. Mein Handy, das ich wieder in die Tasche gesteckt habe, spielt verrückt, und ich tue so, als würde ich es nicht hören, denn ich weiß nicht, ob ich schon bereit bin, mich der Rakete aus Schuldgefühlen und Scham zu stellen, die da auf mich zuzischt.

»Ist das teenagerspezifisch?«, fragt Wilbur schließlich aufgeregt, als es wieder anfängt zu klingeln. »Es ist ein paar Jährchen her, seit ich ein Teenager war, also bin ich vielleicht nicht mehr ganz auf dem Laufenden. Hast du einen besonderen Klingelton, den du nicht hören kannst oder so?«

Mein Vater hustet. »Ein paar?«, meint er und schaut aus dem Fenster. »Ein paar Jährchen?«

Wilbur reckt die Nase in die Luft. »Ich hab einfach sehr markante Gesichtszüge«, sagt er hochmütig. »Wie Wolverine. Sie waren immer schon sehr markant.«

Mein Vater und ich betrachten ihn ein paar Sekunden. Wenn Wilbur unter vierzig ist, esse ich diesen goldenen Lichtreflektor.

»Nein«, meine ich schließlich seufzend und hole mein Handy raus. »Ich kann es sehr wohl hören. Leider.« Und dann klicke ich – sehr zögerlich – auf den Posteingang.

H, WIE GEHT'S DIR? WÜNSCHTE, DU WÄRST HIER. SOLL ICH NACH DER SCHULE SUPPE VORBEIBRINGEN? KÖNNTE WAS VON DER GRÜNEN THAI-HÜHNCHENSUPPE BESORGEN, WENN DU WILLST. NAT X

H, KEINE GRÜNE SUPPE DA. IST ROTE AUCH OKAY? NAT X

LIEBE HARRIET, HIER IST TOBY PILGRIM. IN DER SCHULE GEHT DIE POST AB, D. H., ALEXA QUÄLT NAT. SOLL ICH NACH AMSTERDAM KOMMEN UND DICH NACH HAUSE HOLEN, DAMIT DU SIE RÄCHEN KANNST WIE EIN FLAMMENDER ENGEL? MIT FREUNDLICHEN GRÜSSEN, TOBY PILGRIM

HARRIET, DENK AN DIE ZAHNSEIDE. ANNABEL

H, IST ROTE ZU WÜRZIG FÜR EINE HALSENTZÜNDUNG? AUF DER SPEISEKARTE SIND DREI CHILISCHOTEN. IST DAS SEHR SCHARF? NAT

Übelkeit steigt in meiner Kehle auf, während ich wie gebannt auf das Display starre.

Ich bin der Teufel. Ich bin tatsächlich der Teufel. Gleich sprießt das andere Horn und meine Haare fangen an zu brennen.

Ich hüpfe hier im Schnee herum wie eine barfüßige Vollidiotin, während Nat für mich kämpft und mir Suppe kauft und Annabel sich Sorgen um meine Mundhygiene macht.

Und ich habe nichts anderes im Kopf, als mit einem Jungen Händchen zu halten.

Ich taste nach dem schmerzhaften Ding an meiner Stirn und tappe mit den Füßen auf den Boden. Klingt schon ein wenig wie ... ach, ich weiß nicht, gespaltene Hufe.

Schnell tippe ich eine Antwort.

NAT, KEINE SUPPE, DANKE – ICH GEHE GLEICH SCHLAFEN. BIN ANSTECKEND, KOMM BESSER NICHT VORBEI.
BIS BALD. H X

Und dann starre ich ein paar Sekunden lang darauf, bevor ich auf SENDEN drücke.

Noch eine Lüge. Genauer gesagt zwei. Und als ich zu meinem Dad rüberschaue, sieht er auch nicht aus, als fühlte er sich wohl in seiner Haut. »Die Hölle ist ein sehr gemütliches Plätzchen, was?«, meint er und klappt sein Handy zu. »Ich meine, vermutlich ist es nicht ganz so schlimm, wie man sich erzählt.«

»Hoffen wir's mal«, seufze ich, als wir vor einem erstaunlichen weißen, wunderschönen, großen, reich verzierten Gebäude vorfahren, vor dem ein roter Teppich ausgerollt ist.

Denn ich habe stark das Gefühl, wir werden bald Gelegenheit bekommen, es rauszufinden.

46

Es ist ein Theater.

Die Baylee-Modenschau wird in einem richtigen russischen Theater mit roten Samtpolstern abgehalten. Mitten durchs Parkett haben sie einen Laufsteg gebaut, da wo sie normalerweise vermutlich Eiscreme verkaufen, und riesige Kronleuchter hängen tief über dem Zuschauerraum. Die russische Architektur ist nicht gerade für Minimalismus bekannt, und dieser Saal hier ist keine Ausnahme: Er ist ganz funkelnd und vergoldet und reich verziert und bestickt und verspiegelt.

Wilbur ist nicht im Geringsten beeindruckt.

»Himmlischer Mangosaft!«, sagt er, als wir eintreten, legt die Hände über die Augen und macht ein lautes Würgegeräusch. »Als wäre hier drin gerade die Zuckerfee explodiert.«

»Wenn es dir nicht gefällt, William«, sagt Yuka und schreitet auf ihren Hochhackigen an ihm vorbei, »kann ich dich irgendwohin schicken, wo es nicht so schrill ist.« Sie geht nach vorn zur Bühne.

Wilbur sieht mich schockiert an. »Wo ist die denn jetzt hergekommen?«, flüstert er und legt sich die Hand aufs Herz. »Habe ich richtig gehört? War das eine Androhung von Gewalt? Warum bin ich nicht Mitglied irgendeiner Gewerkschaft?« Er wirft Yuka, die jetzt den Laufsteg inspiziert, einen aufgebrachten Blick hinterher. »Und es heißt -bur und nicht -iam«, fügt er laut hinzu.

»Ich kann dir gar nicht sagen, wie egal mir das ist«, fährt Yuka auf und winkt mich zu sich. »Harriet Manners«, fährt sie nahtlos fort. »Alle machen sich hinter der Bühne fertig. Bitte geh zu ihnen. Hier tauchen jeden Augenblick wichtige Menschen auf, und es geht nicht an, dass das Gesicht meiner neuen Kampagne in einem Hamster-und-Pferd-Pullover hier rumsteht.«

Ich schaue einen Augenblick verdutzt an mir hinunter. »Das ist kein Hamster. Das ist Pu der Bär. Er ist ein Bär.« Und dann drehe ich mich um und zeige auf meinen Rücken. »Und das ist I-Aah, der Esel.«

Yuka mustert mich ein paar Sekunden. »Ich mag Esel nicht«, befindet sie schließlich. »Bären auch nicht. Geh also bitte nach hinten und zieh das Outfit an, das ich für dich ausgesucht habe und auf dem weder das eine noch das andere Tier zu sehen ist. Dein Name steht auf dem Etikett.«

Ich nicke kleinlaut. Keine Ahnung, was ich zu einer Frau sagen soll, die Pu der Bär nicht erkennt.

»Und, Harriet?«

Ich drehe mich auf der Bühne um, wo ich mich bei dem Versuch, den Weg hinter den Vorhang zu finden, mit einem Fuß in den Stoffmassen verheddert habe. »Ja?«, sage ich und bemühe mich, ihn so unauffällig wie möglich zu befreien.

Yukas kritischer Blick gleitet an mir runter, bis er auf meinen Bein hängen bleibt. »Falls jemand anbietet, dir die Beine zu rasieren«, fährt sie mich schließlich an, »dann lass ihn ruhig.«

Also, ich habe die ganzen Russen gefunden.

Wenigstens die gut aussehenden jungen Russinnen. Sie stecken alle in einem kleinen Raum hinter der Bühne, zusammengezwängt wie schöne, dünne, blonde Sardinen.

Ich habe mich noch nie so unwohl gefühlt. Überall nackte Haut. Weder Babyspeck noch Sport-BHs. Nein, hier spazieren richtig große, sonnengebräunte Mädchen herum und lachen und sind dabei so gut wie nackt, als wäre das der natürlichste Zustand auf der Welt.

Ist mir egal, was irgendwelche Dokumentarfilme im Fernsehen behaupten: *Das ist es nicht.*

Ich bin die Treppe hinter der Bühne runtergestiegen und habe den Raum betreten. Niemand hat mitbekommen, dass ich hier bin: Sie gehen an mir vorbei, als wäre ich bloß eine Praktikantin, und ich kann ihnen keinen Vorwurf machen. In der Schule ist Alexa die Coole, Nat ist die Schöne, und ein Mädchen namens Jessica ist diejenige, die sich bei jeder sich bietenden Gelegenheit bis auf die Unterwäsche auszieht. Ich bin die Uncoole in der Ecke, die mit den behaarten Beinen und den weißen Socken.

Eigentlich müsste ich in einem Loch unter dem Fußboden irgendwo verschwinden.

Ich will mich langsam rückwärts zur Tür raus verziehen, durch die ich gerade gekommen bin.

»Meine Tochter braucht mich«, ruft hinter mir eine Stimme. Als ich mich umdrehe, steht mein Vater auf Zehenspitzen an der Tür und versucht, über den Paravent zu spähen. »Ich sag Ihnen doch, sie braucht mich.«

»Ich brauche dich nicht«, rufe ich zurück.

»Sehen Sie?«, sagt mein Vater noch einmal und hüpft so hoch, dass Stirn und Nase auf- und wieder abtauchen. »Meine Tochter braucht mich. Ich verlange, dass sie mich augenblicklich in diesen Raum voller groß gewachsener russischer Models lassen.«

Um Himmels willen.

»Dad«, zische ich durch die Trennwand, »wenn du mich noch mehr in Verlegenheit bringst, schicke ich dich nach Hause. Ich meine es ernst.«

Nach einer kurzen Pause seufzt mein Vater dramatisch. »Schön«, meint er eingeschnappt. »Dann gehe ich nach hinten und esse Sauerkraut, ja?«

»Ja, bitte.«

»Nur die Nebenrolle zu haben, ist ätzend«, murmelt er und schleicht sich.

Ich lasse den Blick durch den Raum schweifen, der mit jedem Augenblick voller wird. Überall Aufruhr und Chaos: Tausende von Kleidern, Dutzende von Menschen, helle Scheinwerfer, Haarspray in der Luft, das Gebrüll der Haartrockner und Mädchen. Menschen nehmen Klamotten und hängen sie wieder auf. Hier schwitzen alle aus sämtlichen Poren Selbstbewusstsein aus. Ich bin hier fehl am Platz, und zwar so was von.

Wenn ich mich ganz klein machen und in einem der Requisitenregale verstecken würde, würde gar keiner merken, dass ich nicht da bin. Ich meine, so wichtig bin ich schließlich auch wieder nicht, oder?

»Da ist sie ja!«, ruft jemand, kommt auf mich zugelaufen und zieht mich in den Raum. »Unser Starmodel des Abends!«

Oh.

Damit ist meine Vermutung wohl widerlegt.

47

Dies ist ein Neuanfang, erinnere ich mich immer wieder, als ich durch die Menge der Mädchen gezogen werde. Wie heißt der Spruch noch? Durch Schein zum Sein oder so. Es ist an der Zeit, dass ich so tue, als gehörte ich dazu, und irgendwann gehöre ich dann vielleicht tatsächlich dazu.

Das hier ist schließlich nicht die Schule. Hier kann ich jemand anders sein. Cool. Anders. Ich muss nicht mehr die Streberin sein. Ich kann sein, wer ich will.

Ich betrachte meine Tasche. Das rote Wort ist immer noch vage zu erkennen, und ich lege hastig die Hand darüber. Ich muss mir unbedingt eine neue Tasche kaufen.

»Hallo«, sage ich selbstbewusst zu den Models, die alle innegehalten haben und mich jetzt mit zusammengekniffenen Augen mustern. »Hi, ich bin Harriet Manners. Freut mich, euch kennenzulernen.«

Es funktioniert. Sie haben alle aufgehört zu reden, und ihre gespannten Mienen verraten mir, dass sie jeden Augenblick aufstehen und mich in die Arme nehmen und darüber streiten werden, wer meine russische Brieffreundin werden darf. Ich grinse erleichtert und strecke einer erstaunlich schönen Brünetten die Hand hin.

»Leck mich«, sagt sie mit starkem Akzent, und dann dreht sie sich um und zieht ihre schwarzen Strümpfe fertig an.

»Schwarz und ohne Zucker. Vergiss die Zitrone nicht«,

meint eine andere kichernd, und dann klatscht sie mit ihrer Freundin ab, die auf Russisch etwas Unverständliches murmelt.

»An die habe ich die Baylee-Kampagne verloren? Ernsthaft? Ist Yuka jetzt total verrückt geworden?«

»Sie sieht aus wie ein kleiner Junge«, sagt eine andere in einem gut hörbaren Flüsterton.

»Vielleicht ist sie ja einer. Schauen wir doch mal, was drunter ist, wenn sie den Rock auszieht.«

»Schätze, da unten geht nichts ab. Wie Action Man.«

»Hast du je solche Sommersprossen gesehen?«

»Ja. Definitiv. Auf einem ... Ei.«

»Oder auf einem Dalmatiner.«

Ich merke förmlich, wie mir das Gesicht runterfällt. Das hier ist ja genau wie in der Schule. Außer dass alle so gut wie nichts anhaben, was es irgendwie sogar noch schlimmer macht.

Bis jetzt habe ich gerade mal neun Worte gesagt. Wie konnte es so schnell so dermaßen den Bach runtergehen? Wieso kennen die alle dieselben Beleidigungen?

»Also eigentlich«, sage ich mit einem leichten Tadel in der Stimme, »gibt es keine Tiere, die gar keine Reproduktionsorgane haben. Hermaphroditen sind sogar zweigeschlechtlich, zum Beispiel die große Mehrheit der Lungenschnecken und Hinterkiemerschnecken. Das ist also biologisch unmöglich.«

Überraschtes Schweigen, und dann bricht der ganze Raum in fieses Kichern aus. Okay, mein Kommentar geht wahrscheinlich nicht als eine meiner prägnantesten Retourkutschen in die Geschichte ein.

»Und«, füge ich hinzu und sehe das Mädchen mit den Strümpfen an, »ich würde dich lieber nicht lecken, falls das okay geht. Ich weiß ja nicht, wo du dich so rumtreibst.«

Das Kichern bricht abrupt ab.

Schon besser, Harriet. So was in der Art hätte Nat gesagt.

Das Mädchen blinzelt ein paarmal in Schockstarre. »Was hat sie gerade zu mir gesagt?«, fährt sie ihre Nachbarin schließlich mit tief gerunzelter Stirn an. »Ich bin das Gesicht von *Gucci*. Ich bin *Shola*. Niemand redet so mit mir. *Ich lasse nicht zu, dass jemand so mit mir redet.*«

»Reg dich nicht auf, Schatz«, flüstert eine Blondine mit großen blauen Augen. »Du weißt doch, dass dich das nur hässlich macht, und wir gehen gleich raus. *Vogue* ist da draußen. Vergiss das nicht. Bleib schön für *Vogue*.«

Shola schluckt und konzentriert sich, und schließlich ist ihre Stirn wieder glatt. »Danke, Rose. Ich bekomme doch wegen der keine Falten.« Sie sieht mich an und kneift die Augen zusammen. »Wie alt bist du? Sieben? Acht?«

»Fünfzehn drei Zwölftel.«

»Mein Gott. Du bist ein Kind. Ich rege mich doch nicht wegen einem Kind auf. Auf keinen Fall. Ich bin eine Frau. Ich bin das Gesicht von *Gucci Woman*. Der Name sagt alles.«

»Ja«, pflichtet Rose ihr bei und tätschelt ihr die Schulter. »Es steht in der Anzeige unter deinem Gesicht, Shola. *Woman*.«

»Harriet?«, sagt eine nette Dame in Rot in diesem Moment und tippt mir auf die Schulter. Ein Glück, diese Models sind offenbar völlig durchgeknallt. »Hier ist dein Outfit.« Sie öffnet den Reißverschluss eines Kleiderbeutels.

Ein allgemeines Zischen geht durch den Raum, und ich betrachte den Inhalt. Es ist ein langes goldfarbenes Seidenkleid mit Tausenden von kleinen goldenen Federn in Lagen um den Saum. Es hat dünne kleine Träger aus so etwas wie Goldfischschuppen, und es schimmert, wenn man es berührt, wie ein Zaubermantel. Es ist unglaublich schön – das kann selbst ich erkennen. Selbst wenn ich darin aussehen werde wie das Nugatstäbchen in einer Pralinenschachtel.

»Das ist meins? Für mich?«

»Ja, Schätzchen. Du bist die Schlussläuferin.«

Ein noch lauteres Zischen geht durch den Raum. »Ich bin was?«

»Die Schlussläuferin. Du bist das letzte Mädchen auf dem Laufsteg. Alle Augen werden auf dich gerichtet sein, Schätzchen.«

Ich sehe schnell in den Spiegel, während sämtliche Augen im Raum auf meinen Rücken starren.

»Du bist das neue Gesicht der Modelinie«, sagt sie. »Yuka möchte dich so prominent wie möglich präsentieren.«

Shola erbleicht unter dem Make-up sichtlich. Sie schaut schnell zu Rose und die beiden kommunizieren stumm, doch ich kann keine Gedanken lesen.

»Okay«, sage ich und ignoriere das neuerliche Krampfen in meinem Bauch. »Aber …« Und dann atme ich tief durch. »Die … Ähm.« Ich unterbreche mich. Wie soll ich es behutsam formulieren? »Die … Ähm.« Und dann nehme ich so viel Sauerstoff auf wie möglich. »Welche Schuhe werde ich tragen?«, platze ich schließlich heraus.

Die Dame lächelt mich freundlich an. »Diese hier«, sagt sie und hält mir ein Paar kleine mit Goldschuppen besetzte Schuhe mit zweieinhalb Zentimeter hohen Pfennigabsätzen hin.

Ich breche fast zusammen vor Erleichterung.

»Yuka meint, sie würde es vorziehen, wenn du dich aufrecht halten könntest«, sagt sie und blinzelt. »Also, Miss Manners, kümmern wir uns um deine Haare und dein Make-up und dann üben wir ein wenig, ja?«

48

Menschen, die Harriet Manners hassen:
1. Alexa Roberts
2. Die Hut-Dame
3. Die Besitzer der Stände 24D, 24E, 24F, 24G und 24H
4. Nat?
5. Klasse 11A Englische Literatur
6. Models im Allgemeinen, aber besonders Shola und Rose

Ich kann es.

Ich kann es tatsächlich. Ich kann in einem hübschen Kleid und Absätzen in einem Zimmer auf und ab gehen, ohne etwas umzureißen, zu ruinieren oder zu zerbrechen und ohne umzufallen.

Vor einer Stunde kam es mir noch unmöglich vor. Aber ... Ich kann es. Eine ganze Stunde lang habe ich hinter der Bühne geübt, bis ich mir sicher war, diesen Abend ohne weitere Katastrophen zu überstehen.

Ich meine, ich gehe einmal auf und ab. Das kann doch jedes Kleinkind, wenn man ihm ein bisschen gut zuredet und ihm vielleicht ein Spielzeug gibt, das es vor sich herschieben kann. Wie schwer ist das schon?

»Vielen Dank«, sage ich zu Betty, der Stylistin, die mir geholfen hat. »Ich weiß nicht, was ich ohne Sie gemacht hätte.«

Sie zwinkert mir zu. »War mir ein Vergnügen, Kleine. Schnell noch eine Wiederholung: Du bewegst dich im Rhythmus?«

»Der Musik«, antworte ich eifrig. Sie hat mir ihren iPod zum Üben gegeben, denn die klassische Musik auf meinem hat offensichtlich nicht den richtigen Beat. Ich habe keine Ahnung, was das hier für eine Musik ist, aber sie ist ganz schön. Wenigstens weiß ich jetzt, wann ich die Füße nach vorn setzen muss.

»Ganz genau«, sagt Betty. »Und was machst du, wenn du ans Ende des Laufstegs kommst?«

Endlich bin ich wieder auf vertrautem Terrain: Lernen und wiederholen. »Ich bleibe mit einer Hand in der Hüfte stehen, und dann schaue ich nach links und dann nach rechts, und dann verharre ich noch einmal, und dann drehe ich mich langsam um und gehe zurück.«

»Ja. Gesichtsausdruck?«

»Vollkommen ausdruckslos bis leicht gelangweilt.«

»Ausgezeichnet. Und auf welcher Seite gehst du?«

»In der Mitte, und wenn ein Mädchen auf mich zukommt, halte ich mich links.«

»Fantastisch. Ich glaube, du bist bereit.« Sie lächelt mich an und zeigt auf die Tür. Sie hat mich aus dem Bereich weggebracht, wo die anderen sich fertig gemacht haben, damit ich mich konzentrieren kann. Und auch, damit ich hinfallen kann, ohne dass sie mich auslachen. Doch jetzt muss ich da anscheinend wieder rein. »Hau sie von den Socken«, fügt Betty noch hinzu.

Was – angesichts der Tatsache, dass das tatsächlich passieren könnte – nicht unbedingt der klügste Spruch für diese Situation ist.

Und dann schubst sie mich behutsam zurück in die Welt der Mode.

Die Welt der Mode ist jetzt manisch.

Das ist das einzig passende Wort. Der Tumult vorhin war offensichtlich nur das Warmlaufen vor der Manie: Inzwischen ist der ganze Raum explodiert zu einem Chaos aus Licht, Lärm und Panik. Von der Bühne draußen ist das Pumpen der Musik zu hören, und ich glaube, die Mädchen haben keine Zeit mehr, eklig zu mir zu sein. Sie steigen in Kleider und werden von Leuten, die Headsets tragen wie Madonna, angebrüllt.

»Die Nächste!«, fährt ein Mann wütend auf. »Komm schon! Wir haben keine Zeit, um Lipgloss aufzufrischen! Rauf auf die Bühne!«

Auf dieser Seite des Vorhangs bildet sich eine kleine Schlange von Mädchen, und ich bin vollkommen gebannt. Sie sind alle unglaublich schön: zweimal so groß wie ich, gertenschlank, mit Kurven an den richtigen Stellen, dazu die unglaublichsten Gesichter. Jedes einzelne Mädchen verkörpert eine andere Vorstellung von Schönheit, einer anderen Fantasie entsprungen. Und jetzt sehen sie aus wie eine Sammlung der erstaunlichsten Vögel oder Schmetterlinge, gehüllt in Grün-, Blau- und Rottöne und Glitzern und Federn. Es ist weniger Mode als ... bunt schimmerndes Gefieder. Oder Flügelpigmentierung.

Es ist wie auf der Schmetterlingsfarm, die ich jeden Sommer mit Annabel besuche: Der Raum ist ein einziges Farbenmeer.

Plötzlich sticht mich der Neid. Ich bin nicht wie sie. Ich bin die kleine braune Motte, die immer wieder um die Glühbirne schwirrt.

Und dann blicke ich in den Spiegel neben der Bühne. Die Augen haben sie mir diesmal in einem satten Schwarz geschminkt und die Haare auftoupiert und am Hinterkopf festgesteckt. Meine Wangen sind rosa und gerötet, und das Licht funkelt auf meinem Kopf, auf den Schuhen, auf den Trägern an meinem Rücken. Das goldene Kleid fällt gerade runter, denn da ist nichts, was es halten könnte – ich bin nicht besonders entwickelt, nicht mal für eine Fünfzehnjährige –, aber ... es sieht trotzdem schön aus. Funkelnd.

Ich bin keine Motte mehr, geht mir da mit einem Ruck auf. Ich bin nicht unbedingt eine von ihnen, aber vielleicht bin ich trotzdem ein Schmetterling. Einer von den kleinen Weißen, die nicht lange leben, aber glücklich sind, eine kurze Weile auf der Welt zu sein.

»Harriet?«, ruft der Mann mit dem Headset. »Wo ist Harriet?«

»Ich bin hier«, sage ich laut und deutlich, obwohl ich feuchte Hände habe. Irgendwo da draußen im Zuschauerraum ist mein Vater. Yuka hat ihm widerstrebend ganz hinten einen Platz zugewiesen. Er soll stolz auf mich sein können. Unbedingt. Und Annabel auch, obwohl sie nicht hier ist und nichts davon weiß.

»Mach dich fertig«, sagt der Mann. »Du bist gleich dran.«

Ich trete an den Vorhang. Drei Mädchen sind noch vor mir. Rose, Shola und eine, mit der ich noch nicht gesprochen habe und die mich auch nicht angebrüllt hat. Sie trägt einen Kopfhörer. Ein sehr, sehr schönes Mädchen mit hellbraunen Locken.

»Ich bin Harriet Manners«, sage ich automatisch und strecke ihr die Hand hin, die einfach nicht aufhören will zu zittern.

Sie setzt den Kopfhörer ab. »Hä?«, meint sie. »Tut mir leid. Ich höre mir so kurz vor der Show immer Musik an, um die Nerven zu beruhigen.«

»Ich bin Harriet Manners«, sage ich noch einmal. »Freut mich, dich kennenzulernen.«

»Ich weiß, wer du bist«, sagt sie, nickt und schenkt mir ein schiefes Lächeln. »Ich bin Fleur. Ich bin nicht das Gesicht von irgendwas.« Dabei zwinkert sie mir ganz dezent zu.

»Sie ist die Schlussläuferin«, sagt Shola und nickt in meine Richtung. Fleur zuckt nur die Achseln und setzt ihren Kopfhörer wieder auf, und Shola lächelt süß. »Und, Schatz, sie haben dir doch von der Planänderung erzählt, oder?«

»Was für eine Planänderung?«

»Die Änderung ... Wie, man hat dir nicht Bescheid gesagt? Das ist ja mal wieder typisch. Sie haben uns informiert, als du draußen warst, um das Hin-und-Hergehen zu üben.« Sie sieht Rose an. »Wie süß«, fügt sie mit einem affektierten Grinsen hinzu.

»Was wurde denn geändert?« Ich merke, dass die Anspannung in mir wieder steigt. Ich habe alles auswendig gelernt: Ich weiß nicht, ob ich mir im letzten Augenblick noch Detailänderungen merken kann.

Bei Prüfungen in der Schule passiert so was nie. Deswegen haben wir Prüfungsfragen-Übungsbücher.

»Also, wir sind hier in Moskau«, erklärt sie mir, als wüsste ich das nicht längst. Sie sieht mir in die Augen. »Und hier wird rechts gefahren. Yuka hat, obwohl sie keine Russin ist, in letzter Minute beschlossen, dass die Models auf der rechten Seite des Laufstegs gehen müssen. Nicht links, wie normalerweise. Um es ... realistischer zu machen. Relevanter.«

»Huch?« Ich runzle die Stirn. »Ehrlich?«

»Absolut. Nicht zu fassen, dass sie dir nichts gesagt haben. Das war aber knapp, was?« Shola setzt ein sehr erleichtertes Gesicht auf. »Hätte alles vermasseln können.«

Ich bin ganz durcheinander und atme erst mal tief durch.

Ehrlich, ich weiß nicht, ob ich ihr glauben soll oder nicht. Lügt sie? Erzählt sie es mir, damit ich einen Fehler mache?

Kann ich ihr vertrauen oder nicht?

Shola sieht mich mit großen, stark geschminkten Mandelaugen an. »Wir sind alle auf derselben Seite«, sagt sie unschuldig. »Weißt du? Wir Models. Wir müssen zusammenhalten. Je besser du aussiehst, desto besser sehe ich aus, richtig?«

Ich halte den Blick ein paar Sekunden auf sie gerichtet, während mein Kopf sich dreht wie die Ballerina auf der Spieluhr, die mein Vater mir gekauft hat, als ich klein war. »Okay«, flüstere ich schließlich. »Danke.« Rose ist inzwischen rausgegangen, gleich bin ich dran. Meine Beine fangen an zu schlottern, und ich spüre, wie meine Füße zittern.

»War mir ein Vergnügen.« Shola runzelt die Stirn. »Was machst du da?«

»Einen Pupser prusten«, erkläre ich und mache so unauffällig den Ententanz, dass sie es bestimmt nicht mitbekommt. »Nicht zu dir. Tut mir leid. Ich versuche nur, mich zu entspannen.«

»Oh. Klar. Egal«, sagt Shola, wendet mir den Rücken zu und verdreht, als sie denkt, ich kriege es nicht mit, die Augen, bevor sie die Stufen zur Bühne hochgeht.

Dies ist der Augenblick, geht mir auf. Ich möchte mir die Lippen lecken, doch vor lauter Angst ist meine Zunge so trocken, dass sie sich nicht vom Gaumen löst.

Dies ist der Augenblick.

Irgendwo auf der anderen Seite des Vorhangs sitzt mein Dad und wartet darauf, dass ich umwerfend bin. Der Augenblick ist gekommen, ihm zu beweisen, dass ich es kann.

Und – wenn ich schon dabei bin – auch mir selbst.

»Du bist dran«, sagt der Mann mit dem Headset. »Viel Glück, Harriet.«

»Danke.« Und dann steige ich die Stufen zur hell erleuchteten Bühne hinauf.

49

Ein paar Sekunden lang kann ich mich nicht rühren.

Das Theater sieht ganz anders aus als vorhin. Die Scheinwerfer sind so hell, dass ich kaum etwas sehen kann, doch das Licht reicht aus, um zu erkennen, dass der Saal bis auf den letzten Platz gefüllt ist. Selbst in den reich verzierten goldenen Logen ganz hoch oben sind Menschen, und wenn es in Russland noch Zaren gäbe, dann würden sie wohl da oben sitzen.

Für den heutigen Abend ist es ein Glück, dass die Revolution dafür gesorgt hat, dass dem nicht mehr so ist.

Entsetzt richte ich den Blick nach rechts, wo ich in der Mitte der ersten Reihe vage Yukas maskenhaftes Gesicht erkennen kann. Und irgendwo hinten meine ich meinen Vater zu erspähen, der beide Daumen in die Luft reckt.

Ein paar Sekunden stehe ich da wie gebannt.

Und dann atme ich tief durch und gehe los.

Ein Fuß vor den anderen. Gehen kann ich anscheinend, seit ich mich mit neun Monaten am Pulloversaum meines Vaters festhalten konnte, doch so wie jetzt ist es mir noch nie vorgekommen: Hier zählt jeder Schritt. Es kam mir noch nie so schwierig vor und so surreal. Es fühlt sich weniger an, als bewegte ich mich fort, sondern eher, als würde der Boden sich unter mir nach hinten bewegen und ich würde nur versuchen,

Schritt zu halten. Wie ... Eislaufen. Oder den Gang eines fahrenden Busses runterzugehen.

Und wie wir wissen, kann ich das nicht besonders gut.

Ich mache ein ausdrucksloses Gesicht und versuche mich auf die Musik zu konzentrieren.

Ein Fuß vor den anderen, an mehr muss ich nicht denken: nur ein Fuß vor den anderen. Und möglichst gelangweilt dreinschauen.

Irgendwo am Ende des Laufstegs erkenne ich Fleur, die stehen bleibt und nach rechts und dann nach links schaut, wie man es mir erklärt hat. Aus der Ferne bewundere ich ihr Outfit: ein smaragdgrünes Etwas, bedeckt mit winzigen Stückchen eines fließenden grünen Stoffes, in dem sie aussieht wie eine Meerjungfrau. Und die höchsten silbernen Stilettos, die ich je im Leben gesehen habe. Höher noch als die, die ich auf dem Roten Platz tragen musste.

Und man hat ihr nicht mal einen Rollstuhl zur Verfügung gestellt.

Also, so was nenne ich ein richtiges Model.

Fleur wirft würdevoll den Kopf ein wenig zurück und macht sich auf den Rückweg. Mitten auf dem Laufsteg kommt sie auf mich zu. An diesem Punkt überkommt mich plötzlich Panik.

O Gott. Jetzt wird's ernst. Wenn ich Shola glaube, gehe ich nach rechts. Wenn ich Shola nicht glaube, nach links.

Also, halte ich mich rechts oder links? Rechts oder links?

Recht oder links?

Ich kann Shola vertrauen. Ich muss Shola vertrauen. Ich muss glauben, dass der Mensch dem Wesen nach gut ist. Dass Mädchen sich nicht aus reinem Spaß an der Freude gegenseitig fertig machen.

Ich steuere also nach rechts.

Und dann taucht vor meinen inneren Augen Alexas Gesicht auf. Alexa würde mich, ohne mit der Wimper zu zucken, in die falsche Richtung schicken. Ich weiß es. Sie würde einen Zusammenstoß wollen. Was ist, wenn Shola auch so eine Alexa ist?

Also steuere ich nach links.

Aber wenn ich jetzt glaube, alle wären wie Alexa, heißt das dann nicht, dass sie gewonnen hat? Wenn ich den Glauben an die Menschheit verliere, ist das nicht schlimmer als alles, was sie mir antun kann? Ist das nicht schlimmer als eine Million hochgereckter Hände?

Das darf ich nicht zulassen. Ich muss Shola vertrauen.

Also steuere ich wieder nach rechts.

Wir kommen uns immer näher, und ich sehe die Panik in Fleurs Miene. Sie weiß nicht, was ich da mache.

Ich weiß ja selbst nicht, was ich da mache.

O Gott. Links oder rechts? Links oder rechts?

Inzwischen ändere ich meine Meinung im Millisekundentakt und nehme beim Gehen fast unmerkliche Kursänderungen in beide Richtungen vor. Sie sind so klein, dass das Publikum sie bestimmt nicht mitkriegt. Aber Fleur kriegt sie mit, und die Panik in ihrer Miene wird immer deutlicher. Es ist, als würden wir Schach spielen und die Züge des anderen vorherzusagen versuchen, wo wir doch keine Ahnung haben, was die andere im Schilde führt.

Wir sind jetzt fast in der Mitte, und ich weiß immer noch nicht, wohin ich gehen soll. Ich merke, dass ich anfange zu schwanken. Gleich falle ich. Gleich verliere ich die Balance und stolpere, selbst auf diesen relativ flachen Absätzen.

Und dann trifft es mich wie ein Donnerschlag: Das ist doch genau, was Shola will. Sie will, dass ich nicht weiß, ob ich ihr vertrauen kann oder nicht. Sie will keinen Zusammenstoß. Sie will, dass ich hinfalle.

Was bedeutet, dass ich weitergehen muss.

Ab diesem Punkt läuft alles wie in Zeitlupe ab. Dass ich mich nicht entscheiden kann, bedeutet, dass auch Fleur anfängt zu wanken. Sie schwankt von einer Seite zur anderen wie ein Baum, nur dass ihre Absätze sehr viel höher sind als meine und das gar nicht gut verkraften.

Die Zeit bleibt stehen.

Ein Knöchel rutscht ihr weg.

Und mit einem Keuchen, das außer mir niemand hört, stürzt Fleur auf den Laufsteg.

50

Ich bin wie gelähmt vor Schreck und kann keinen Schritt mehr tun. Das ganze Publikum hat laut und vernehmlich nach Luft geschnappt.

Ich habe gerade eine komplette Modenschau ruiniert. Es ist alles ganz allein meine Schuld.

Ich schaue zu Fleur, die sich verzweifelt bemüht aufzustehen. Ihre Absätze rutschen weg, ich sehe, wie ihr die Tränen in die Augen treten und ihre Wangen aufflammen, selbst unter dem dicken Make-up.

Und mir wird schlecht, denn ich erkenne alles wieder: Demütigung, Scham, ungläubiges Entsetzen. Es ist, als schaute ich in einen Spiegel.

Ich habe Fleur gerade angetan, was ich mir geschworen hatte, niemals jemandem anzutun.

Ich habe sie in mich verwandelt.

Da gibt's nur eins: Ich muss ihr helfen. Irgendwie. Damit sie spürt, dass sie nicht allein ist.

Also hole ich Luft und setze mich neben sie.

Im Publikum herrscht angespannte Stille.

Und dann, irgendwo ganz hinten, fängt jemand an zu klatschen, so laut er kann.

»Bravoooooooooo!«, ruft mein Dad.

Seine Stimme überschlägt sich fast. »Das ist mein Mädchen! Bravooo! BRAVOO!«

Das Publikum dreht sich zu ihm um und Fleur nimmt meine Hand. Langsam stehen wir auf.

Und dann gehen wir zusammen vom Laufsteg, zurück hinter den Vorhang.

51

Sobald wir hinter der Bühne sind, suche ich mir den nächsten Tisch und krieche darunter. Ich hab ja nicht viel Ahnung von Modenschauen, aber ich glaube, so wie diesmal sollen sie nicht ablaufen. Und ich habe den unangenehmen Verdacht, dass ich gleich richtig, richtig Ärger kriege.»Harriet?«, sagt nach ungefähr vierzig Minuten oder so eine Stimme, und unter der Tischdecke taucht ein Paar schwarzer Turnschuhe auf.

»Äffchen-Muh?«, sagt eine andere Stimme, und daneben erscheint ein Paar glänzender orangefarbener Schuhe mit blauen Kappen. Es wird geflüstert, und dann höre ich Wilbur sagen: »Ist das so eine Art Zwang? Nur Tische oder alle möglichen Möbel?«

»Sie hat Angst«, erklärt mein Vater. »Das macht sie schon, seit sie klein ist.« Und schon kriecht er zu mir unter den Tisch. »Harriet, Schätzchen«, redet er mir gut zu. »Du musst dich nicht verstecken. Was du getan hast, war sehr … nobel. Niemand wird dich anbrüllen.«

Wilbur steckt den Kopf unter die Tischdecke. »Das stimmt nicht ganz«, korrigiert er meinen Vater. »Yuka ist auf dem Weg hinter die Bühne, und ich habe ihre Lippen noch nie so dünn gesehen, mein Knöpfchen. Ihre untere Gesichtshälfte sieht aus wie ein Briefumschlag.«

»Ich wusste nicht, was ich sonst machen sollte«, versuche ich zu erklären, die Knie eng an die Brust gezogen. »Es tut mir schrecklich leid.«

»Es tut dir *leid?*«, keucht Wilbur und legt sich die Hand auf die Brust. »Baby Baby Panda, so viel Publicity hätte Baylee sich nicht kaufen können, und wenn wir Yuka kopfüber an den Kronleuchter gehängt hätten, die Hose um die Knöchel.«

»Was niemand vorhat«, sagt eine kalte Stimme irgendwo hinter der Tischdecke. Ein weiteres Paar Schuhe taucht auf: schwarz, glänzend und spitz. »Ich bin eine Modegöttin. Göttinnen tragen keine Hosen. Es ist ausgesprochen würdelos.«

»Yuka, Schatz!«, sagt Wilbur und zieht den Kopf zurück. »Ich habe dich gar nicht gesehen! Hauptsächlich, weil ich am Hintern keine Augen habe.«

»Zu schade, William«, fährt Yuka ihn an. »Harriet Manners? Ich will mit dir reden. Und ich würde es vorziehen, dieses Gespräch nicht mit einer laminierten Tischplatte halten zu müssen.«

Ich sehe meinen Vater an und dann atme ich so tief durch, wie ich kann, und krieche raus. »Es tut mir leid, Yuka.«

»Ich erinnere mich nicht, dich gebeten zu haben, etwas anderes zu tun, als ein Kleid zu tragen und geradeaus zu gehen, Harriet. So schwer hätte das eigentlich nicht sein dürfen.«

»Ich weiß«, murmle ich. »Bin ich gefeuert?«

Yuka sieht Wilbur an. »William? Wie war die allgemeine Reaktion in der ersten Reihe?

»-bur, nicht -iam«, korrigiert Wilbur sie seufzend. »Die Herausgeberin der *Elle* meinte, Harriet sei frisch. *Harper's* sagte, sie sei köstlich. *Vogue* fand, sie strahle eine unerwartete Wärme aus.«

»Meine Tochter ist doch kein frisch gebackenes Brot«, fährt mein Dad überrascht auf.

Yuka sieht ihn mit hochgezogener Augenbraue an und richtet den Blick dann auf mich. »In dem Fall bist du nicht gefeuert, Harriet Manners, und Fleur auch nicht. Aber wenn ich in Zukunft möchte, dass du dich hinsetzt, dann werde ich dir das mitteilen. Ich gebe dir einen Schritt-für-Schritt-Plan mit einem Kreuz auf dem Laufsteg und einer genauen Beschreibung, wie du es machen sollst.«

»Ja.« Meine Lebensgeister erwachen wieder. Seltsam, aber je besser ich Yuka kennenlerne, desto mehr gefällt sie mir. Sie erinnert mich sehr an Annabel.

»So«, Yuka schaut auf ihre Uhr, »und jetzt schlage ich vor, dass du ins Hotel fährst. In der Penthouse-Suite gibt es eine After-Show-Party. Die anderen Models sind dort und die wichtigen Herausgeber und Promis Europas versaufen gerade meinen Profit.«

Mein Magen krampft sich zusammen und über Dads Gesicht geht ein Strahlen.

»Yuka«, setze ich besorgt an, »ich bin mir nicht sicher, ob ...«

»Du«, fährt Yuka fort, als hätte ich den Mund gar nicht aufgemacht, »gehst selbstverständlich direkt ins Bett, Harriet, und lässt dich auf gar keinen Fall dort blicken. Wenn ich dich heute Abend auch nur irgendwo außerhalb deines Zimmers erwische, wird das die Hölle auf Erden für dich.«

Am liebsten würde ich sie umarmen. Ich bin so müde. Dies muss der längste Tag meines ganzen Lebens gewesen sein.

»Wie bitte?«, stöhnt mein Vater. »Das ist nicht fair.«

»Und für Sie gilt dasselbe«, sagt Yuka streng zu ihm und kneift die Augen zusammen. »Hölle auf Erden. Verstanden?«

»Verstanden«, sagt mein Vater beschämt und blickt zu Boden.

Jetzt fühle ich mich noch mehr zu Hause.

Denn genau dasselbe hätte Annabel auch gesagt.

52

Irgendwie gelingt es mir, ganze zehn Stunden zu schlafen. Obwohl mein Vater alles Mögliche tut, um meine verdiente Nachtruhe zu sabotieren. Ich habe das breite Hotelbett bekommen und er das Sofa am anderen Ende des Zimmers – »wie es dem mit der Nebenrolle gebührt« –, aber anscheinend ist das noch nicht weit genug weg.

»Weißt du«, sagt er, als ich mir müde die Zähne putze, »wenn ich mitten in der Nacht aufwache und, sagen wir mal, dich dabei erwischte, wie du Make-up auflegst, würde ich annehmen, es wäre eine Fata Morgana, und mich umdrehen und weiterschlafen.«

Ich nicke verschlafen. »Okay, Dad.«

Als ich zehn Minuten später in meinem Pinguinschlafanzug gähnend unter die Decke krieche, hustet mein Vater. »Und wenn ich mitten in der Nacht wach würde und zum Beispiel sehen würde, dass dein Bett leer wäre, würde ich vermuten, dass ich träume, und es einer übersteigerten Fantasie zuschreiben.«

»Okay, Dad.« Ich schließe die Augen und kuschle mich ins Kissen.

»Und wenn du zurückkommen würdest und – sagen wir mal – nach Promiparty riechen würdest, würde ich das am nächsten Tag nicht verraten. Niemandem.«

»Okay«, murmle ich und gleite schon in den Schlaf.

Plötzlich geht das Licht im Schlafzimmer an.

»Willst du allen Ernstes behaupten, du gehst da nicht hin?«, fragt mein Vater ungläubig mit lauter Stimme. »Gar nicht? Du schleichst dich nicht mal für ein paar Minuten raus?«

»Nein. Aber du kannst gehen, wenn du willst. Ist mir egal. Ich schlafe jetzt.«

»Na toll, red mir nur Schuldgefühle ein, warum nicht, Harriet. Red mir nur Schuldgefühle ein. Nein, es ist okay. Ich muss Julia Roberts nicht kennenlernen. Ich setze mich einfach hier aufs Sofa und esse Sauerkraut.«

Ich gähne wieder. Was ist das für eine Obsession von Sauerkraut? »Okay, Dad. Mach das.«

»Mach ich«, sagt mein Vater und knipst das Licht wieder aus. »Wer braucht schon eine Promi-Mode-Party? Ich meine, wer will schon Julia Roberts kennenlernen und Martinis trinken wie ein Kinostar, wenn er hellwach auf einem Klappsofa sitzen ... und ... Sauerkraut ... essen ...« Statt des Wortes »kann« ist nur noch ein Schnarchen zu hören, und zwar so laut, dass man meint, nebenan bohrte jemand ein Loch in die Wand.

Ich schaue zur Decke. Irgendwo da oben, viele Etagen über uns, wird eine Party gefeiert. Schöne und wichtige und berühmte Menschen, die lachen, trinken, Luftküsschen austauschen, strahlen und sich fotografieren lassen. Sie tragen schöne Kleider und essen schöne Häppchen – oder tun so. Sie leben den Modetraum.

Und es ist mir pupsegal.

Ein paar Minuten lausche ich dem Schnarchen meines Vaters. Und dann schließe ich die Augen und schlafe ein.

Wir haben den ganzen nächsten Vormittag, um uns Moskau anzusehen, das – wie ihr wisst – vollgepackt ist mit faszinierender Geschichte und Architektur. Unser Flug geht erst um vier Uhr am Nachmittag, und Yuka erklärt, es stehe uns »frei zu tun, was normale Menschen tagsüber so tun«.

Wir machen das Beste daraus. Wir gehen in den Kreml und sehen uns die Erzengel-Michael-Kathedrale an, wo die Romanow-Zaren beigesetzt wurden, und den Glockenturm Iwan der Große mit der vergoldeten Kuppel, der als Mittelpunkt Moskaus gilt. Dann gehen wir zum Denkmal für Peter I. und ins Bolschoi-Theater und in einen großen Park, wo der See mit Eis überzogen ist, auf dem mürrische Enten hocken. Wir machen Fotos. Der fantastische Vormittag wird nur verdorben durch die Tatsache, dass ich Nat per SMS weiter anlügen muss – sie will wissen, wie es mir geht – und Annabel meinen Vater andauernd anruft und weint.

Was beunruhigend ist, denn Annabel weint nie. Nie. Diese Frau sieht im Fernsehen zu, wie Gazellen von Tigern gerissen werden, und gibt ihnen Punkte für Reinlichkeit.

»Schatz«, sagt mein Vater ins Handy, als wir gerade ein paar authentische russische Einkäufe bezahlen (ich habe ein paar handbemalte russische Puppen gekauft und mein Vater ein T-Shirt, auf dem RUSSIA HOUR steht). »Du täuschst dich: Ich verstehe durchaus, was das für eine Tragödie ist.«

Am anderen Ende der Leitung wird gequietscht, und aus der Ferne klingt es ein wenig, als würde mein Vater mit einer Maus reden.

»Tue ich doch. Aber, Schatz, es ist nur Milch. Die kannst du doch aufwischen.« Noch mehr Gequietsche. »Und wir kaufen neue Cornflakes.« Quietsch, quietsch. »Und eine neue Schale.« Quietsch, quietsch, quietsch. »Ja, in genau demselben Weißton, Schatz. Und jetzt hör auf zu weinen.«

Ein russischer Verkäufer fragt meinen Vater laut in gebrochenem Englisch, ob er seine ONLY-FOOLS-RUSSIA-Baseballmütze als Geschenk verpackt haben will. Am Telefon wird noch ein wenig weitergequietscht. »Hm? Geschenk?«, fragt mein Vater nervös. »Nein, Annabel. Das ist nur die ... die Frau im Coffeshop. Sie will wissen, ob ich mein Getränk ... also meinen Kaffee mit Zucker haben will.« Quietsch, quietsch. »Süß.«

Schließlich klappt mein Vater das Telefon zu, wischt sich mit der Hand übers Gesicht und sieht mich an.

»Puh, das war knapp«, sagt er nach einer langen, nervösen Pause. »Zum Glück bin ich ein ausgezeichneter Lügner. Harriet, Annabel geht es anscheinend gar nicht gut. Was machen wir bloß?«

Ich schlucke schuldbewusst und zupfe an meinen Haaren. »Wir verheimlichen ihr das hier?«, schlage ich vor.

Mein Vater nickt. »Das würde ihr den Rest geben. Wir müssen warten, bis ihre Werwolfphase vorüber ist.« Und dann überlegt er. »Aber, Harriet ... Was, wenn es keine Werwolfphase ist? Was, wenn sie einfach ... verrückt ist?«

Wir schauen auf sein Handy, das schon wieder klingelt.

Und dann fällt der Blick meines Vaters auf den Stand vor uns, der riesige russische Pelzmützen feilbietet. »Wir nehmen einfach ein paar davon für dich mit«, meint er schließlich seufzend. »Und ich drehe die Zentralheizung ab, und wir erklären Annabel, du hättest dir den Kopf verkühlt.«

»Meinst du, das kauft sie uns ab?«

»Nein.« Mein Vater schaut wieder auf sein Handy. »Präg dir mein Gesicht gut ein, Harriet, denn morgen krieg ich den Kopf abgerissen.« Er klappt sein Handy auf. »Schatz?« Quietsch, quietsch. »Dann wirf die verbrannten Stücke weg, Schatz. Und hol dir Brot.« Quietsch. »Ich weiß, dass das nicht dasselbe ist.« Und dann sieht er mich an, tippt sich mit dem Finger gegen die Stirn und sagt tonlos: »Völlig durchgeknallt.«

Ich schlucke nervös und kaufe so viele russische Pelzmützen, wie in meinen Rucksack passen.

Doch als wir nach England zurückkehren, kommt uns alles schon um einiges hoffnungsvoller vor.

Meine Haare sind unter einer schönen großen russischen Pelzmütze versteckt – die sogar sehr kuschelig ist und gut zu meinem orangefarbenen Schneeflockenpullover passt –, und die Welt sieht wieder heller aus.

Ja, als wir aus dem Zug aus London steigen und uns auf den Heimweg machen – als ich mich von meinem Vater verabschiede und mir einen »Willkommen zu Hause, Harriet«-Schokoriegel leiste –, fühlt es sich an, als käme so langsam endlich alles ins Lot. Ich war in Moskau, ich habe ein Abenteuer erlebt, und wie es aussieht, bin ich damit durchgekommen.

Okay, ich bin nicht groß verwandelt – ich bin immer noch exakt dieselbe, also, außer mit beträchtlich weniger Haaren und im Besitz einer russischen Pelzmütze –, aber es kommt mir so vor, als könnte das Leben jetzt doch besser werden. Ich meine, so eine Verwandlung kann ich nicht über Nacht erwarten, oder? Selbst Raupen verbringen zwischen vier und neun Tage im Kokon, bevor was passiert. Und ich weiß sehr viel über Dinge, von denen ich vor ein paar Tagen noch keinen blassen Schimmer hatte. Wie zum Beispiel, dass der Lidschatten länger hält, wenn man vorher Grundierung auf die Augenlider aufträgt.

Und dass pinkfarbener Lippenstift die Tendenz hat, überall abzufärben.

Vielleicht ist das alles nur eine Sache positiven Denkens. Unter den verschiedensten Umständen das Beste anzunehmen und daran zu glauben, dass wir alle uns verändern können, wenn wir uns wirklich Mühe geben. Dann können wir alle von vorn anfangen.

Da trifft es mich wie ein Schlag.

Im wahrsten Sinne des Wortes.

Denn als ich gerade an dem Punkt bin, wo die Welt Sinn ergibt und endlich alles an seinen Platz findet und mein Kopf mit glücklichen Gedanken gefüllt ist, die mir innerlich ein warmes Glühen bereiten, kommt ein kleines gelbes Bananenbonbon angeflogen.

Und trifft mich direkt am Kopf.

53

Ich brauche ein paar Augenblicke, um zu ergründen, wo die Bananen herkommen, denn bei der einen bleibt es nicht. Innerhalb weniger Sekunden habe ich Konfekt in der Mütze und auf dem Kragen meines Pullovers und am Mantelärmel klebt ein halb zerkautes Stück.

Unbegreiflicherweise schaue ich nach oben.

»Hey, Affenmädchen«, schreit jemand, und erst als ich mich umdrehe, geht mir auf, dass es keineswegs Süßigkeiten regnet: Das ist ein Angriff. Auf der anderen Straßenseite vor dem Laden steht Alexa. »Affenmädchen«, brüllt sie noch einmal. »Will Affenmädchen eine Banane?« Und dann lacht sie.

Ich erstarre zu einer Salzsäule. Alexa hat wahrscheinlich den grottigsten Haarschnitt, den ich je im Leben an einem Mädchen gesehen habe. Ich kann mich täuschen, aber irgendwie glaube ich nicht, dass das hier eine freundliche Begegnung wird.

In meinem Hinterkopf hat ein konfuses Summen eingesetzt. Müsste jetzt nicht alles anders sein? Ich meine, darum ging's doch, oder? Warum mache ich mir sonst die ganze Mühe? »Lass mich in Ruhe«, sage ich mit mehr Entschlossenheit, als ich in mir habe, und gehe rasch weiter.

Sie folgt mir. »Das würde dir wohl so passen, was?« Eine weitere Banane trifft mich fest am Hinterkopf. »Weißt du, gestern Abend habe ich im Fernsehen eine Dokumentation über Affen gesehen, und ich finde, du siehst aus wie einer, Harriet. Und du bewegst dich auch wie einer. Ein kleiner Orang-Utan. Ganz orangerot und behaart und mit langen Armen.« Sie schaut auf die Bananen in der Tüte in ihrer Hand. »Weißt du«, fügt sie hinzu, »ein Glück, dass die Dinger hier wie Parfüm schmecken, sonst würde ich sie wahrscheinlich einfach essen. An dir sind sie eigentlich verschwendet.«

»Ähm«, meine ich. Soll ich mich etwa noch bedanken? Danke, dass du mich mit vollkommen ungenießbaren Süßigkeiten bombardierst?

Alexa richtet den Blick wieder auf mich und zieht die Lippen zurück, sodass ich ihre Zähne sehen kann. Doch es ist eindeutig kein Lächeln. »Was meinst du Harriet? Gefallen dir meine Haare?« Sie zeigt auf ihren Kopf.

Lass dich bloß nicht in ein Gespräch verwickeln, Harriet. Das macht's nur schlimmer. »Es ist … ähm«, sage ich trotzdem, denn wieder funktioniert die Verbindung zwischen Gehirn und Mund nicht. »Sehr … total schick.«

»Ja?«, erwidert Alexa. »Also, ich persönlich bin nicht so begeistert.« Sie fährt sich mit der Hand hindurch. »Ja, man könnte sogar sagen, ich bin ganz schön ausgefranst.«

Unwillkürlich entfährt mir ein Prusten, und ich beiße mir erschrocken auf die Lippe. »Findest du das etwa lustig?«, fährt Alexa mich an und ist plötzlich ganz und gar nicht mehr cool. Ihr Gesicht wechselt die Farbe. »Sieht es so aus, als würde ich lachen?«

»Nein.« Ich schlinge meine urplötzlich schweißnassen Hände um die Träger meines Rucksacks, damit er mich, wenn ich loslaufen muss – jeden Augenblick ist es so weit – nicht behindert.

»Das ist nicht lustig. Beim Friseur habe ich erst für morgen einen Termin bekommen: Ich musste zwei ganze Tage so in die

Schule gehen. Zwei Tage, Affenmädchen. Weißt du, wie viele Jungen mich jetzt nicht mehr anschauen?«

»Zwei?«

»Das war eine rhetorische Frage!« Alexa sieht mich wütend an. »Und Nat hat gesagt, sie hat's für dich getan. Also wirst du auch dafür büßen.«

Ich mache ein paar nervöse Schritte rückwärts, denn es sieht ganz danach aus, als würde sie mich gleich schlagen. Nach Jahren vager Versprechungen greift sie endlich zu den einfachsten Methoden des Mobbings – und wird mir eine knallen. Ich balle die Hände zu Fäusten und gehe rasch die Alternativen durch.

1. Sofort loslaufen.
2. Warten, bis sie mich schlägt, und dann loslaufen.
3. Warten, bis sie mich schlägt, zurückschlagen und dann loslaufen.
4. Als Erste zuschlagen und dann loslaufen.

Allerdings bin ich so perplex, dass ich die fünfte glatt vergesse:

5. Wie eine absolute Idiotin stehen bleiben und sie mit offenem Mund anglotzen.

»Knallst du mir jetzt gleich eine?«, frage ich wie betäubt, aber auch seltsam erleichtert. Wenigstens können wir die Sache jetzt ein für alle Mal klären. Ich wünschte, sie hätte es schon vor Jahren getan. Wenn alles mal offen gesagt und getan ist, lässt sie mich vielleicht in Ruhe.

Alexa runzelt die Stirn, denkt darüber nach und lacht. »Dir eine knallen? Warum sollte ich dich schlagen? Was zum Teufel hätte ich denn davon, abgesehen von einem Haufen Ärger?«

Und dann holt sie etwas aus der Tasche, das verdächtig nach einer Zeitung aussieht. »Du vergisst, Harriet Manners, dass ich dich seit zehn Jahren kenne. Ich weiß alles über dich. Ich muss dich nicht schlagen.«

Jetzt blicke ich überhaupt nicht mehr durch, mein Kopf fühlt sich an wie mit Watte ausgestopft. Was redet sie da?

Aber auch wenn ich es nicht kapiere, weiß ich es trotzdem irgendwie: Was auch immer Alexa im Schilde führt, ich wünschte, sie hätte stattdessen die Fäuste eingesetzt.

Ich schaue auf die Zeitung. »W…w…was ist das?«

»Das hier?« Alexa richtet den Blick darauf. »Das ist ein Artikel, Harriet. Da geht's um eine fünfzehnjährige Schülerin. Die neueste Muse der Modeindustrie. Hat, wie es scheint, die Modewelt gestern im Sturm erobert. Wo war das noch? Ach ja, in Moskau.«

Eine Eiseskälte überkommt mich, und mir ist, als müsste ich kotzen. Ich vergesse immer wieder, wie clever Alexa ist. Und auch, wie grausam sie sein kann.

»Das ist in Russland«, fügt sie hinzu. »Falls du dich fragst, ob ich das weiß.«

Unmöglich. Ich bin doch gerade erst zurückgekommen. Das kann nicht sein. Das hätte ja … heute Nacht noch gedruckt werden müssen.

Was so unrealistisch gar nicht ist.

Alexa tritt grinsend näher, bis ich die Zeitungsseite erkennen kann. Und auf der prangt – in voller Pracht – ein großes Foto von mir, auf dem Laufsteg sitzend, Fleur neben mir. Und die Schlagzeile lautet: Umwerfender Auftritt: Englische Schülerin erobert Modewelt im Sturm.

»Ich …«, murmele ich, doch innerlich bin ich zu Eis erstarrt, und meine Ohren sind wieder ganz taub. »Ich … ich …«

»Ich, ich, ich«, äfft Alexa mich nach, und dann richtet sie den Blick wieder auf die Zeitung. »Ich weiß. Ist mir unbegreiflich, wieso jemand ein Foto von dir will, aber du kriegst es doch immer wieder hin, dich zum Affen machen, egal in was für einer Situation.«

Irgendwo im Hinterkopf kapiere ich endlich das ganze Ausmaß der Katastrophe. »Du hast das ... aber niemandem gezeigt, oder?«, flüstere ich, und meine Stimme klingt, als würde ich gewürgt. »Du hast doch niemandem diesen Artikel gezeigt, oder?«

Alexa tut schockiert.

»Wem denn? Etwa unserer Schulleiterin? Die es bestimmt interessant finden würde, warum du zwei Tage nicht in der Schule warst? Sicher doch. Ich bin extra zurück zur Schule und habe ihr ein Exemplar gegeben. Ich glaube, die Strafe dafür, ohne Erlaubnis dem Unterricht fernzubleiben, ist ein vorübergehender Ausschluss vom Unterricht, oder? Oder womöglich«, sie richtet den Blick noch einmal auf die Zeitung, »in seltenen, öffentlichen Fällen sogar ein Schulverweis.«

Mein Kopf fängt an zu kreiseln. Ich soll vom Unterricht ausgeschlossen oder gar der Schule verwiesen werden? Ich, Harriet Manners? Ich werde doch nicht vom Unterricht ausgeschlossen. Und ich werde bestimmt nicht der Schule verwiesen.

Und dann schüttle ich den Kopf. Eine wichtigere Frage drängt sich vor. »Hast du es sonst noch jemandem gezeigt?«

Alexa lacht. »Wie? Zum Beispiel Nat? Dem Mädchen, das, seit wir sieben Jahre alt sind, bei jeder sich bietenden Gelegenheit erzählt, dass es Model werden will? Das Mädchen, das seit der Clothes Show mit niemandem mehr spricht und jeden Tag in der Toilette flennt? Das Mädchen, das die letzten zwei Tage jedem erzählt hat, du hättest eine Erkältung, und das auch zu glauben schien?« Alexa zieht die Augenbrauen hoch. »Wie?«, sagt sie in gespielter Unschuld. »Sollte ich das etwa nicht?«

O nein. O nein, oneinoneinonein.

»Hast du es Nat erzählt?«, schreie ich in voller Lautstärke. Ich habe keine Angst mehr, wenigstens nicht vor Alexa. »Hast du es ihr erzählt?«

»Nein«, sagt Alexa. »Aber ich habe ihr gerade eine Kopie dieser Seite in den Briefkasten gesteckt.« Damit dreht sie sich um und fasst sich in die Haare. »Das nennt man auch Rache, Harriet. Oder Vergeltung. Die Quittung kriegen. Such's dir aus. Ich kenne viele Begriffe dafür.«

Eben hatte ich noch das Gefühl, meine Welt käme so langsam wieder ins Lot – schon gerät sie wieder in die Schieflage. Und zwar gewaltig.

54

Ich laufe, so schnell ich kann, aber es nützt nichts. Wie meine Sportlehrerin mir seit zehn Jahren erklärt, sind meine Beine einfach nicht schnell genug.

Sobald ich mein Handy einschalte, weiß ich, dass mein Leben kurz vor dem Kollaps steht. Ich habe fünfzehn Anrufe von Wilbur, und egal, wen ich anrufe, keiner geht ran.

»Hallo. Hier ist Richard Manners. Ich habe im Augenblick Besuch von Julia Roberts, aber ich rufe Sie gern zurück, wenn sie gegangen ist. PIEPS.«

»Dad«, keuche ich im Laufen auf seine Mailbox. »Wir sind erwischt worden. Pass auf, dass Annabel keine ...« Abrupt bleibe ich auf dem Bürgersteig stehen. Ich habe keine Ahnung, in welcher Zeitung der Artikel steht. »Pass bloß auf, dass sie keine Zeitung kauft, keine, hörst du? Hindre sie daran, das Haus zu verlassen. Sie darf es nicht auf diese Art erfahren.«

Und dann laufe ich weiter. Denn ich muss unbedingt zu Nat.

Bevor sie die Zeitung in die Hände kriegt.

Ich bin anscheinend die Einzige, die es eilig hat. Bis Nats Mom mir endlich die Haustür aufmacht, schreie ich schon »Feuer« durch den Briefschlitz und kratze am Lack.

»Harriet?«, sagt sie, als sie die Tür aufmacht, und trotz meiner Panik halte ich verdutzt ein paar Sekunden inne.

Nats Mom ist blau. Nicht nur ein bisschen blau, nein, ganz. Wie Annabel sieht man Victoria äußerst selten im Morgenmantel, im Gegensatz zu Annabel hat sie aber nicht nur einen und der ist auch vorn runter nicht mit Tomatensoße bekleckert. Heute trägt sie einen hellblauen Seidenkimono, der auf einer Seite ganz mit Schmetterlingen bestickt ist. Sie hat sich ein hellblaues Handtuch um die Haare geschlungen und eine hellblaue Gesichtsmaske aufgetragen.

Wenn Nats Mom nicht aussieht wie ein Riesenschlumpf, sieht sie Nat sehr ähnlich. Allerdings zwanzig Jahre älter und durch zahlreiche Schönheitsoperationen verändert.

»Was ist los? Müssen wir alle sterben?«

»Ja. Ich meine, nein. Nicht sofort. Irgendwann schon. Victoria, ist Nat zu Hause?«

»Keine Ahnung. Ich bin mit Botox beschäftigt. Vier Spritzen, und ich kann keinen Muskel mehr rühren. Sieh dir das an!« Sie reißt die Augen schmerzvoll auf. »Ich kann nie wieder richtig sauer werden; das ist wie erzwungener Buddhismus.«

»Ich muss sie sehen.«

»Ist alles in Ordnung?«

»Nicht so ganz.« Ich ziehe mir schnell die Schuhe aus, um ihren weißen Teppich nicht zu verdrecken. »War die Post schon da heute?«

Victorias Miene spannt sich um die Augen an. »Nicht dass ich wüsste.«

Mitten im Aufschnüren eines Schuhriemens halte ich inne. »Ehrlich?« Die Welle der Erleichterung ist so gewaltig, dass ich einen Augenblick glaube, ich würde umkippen. Vielleicht – könnte doch sein – hat Alexa sich ja in der Adresse vertan. »Gar keine Post heute?«

»Ich glaube nicht.«

Ich atme tief durch und spüre schon, wie die Panik nachlässt. Ich werde es Nat natürlich trotzdem erzählen, aber jetzt kann ich es sanft tun, einfühlsam, entschuldigend, taktv…

»Es sei denn, du meinst den Briefumschlag, der vor einer halben Stunde durch den Briefschlitz kam?«

Ich halte die Luft an. »Briefumschlag?«

»Ja. Ich habe ihn ihr vor ein paar Minuten hochgebracht. Es schien wichtig zu sein. Handgeschrieben und so.«

O nein, o nein, oneinoneinonein.

Und bevor Nats Mom noch etwas sagen kann, reiße ich mir den zweiten Schuh vom Fuß und stürze die Treppe hoch.

55

Ich komme zu spät.

Das ist das Einzige, was ich mit Gewissheit sagen kann, als ich Nats Tür aufmache. Ich bin zu spät. Nat sitzt im Schlafanzug auf dem Bett, vor sich die Zeitung. Und in ihrer Miene so viel Schmerz, wie ich es noch nie bei jemandem gesehen habe. Noch nie.

Und sie übertreibt nicht, um Aufmerksamkeit zu erregen. Es ist vollkommen echt.

»Nat ...«, setze ich an und komme knirschend zum Halten. »Es ist nicht so, wie es aussieht.« Und dann unterbreche ich mich, denn es ist genau das, wonach es aussieht.

»Was ist das?«, fragt sie bestürzt und hält die Zeitung hoch. »Harriet? Was geht da ab?«

Seltsam, aber ich glaube, ich habe ihre Stimme noch nie so jung gehört. Es ist, als wären wir wieder fünf Jahre alt. »Das ist ... das ist ...«, sage ich, und dann schlucke ich und senke den Blick. »Genau das.«

»Du warst gar nicht krank?«

»Nein.«

»Du warst in Russland?«

»Ja.«

»Du hast gemodelt?«

»Ja.«

»Ich habe dich verteidigt ...«

»Ich weiß.«

»Und du hast mich Alexa zum Fraß vorgeworfen und mir nicht mal gesagt, warum?«

O Gott. »Ja.«

»Das war alles gelogen ...« Nat unterbricht sich ein paar Sekunden und überlegt. »... von vorn bis hinten?«

»Ich wollte es dir ja erzählen, aber ich habe noch nach dem richtigen Weg gesucht.«

»Über die Zeitung?«

Ich starre sie verdutzt an, und dann fällt der Groschen. »Glaubst du etwa, ich hätte das durch den Briefschlitz gesteckt?« Und dann fällt mein Blick auf den Umschlag. Darauf steht: Für dich, Nat. Es war die einfachste Art, es dir zu sagen.

Alexa ist wirklich ein Kotzbrocken.

»Das warst du nicht?«

»Natürlich nicht!«, keuche ich auf. »Du solltest es frühestens in ein paar Monaten erfahren.« Und dann zucke ich zusammen. Sicher nicht besonders klug, das zu sagen.

Allerdings. Nat reißt die Augen auf. »Du wolltest mich monatelang anlügen?«

»Also, nein ... weißt du ... bloß ... noch ein paar Tage.« Eigentlich weiß ich gar nicht mehr, was wahr ist und was nicht. Was mich zu der Frage bringt: Hatte ich, bevor ich erwischt wurde, überhaupt je vor, Nat die Wahrheit sagen? Ich habe mir eingeredet, ich würde lügen, um sie zu schonen, aber stimmt das überhaupt? Habe ich mich selbst genauso an der Nase herumgeführt wie die anderen?

Nats Wangen werden immer röter. »Warum?«

»Weil ... weil ...« Mir will einfach kein Grund einfallen. Vorher war alles vollkommen logisch, aber das ist es plötzlich nicht mehr. »Weil du auf der Clothes Show so sauer warst ...«

»Weil du mich angelogen hast, nicht weil du entdeckt wurdest. Das habe ich dir doch gesagt.«

»Weil es dir wehgetan hätte.«

»Mehr als das hier?«

»Weil …«, ich lecke mir über die Lippen, »weil ich dachte, du würdest es mir verderben.«

»Du hast gedacht, ich würde es dir verderben?«, wiederholt sie verwundert. »Ich bin deine beste Freundin, Harriet. Warum sollte ich es dir verderben?«

»Weil … du es nicht verstehen würdest. Und weil ich dachte, du wolltest dann nicht mehr meine beste Freundin sein.«

Die Ausreden strömen jetzt nur so aus mir heraus, aber in Wirklichkeit, geht mir plötzlich auf, ging es allein darum: Ich habe gelogen, weil es leichter war. Weil ich ein Feigling bin.

Weil ich anscheinend nicht viel von den Menschen halte, die ich gernhab.

Weil ich *nur an mich* gedacht habe.

Nat steht auf und die verletzte Fünfjährige ist augenblicklich verschwunden. Jetzt wirkt sie richtiggehend furchterregend. »Nein«, sagt sie abrupt. »Jetzt will ich tatsächlich nicht mehr mit dir befreundet sein. Raus hier.«

»Aber …«, setze ich an. Ich mache den Mund auf, um mich zu rechtfertigen, und schließe ihn sofort wieder. Ich habe die ganze Woche nichts anderes getan, als nur an mich zu denken und zwanghaft zu lügen. Ich habe ihr nichts entgegenzusetzen.

»Sofort«, schreit sie wütend und kramt in einer Plastiktüte am Fußende ihres Betts.

»Nat, es tut mir leid.«

»Raus«, schreit sie. So wütend habe ich sie noch nie erlebt. Ich sehe heute Nachmittag Extreme von Nat, deren Zeugin ich nie hatte werden wollen, ganz zu schweigen davon, sie ausgelöst zu haben. »Worauf wartest du noch, Manners? Suppe? Willst du immer noch Suppe?« Sie kramt etwas aus ihrer Tasche und schmeißt es in meine Richtung. Ein Becher grüne Thaisuppe klatscht hinter mir an die Wand und explodiert. »Da hast du deine verdammte Suppe.« Sie wühlt weiter in ihrer Tasche, und bevor ich mich's versehe, trifft mich zum zweiten Mal an diesem Tag etwas Essbares am Kopf. »Und das Brot dazu.« Ein Brötchen schlägt an mein Schlüsselbein. »Ich hoffe, du bist bald wieder gesund. UND JETZT VERSCHWINDE HIER, VERDAMMT!«

Gerade als ich denke, schlimmer kann es gar nicht mehr kommen, hebt Nat die Hand und schaut darauf. Mein Kinn fängt an zu zittern. Könnte sein, dass ich jetzt endlich eine Backpfeife kriege. Und zwar die, die ich wirklich verdiene.

Und dann schubst Nat mich, weil ich wie zur Salzsäule erstarrt bin, in den Flur.

Und knallt die Tür hinter mir zu.

56

Als ich nach Hause komme, möchte ich nur noch ins Bett kriechen und weinen, aber das geht nicht, denn kaum öffne ich die Haustür, weiß ich, dass es jetzt – auch wenn das kaum möglich scheint – noch viel dicker kommt.

Hugo liegt in seinem Körbchen, das Kinn auf dem Rand. Seine Augenbrauen zucken unglücklich, und dann richtet er den Blick sofort wieder an die Wand, als wollte er mich schneiden. Wissenschaftlern zufolge sind Hunde zu rund tausend verschiedenen Gesichtsausdrücken fähig, und es ist eindeutig, welchen er im Augenblick aufgesetzt hat: einen vorwurfsvollen.

»Annabel?«, flüstere ich. »Dad?«

Ausgedehntes Schweigen, also lege ich meine Tasche ab und schleiche auf Zehenspitzen ins Wohnzimmer. Und weil da niemand ist, schleiche ich weiter auf Zehenspitzen in die Küche, ins Bad, in die Garage und in die Waschküche und schließlich ins Schlafzimmer meiner Eltern.

Erst als ich sonst nirgendwo mehr hinschleichen kann, gehe ich in mein Zimmer, und dort sitzt mein Vater mit dem Rücken an der Kommode auf dem Boden.

Er sieht mich traurig an. »Weißt du«, sagt er, »für jemanden, der so organisiert ist wie du, bist du ziemlich unordentlich, Harriet.«

Ich sehe mich um. Überall Klamotten, Bücher auf dem Boden, Bonbonpapierchen am Fußende des Betts, Teddybären, die halb hinter dem Kleiderschrank stecken, überall verstreut Kleider. Er hat recht. Auch wenn ich glaube, dass es im Augenblick wirklich Wichtigeres zu sagen gibt.

»Wo ist Annabel?«

»Sie ist fort, Harriet.«

»Was soll das heißen, sie ist fort?«

»Das soll heißen, dass sie fort ist. Sie war schon weg, als ich deine Nachricht erhielt und nach Hause kam. Sie hat ihre Taschen mitgenommen und die Katze.«

»Aber warum?«

Mein Vater zuckt die Achseln. »Es war ihre Katze.«

»Nein, warum ist sie fort?«

Mein Vater zieht eine Grimasse und langt in seine Tasche. »Das hier hat sie geschrieben.« Er reicht mir einen gelben Klebezettel. HAB'S SATT, DAUERND ANGELOGEN ZU WERDEN. BIN WEG. Dann zieht er den Zeitungsartikel raus. »Das lag daneben.«

Ich starre darauf, und mein Herz gerät ins Stottern. »Das ist alles meine Schuld.«

»Eigentlich nicht.«

»Wie bitte? Natürlich, Dad. Was soll sie denn sonst meinen?«

»Ein, zwei Sachen vielleicht.« Er langt in seine Tasche und holt noch mehr Papier heraus. »Das hat auch auf dem Küchentisch gelegen.«

Schweigend betrachte ich den Brief. Er ist von den Anwälten der Clothes Show, adressiert an meine Eltern.

»Dad, ich …« Mir versagt die Stimme. »Es tut mir leid.«

So oft, wie ich das im Augenblick sage, sollte ich mir vielleicht einen kleinen MP3-Player mit einer Endlosschleife besorgen, dann bräuchte ich nur Kopfhörer zu verteilen und auf den Knopf zu drücken.

Mein Vater schüttelt den Kopf. »Das ist noch nicht alles.« Und dann richtet er den Blick auf den Teppich und kramt noch einmal in seiner Tasche. Was er herauszieht, sieht nach einem Einschreiben aus. »Das lag auch auf dem Tisch.«

Ich betrachte es verwirrt. »Was …«

»Ich habe auch gelogen, Harriet. Ich habe dir nicht nur hinter ihrem Rücken erlaubt zu modeln und dich, ohne sie zu fragen, aus der Schule genommen. Ich habe auch auf der Arbeit keinen Urlaubsschein geholt, um mit dir nach Moskau zu fliegen.«

»Aber …« Als ich ihn ansehe, geht mir auf, dass er schon seit fünf Tagen dieselben Klamotten anhat und nach Wodka riecht und völlig fertig aussieht. Ja, er hat die ganze Woche lang schon ziemlich fertig ausgesehen. Ich war nur zu sehr mit mir selbst beschäftigt, um es zu bemerken.

»Das verstehe ich nicht, Dad. Warum nicht?«

»Weil es nicht nötig war, Schatz. Weil ich da nicht mehr arbeite. Wir haben durch meine Schuld unseren wichtigsten Kunden verloren, und sie haben mich am Freitag gefeuert. Ohne Abfindung. Mit sofortiger Wirkung.«

»Aber du hast doch gesagt …«

»Ich weiß. Das war gelogen. Ich befürchtete, Annabel wäre sauer.«

»Oh.«

»Aber wie sich herausstellt, ist sie jetzt noch viel saurer.«

Es kommt mir vor, als stünde die ganze Welt kopf und alles purzelte durcheinander. »Oh«, sage ich noch einmal.

»Ja, *oh* fasst es für mich auch ziemlich gut zusammen«, pflichtet mein Vater mir bei und legt sich auf den Teppich. »Wir kriegen das alles nicht besonders gut hin, was, Harriet«, sagt er.

Und schließt die Augen.

Erst nachdem ich ihn hochgezogen und vor den Fernseher gesetzt habe, drehe ich die gelbe Haftnotiz um.

P. S. HARRIET, DEIN VATER DREHT NIE DIE KLEBEZETTEL UM. SAG IHM NICHT, DASS ICH SCHWANGER BIN.
A X

Was natürlich so einiges erklärt.
    Aber leider ein bisschen zu spät.

57

Ich heiße Harriet Manners und ich bin eine Vollidiotin.

Ich weiß, dass ich eine Idiotin bin, weil ich im Bett liege und weitere Wörter nachschlage, die auf mich zutreffen. Depp. Hohlkopf. Einfaltspinsel. Knalltüte. Dummkopf. Narr. Ich habe es verbockt, und zwar gründlich.

Alexa hat gewonnen. Nat redet nicht mehr mit mir. Annabel ist fort. Ich musste mein Handy ausschalten, weil ich alle drei Minuten einen Anruf von Wilbur bekomme. Mein Vater ist arbeitslos, die Katze ist weg, und ich habe Schulden in Höhe von 3000 Pfund. Ganz England lacht über mich. Und meine Haare sehen aus wie orangefarbene Flaumfedern.

Ich weiß nicht, ob ich der Schule verwiesen worden bin, aber nur, weil ich mich weigere, zur Schule zu gehen und es rauszufinden. Zum ersten Mal im Leben ist mir meine Bildung egal. Wohin hat sie mich denn gebracht? Sie hat mich sicher nicht schlauer gemacht: Ich bin eine Idiotin.

Es ist mir tatsächlich gelungen, mich in die umgekehrte Richtung zu verwandeln. Ich bin eine Raupe, die sich wieder zum Ei zurückentwickelt hat, oder ein arbeitsloses Aschenputtel, das nicht mal einen Herd zu putzen hat.

Eine simple Verwandlungsgeschichte, und nicht mal das habe ich richtig hingekriegt. Ich bin ein Witz.

Bloß dass jetzt keiner mehr da ist, der lacht.

Mein Vater und ich sind die ganze Nacht damit beschäftigt, die Dinge zu richten. Ich habe ihm noch nichts von der Rückseite der Haftnotiz erzählt. Ich erwäge, es ihm zu erzählen, doch dann fällt mir wieder ein, dass Annabel mich gebeten hat, es nicht zu tun. Ich habe sie oft hintergangen, ich sollte die Liste nicht noch länger machen.

»Wir müssen uns was Dramatisches einfallen lassen«, erklärt mein Vater mir mit Nachdruck, nachdem er eine halbe Stunde lang an die Wand gestarrt hat. »Wir müssen Nat und Annabel beweisen, dass es uns ehrlich leidtut.«

Und so machen wir uns ans Werk. Wir backen »Tut mir leid«-Kuchen, wir schreiben Karten, wir singen Lieder. Ich bringe Nat eine selbst gebrannte Mix-CD, einen kleinen silbernen Anhänger in Form eines gebrochenen Herzens und eine Schachtel fettreduzierter Schokolade. Und dann eine Schachtel extra fetthaltiger Schokolade und dann Blumen mit einem Gedicht von mir. Bis auf die Schokolade, die sie vor meinen Augen verspeist, ohne mir welche anzubieten, wirft sie alles weg.

Inzwischen postiert mein Vater sich vor Annabels Anwaltskanzlei mit einem Strauß Blumen und einem Sandwich-Plakat, auf dem vorne steht »Es tut mir sehr leid, Annabel« und hinten drauf »Ehrlich. Sehr, sehr leid«. Er steht stundenlang dort, bis der Wachmann mit einem Zettel runterkommt:

Geh weg, Richard, sonst verklage ich dich, weil du meine Zeit vergeudest. Mein Stundensatz beträgt 300 Pfund, und du schuldest mir zehn Jahre.
Annabel

Dad sagt, er ist nicht besonders gut in Mathe, aber so eine Zahl will er sich auch gar nicht ausrechnen.

Völlig geschlagen und niedergeschmettert geben wir schließlich auf und hocken uns aufs Sofa.

Den Rest des Abends sitzen wir auf dem Sofa, und am nächsten Morgen stehen wir auf und setzen uns für den Rest des Tages wieder aufs Sofa. Ich habe keine Ahnung, was wir uns im Fernsehen ansehen, denn ich schaue gar nicht richtig hin.

Das Einzige, was mir unablässig durch den Kopf geht, ist: Wie? Wie stelle ich es an, dass alles wieder so ist wie vorher? Denn mir ist plötzlich klar geworden, dass ich alles liebend gern ertragen würde – tyrannisiert zu werden, hässlich zu sein und unbeliebt –, wenn mein Leben bloß wieder so wäre wie früher.

Ich weiß gar nicht, wo ich anfangen soll. Das Einzige, woran mir was liegt, habe ich gegen jede Menge Zeug eingetauscht, an dem mir nicht das Geringste liegt. Und ich hab's bewusst getan. Absichtlich. Aus freien Stücken.

Mein IQ kann eindeutig nicht auch nur annähernd so hoch sein, wie ich immer geglaubt habe.

»Meine kleine Kaulquappe«, keucht Wilbur, als ich schließlich ans Telefon gehe. »Wo warst du?«

»Auf dem Sofa.«

»Weingummischneckchen, du kannst jetzt nicht auf dem Sofa sitzen. Wir haben alle Hände voll zu tun. Die Sache geht hoch wie der sprichwörtliche Hubschrauber. Alle wollen ein Stück von dir, mein kleiner Marmorkuchen: Journalisten, Fernsehsender, Designer, die großen Marken. Mein Telefon klingelt unablässig, Zuckerpfläumchen, außer wenn ich es ausschalte, um in Ruhe eine Tasse Kaffee trinken zu können. Das Genie Yuka Ito hat deinen phänomenalen Auftritt zu einem PR-Coup gemacht: Sie erzählt jedem, du wärst ihre neue Muse, denn Models wären keine Schaufensterpuppen oder seelenlosen Roboter mehr, sondern wieder das, was sie im alten Griechenland waren: Symbole der Individualität und Kreativität und des Ausdrucks der eigenen Persönlichkeit. Ihre kleine griechische Muse.«

»Pampel-Muse trifft es wohl eher«, murmle ich mehr zu mir selbst.

»Genau.« Ich glaube, Wilbur hört mir gar nicht zu. »Und weißt du, was das bedeutet, mein kleiner Frosch?«

Ich starre weiterhin teilnahmslos auf den Fernseher. »Nein.«

»Es bedeutet, dass du heiß bist, Schatz. Nein, nicht heiß. Du bist am Siedepunkt. Dein Topf ist am Überkochen.«

Schweigen.

Mit dem Modeln hat der ganze Schlamassel doch angefangen.

Okay: Eigentlich habe ich mich mit meinen Lügen in diesen Schlamassel gebracht. Aber wenn das Modeln nicht gewesen wäre, hätte ich nicht lügen müssen. Und es wird nicht besser, wenn ich damit weitermache.

»Ist mir egal«, sage ich schließlich. »Tut mir leid, Wilbur.«

Wilbur lacht. »Das klang fast wie ist mir egal«, sagt er kichernd. »Aber das kannst du unmöglich gesagt haben, ich habe mich sicher verhört. Natürlich ist es dir nicht egal. Dies ist … dies ist … der Stoff, aus dem die Träume sind.«

»Meine nicht. Suchen Sie sich jemand anderen.«

Damit lege ich auf.

Ich weiß nicht, was ich jetzt machen soll. Aber eins weiß ich.

Ich fange mit Annabel an.

58

Also, ich weiß, dass man fürs Lügen wahrscheinlich am besten dadurch Buße tut, dass man nicht lügt, aber ich sehe wirklich keine andere Möglichkeit. So wie Annabel auf meinen Vater reagiert hat, muss ich sie wohl austricksen, damit sie sich mit mir trifft.

Zum Glück ist die Empfangsdame neu und weiß nicht, wer ich bin, was die ganze Sache bedeutend leichter macht. Sofern nicht hinter ihrem Tresen ein Foto von mir hängt, was vor mir warnt – ihr wisst schon, wie die Fotos von Terroristen und Leuten, die am Zeitungskiosk Süßigkeiten klauen.

»Könnte ich bitte mit Annabel Manners sprechen?«, frage ich freundlich, nehme die Pelzmütze ab und mache mich so klein und verletzlich wie nur möglich.

Die Empfangsdame legt zögernd ihre Zeitschrift weg. »Hast du 'n, ähm, Dingsbums?«

»Einen Termin?«

»Genau.«

»Ja.« Ich mache große Augen und setze ein unschuldiges Gesicht auf. »Himmel, Sie haben aber einen hübschen Pferdeschwanz. Haben Sie den selbst gemacht?« Und als sie sich umdreht, um einen Blick darauf zu werfen, beuge ich mich leicht über den Tisch und überfliege rasch den Terminkalender. »Ich heiße Roberta Adams«, sage ich, als sie sich wieder zu mir umwendet.

Stirnrunzelnd betrachtet sie ihre Liste. »Ein bisschen jung für eine eigene Anwältin, was?«

»Ich möchte meine Eltern verklagen«, sage ich ruhig.

Ihre Züge glätten sich augenblicklich. »Oh, das habe ich mir auch schon oft überlegt. Sag mir Bescheid, wie viel du rausschlägst. Geh nur rauf.«

Sie drückt auf den Summer, bevor ich es mir noch anders überlegen kann.

Dieses Gebäude hat mich immer schon eingeschüchtert. Als ich noch klein war, wollte ich nie allein hier reingehen, wenn Annabel lange arbeiten musste, weil ich überzeugt war, hier würde es spuken.

»Da spukt es doch nicht«, sagte mein Vater lachend, als ich es ihm erzählte. »Gebaüde, in denen es spukt, sind voller körperloser Seelen, Harriet. Eine Anwaltskanzlei ist ein Ort voller seelenloser Körper. Das ist ein großer Unterschied.«

Und dann lachte er so lange, bis Annabel ihm Salz ins Weinglas kippte.

Wie auch immer, es ist mir unheimlich, und der Aufzug kommt mir vor wie ein Glassarg aus einem gruseligen Horrorstreifen. Als ich schließlich Annabels Büro erreiche, sehe ich schon durchs Fenster, dass sie den Kopf gesenkt hat und irgendwas aufschreibt.

»Ähm«, sage ich leise.

»Roberta«, sagt sie, ohne aufzublicken. »Nehmen Sie bitte Platz. »Ich bin die Akte durchgegangen, und ich glaube, das Sorgerecht für das Meerschweinchen zu kriegen, dürfte kein Problem sein.«

Ich setze mich, auch wenn ich nicht Roberta bin, und zucke zusammen: Mir ist gerade klar geworden, dass Roberta nicht nur ein Name in einem Terminkalender ist, sondern ein Mensch, und dass sie jeden Augenblick hier auftauchen kann. Annabel notiert noch ein paar Sachen und hebt dann den Blick. Sie fixiert mich lange, während ich verzweifelt versuche, die Grübchen auf meinen Wangen zu aktivieren.

»Also«, sagt sie schließlich, »Roberta. Darf ich sagen, dass Sie sehr viel jünger geworden sind in den drei Wochen, seit ich Sie das letzte Mal gesehen habe? Die Trennung von Ihrem Mann scheint Wunder zu wirken für Ihren Teint.«

»Annabel ...«

»Und«, sagt sie und betrachtet meinen Kopf, »Ihre Frisur ist um einiges flotter. Allerdings trugen Sie damals eine lila Spülung, also heißt das nicht viel.«

»Annabel, ich ...«

Sie betrachtet die Mütze in meiner Hand. »Einen Augenblick lang habe ich gedacht, Sie hätten das Meerschweinchen gleich mitgebracht, aber ich bin erleichtert zu sehen, dass das nicht der Fall ist. Aber ich würde vorschlagen, dass Sie sich davon überzeugen, dass das Ding da auf jeden Fall tot ist. Es sieht aus, als könnte es beißen.«

»Annabel ...«

Annabel beugt sich vor und drückt einen Knopf an ihrer Wechselsprechanlage. »Audrey? Wenn die andere Roberta Adams auftaucht, dann möchte sie bitte im Empfangsbereich warten, bis du etwas anderes von mir hörst. Und als Tipp für die Zukunft: Ich habe keine Schulmädchen unter meinen Mandanten. Danke.«

Dann lehnt sie sich auf ihrem Stuhl zurück und sieht mich schweigend an.

59

Nach einer gefühlten Ewigkeit bringe ich endlich ein »Hallo, Annabel« heraus.

»Hallo, Harriet.«

»Wie geht es dir?« Das scheint mir eine gute Gesprächseröffnung zu sein. Eigentlich glaube ich, es ist die einzig mögliche Gesprächseröffnung, denn ich habe wirklich keinen Schimmer, wie es ihr geht.

»Ich schlafe in meinem Büro, was nicht ideal ist, aber abgesehen davon geht's mir prima, danke.«

Ich starre auf ihren Bauch. Er sieht aus wie immer, aber ich kann trotzdem den Blick nicht davon wenden. Es ist erstaunlich, wirklich. Vor ein paar Tagen war es ein ganz normaler Bauch mit Erdbeermarmelade drin, und jetzt ist darin ein Mensch. Ich bin ganz aufgeregt, obwohl es bedeutet, dass die Zeit, die ich in den letzten fünf Jahren damit verbracht habe, berühmte Einzelkinder der Weltgeschichte zu recherchieren, absolut vergeudet war. »Dann stimmt es?«, frage ich. »Was du geschrieben hast: Ist es wahr?«

»Dass ich schwanger bin, guter Hoffnung, in anderen Umständen?«

»Ähm.« Ich glaube, Annabels Wortschatz ist tatsächlich größer als meiner. »Ja?«

»Absolut. Ich bin total trächtig.«

»Wow.« Ich bin so überwältigt, dass ich gar nicht weiß, was ich mit dieser Information jetzt anfangen soll. Ich weiß nichts über Babys, da klafft eine große Lücke in meinem Allgemeinwissen. Ich sollte nach Hause gehen und ein paar Recherchen machen.

»Weiß dein Vater Bescheid?«

»Nein. Denn du hast geschrieben, ich soll es ihm nicht sagen.«

»Gut so. Der Mann sollte lernen, ab und zu mal einen Klebezettel umzudrehen.«

Jetzt, da ich hier bin, kommt es mir vor, als würde die Enge in meiner Brust sich langsam lösen. Als würden die Ereignisse der letzten Woche anfangen zu schmelzen, so wie ein Arzt das Ohrenschmalz weich macht, bevor er es rauspult. Warum bin ich nicht gleich zu Annabel gegangen? Warum habe ich ihr nicht einfach alles erklärt?

Warum habe ich ihr gesagt, es ginge mir gut, wo es mir gar nicht gut geht?

»Annabel«, sage ich, »kann ich dich was fragen?«

»Solange es nicht um Körperfunktionen geht. Ich fange nicht an, eklige Details zu diskutieren, nur weil ich schwanger bin. Sie sind immer noch eklig.«

»Es geht nicht um Körperfunktionen.« Und dann schließe ich die Augen und sage schnell: »Hasst du mich?«

Annabel zieht eine Augenbraue hoch. »Nein«, sagt sie nach der längsten Pause in der Geschichte der Welt aller Zeiten. »Ich hasse dich nicht, Harriet.«

Ich atme tief durch, denn ich bin unsicher, ob ich ihr wirklich glauben kann. »Ich würde es verstehen, wenn du mich hassen würdest, aber ich wollte dich nicht anlügen, Annabel, wirklich nicht. Ich meine, ich wollte dich schon anlügen, denn ich habe es ja schließlich getan – es war kein Versehen oder so –, aber ich habe es nicht getan, um dir wehzutun oder weil ich dich nicht respektiere oder nicht glaube, dass du die ganze

Zeit meistens recht hast, denn das hast du. Es ist nur …« Wie soll ich es formulieren? »Hast du dir nie gewünscht, jemand anders zu sein, nur zur Abwechslung?«

Annabel sieht mich ein paar Sekunden lang an, als wäre ich verrückt. »Eigentlich nicht«, sagt sie schließlich. »Wer im Speziellen? Und warum?«

»Irgendjemand«, platze ich heraus. »Nur um zu sehen, wie es ist? Nur um zu sehen, ob es besser ist? Um zu sehen, ob die Dinge auch anders laufen könnten?«

Annabel überlegt. »Nein«, gesteht sie. »Noch nie.«

»Also, ich schon, Annabel. Ich wollte für kurze Zeit jemand anders sein. Ich hatte es so satt, ich zu sein. Und ich dachte, wenn ich Model wäre statt Streber, wäre ich jemand anders, und mein Leben würde sich verändern und alle anderen auch, aber das war ich nicht und mein Leben hat sich nicht verändert und die Leute auch nicht.«

Annabel schlägt unter dem Schreibtisch die Beine übereinander. »Hm.«

In meiner Brust macht sich ein seltsames Gefühl breit, als alles aus mir rausbricht, und es fühlt sich so gut an, dass ich gar nicht mehr aufhören kann.

»Aber es hat sich gar nichts verändert, Annabel. Ich bin immer noch dieselbe, und alle anderen sind auch immer noch dieselben, und alles, was ich in der letzten Woche zustande gebracht habe, ist ein einziges Riesenchaos, und ich weiß nicht, was ich machen soll, um es wiedergutzumachen.«

Annabel faltet die Hände. »Aha.«

»Und die Liste wird immer länger«, fahre ich ein wenig leiser fort. »Mit jedem Tag. Und jetzt habe ich Krach mit so gut wie allen, die ich kenne, und ich weiß einfach nicht, was ich machen soll. Ich weiß nicht, wie ich es wieder richten soll.

Sag ... Sag ... Bitte, Annabel, sag mir, was ich machen soll. Sag mir, wie ich alles wiedergutmachen kann.«

Ich werde nicht weinen. Auf keinen Fall. Aber jetzt habe ich einen Kloß im Hals, den ich einfach nicht runtergewürgt kriege. Wie wenn ich eine von diesen riesigen Vitaminpillen schlucken soll, die mein Vater mir im Winter verabreicht, die so groß sind wie die Kopfkissen in dem Puppenhaus, das ich als kleines Mädchen hatte.

Annabel nickt ruhig. »Und was ist das für eine Liste?«

Oh. Ich habe nicht daran gedacht, dass sie ja nichts von der Liste weiß. Ich hole sie aus der Tasche und schiebe sie ihr über den Tisch. Habt ihr etwa geglaubt, ich würde die Liste nur im Kopf führen, für euch? Nein, die Liste gibt es in echt. Ich trage sie in der Tasche herum und bringe sie regelmäßig auf den neuesten Stand.

»Also, sehr ordentlich und schön geschrieben«, sagt Annabel anerkennend. »Mit Lineal unterstrichen?«

»Selbstverständlich.« Ein bisschen Stolz flammt auf. »Zweimal unterstrichen, wenn du genau hinschaust.«

»Schön«, meint Annabel. »Gib mir bitte den Stift und das Lineal. Darf ich die Liste bearbeiten?«

Ich nicke, denn es wäre ein bisschen unhöflich, ihr zu sagen, dass ich es eigentlich nicht mag, wenn andere Leute in meinen Listen rumpfuschen. Schließlich habe ich sie um Hilfe gebeten.

»Okay. Also, als Erstes nehmen wir die von der Liste.« Damit zieht sie einen geraden Strich durch ihren Namen. »Ich fände es sehr schön, wenn du Menschen, die dich sehr lieben, nicht mehr auf solche Listen setzen würdest.«

Sie kaut auf der Kappe des Füllers herum und streicht einen weiteren Namen durch. »Wenn wir schon dabei sind, kannst du Mrs Miller auch gleich streichen.«

Ich schüttle den Kopf. »Sie wird mich der Schule verweisen, weil ich geschwänzt habe.«

»Wird sie nicht.« Annabel sieht mir direkt in die Augen. »Harriet, wann begreifst du endlich, dass du eine genauso schlechte Lügnerin bist wie dein Vater? Ich habe eure Gesichter gesehen, als ihr aus der Agentur gekommen seid, und habe täglich – zuweilen minütlich – mit Wilbur in Kontakt gestanden. Ich weiß alles, was passiert ist, ich habe ihnen meine Erlaubnis gegeben, dir die Haare zu schneiden, und ich habe auch Mrs Miller angerufen und ihr erklärt, dass du drei Tage nicht in die Schule kommen würdest und ich mich darum kümmern würde, dass du das Versäumte nachholst: zwei für den Flug nach Moskau und einen, um dich zu erholen. Damit wären wir bei morgen.«

Verdutztes Schweigen, während meine Lippen ein O formen. »Aber ...«

»Du magst dich ja für sehr schlau halten, Harriet, aber ich bin noch zehnmal schlauer.« Annabel richtet den Blick wieder auf die Liste. »Und die Hut-Dame und die Standbesitzer kannst du auch streichen. Ich habe die Schulden bezahlt. Oder sagen wir mal, ich habe den Schaden neu berechnet und bezahlt, was die Sachen tatsächlich wert waren. Und dann habe ich gedroht, sie wegen Wucher zu verklagen. Sie haben, was deinen Teil der Verantwortung für die Katastrophe angeht, schändlich übertrieben.«

Ich starre sie weiter mit offenem Mund an.

»Du kannst es mir zurückzahlen, wenn du willst, wenn du achtzehn bist, aber vertrau mir: Bei dem, was du diese Woche verdient hast – und Wilbur hat mir versprochen, dir nicht zu sagen, wie viel es ist –, wirst du es gar nicht merken.« Annabel schaut wieder auf den Zettel. »Was die Models angeht, das können wir eindeutig der Tatsache zuschreiben, dass sie erstens Models sind und zweitens Frauen.«

Sie streicht sie durch, als erklärte sich das von selbst.

»Aber in der Schule ... alle in meiner Klasse, sie ...«

»... haben die Hand gehoben? Ich weiß. Nat hat mich angerufen und es mir erzählt. Hast du denn gar nichts aus der Weltgeschichte gelernt, Harriet? Länder werden sich immer auf die Seite derer schlagen, die die größten Waffen haben. Das ist nicht persönlich. Deine Klassenkameraden hatten nur Angst vor Alexa und keine Angst vor dir. Du solltest das als etwas Gutes betrachten, es sei denn, du hast Ambitionen, Diktatorin zu werden.«

Und streicht sie ebenfalls von der Liste.

Ich blinzle ein paarmal. So habe ich es noch nie betrachtet, aber wo sie recht hat ... Länder, die im Besitz von Atomwaffen sind, haben in der Regel viele Verbündete.

»Und was Alexa angeht ...« Annabel unterbricht sich. »Ich würde dir gern eine konkrete Antwort geben, Harriet, ehrlich. Ich liebe akkurate Antworten. Großer Fan. Aber ich weiß einfach nicht, was mit dem Mädchen los ist. Vielleicht ist sie neidisch. Vielleicht ist sie einsam. Vielleicht geht es ihr gerade nicht gut und sie lässt es an dir aus. Vielleicht gibt es ihr einen Kick, dir wehzutun. Fieslinge gibt es in allen Größen und Formen, und ich kann dir nicht sagen, was Alexa für eine ist. Das konnte ich noch nie, nicht mal, als ich ihre Mutter hinter die Büsche des Spielplatzes gezerrt und ihr gedroht habe, die ganze Familie vor Gericht zu schleifen, wenn sie dich nicht in Ruhe lässt. Aber wen schert es.«

»Mich.«

»Ich weiß«, sagt Annabel, und ihre Stimme ist jetzt freundlicher. »Du scherst dich immer um alles, Schatz, und das ist das Problem. Du nimmst alles persönlich, Harriet. Du musst aufhören, dich darum zu scheren, was Menschen, die unwichtig sind, über dich denken. Wenn du das mal gelernt hast, können sie dir nichts mehr tun. Mach dir meinetwegen Sorgen darum, was Menschen denken, die wichtig sind. Sei du selbst und lass alle anderen sein, wer sie sind. Und wenn es einen Unterschied zwischen euch gibt, umso besser. Die Welt wäre schrecklich langweilig, wenn wir alle gleich wären.«

»Aber, Annabel, ich bin … ich bin …« Ich kriege das Wort nicht raus, also hebe ich meine Tasche hoch und zeige auf die Reste des Wortes, das dort in Rot gestanden hat.

»Un…« Annabel kneift leicht die Augen zusammen. »Unc? Was ist ein Unc?«

»Uncool. Da steht Uncool. Jedenfalls stand es da.«

»Oh.« Annabel zuckt die Achseln. »Na und? Das sind die Besten unter uns ab und zu. Nimm nur Winston Churchill: Ich wette, den haben sie in der Schule auch gemobbt. Und das ist exakt der Grund, warum ich nicht wollte, dass du modelst. Weil ich nicht wollte, dass du jemand anders wirst.« Sie nimmt die Zeitung in die Hand und zeigt auf den Artikel über mich. »Aber wie's aussieht, habe ich mich getäuscht. Du bist du selbst geblieben, und ich bin unendlich stolz auf dich. Hast du gesehen, was du kannst, Harriet, wenn du das Beste aus dir rauskehrst? Was du hier getan hast, das war nett. Das war mutig. Es war absolut genial. Es war alles, was ich am meisten an dir liebe. Es kam von einem guten Ort.«

»Russland?«

Annabel sieht mich lange an. »Nein, Harriet. Nicht aus Russland. Aus dir.« Sie zieht eine Augenbraue hoch und sieht wieder auf die Zeitung. »Vermutlich will ich sagen: Streich dich von der Liste, und du wirst feststellen, dass der Rest nach und nach auch davon verschwindet.«

Damit zieht sie den letzten Strich.

Schon dreht sich wieder alles in meinem Kopf. Reichlich viel zu verdauen in einem Durchgang. Annabel sieht mich ein paar Sekunden schweigend an und gibt mir den Zettel zurück.

Menschen, die Harriet Manners hassen:
1. ~~Alexa Roberts~~
2. ~~Die Hut-Dame~~
3. ~~Die Besitzer der Stände 24D, 24E, 24F, 24G und 24H~~
4. Nat
5. ~~Klasse 11A Englische Literatur~~
6. ~~Models im Allgemeinen, aber besonders Shola und Rose~~
7. ~~Mrs Miller, unsere Schulleiterin~~
8. ~~Annabel~~
9. ~~Harriet Manners~~

»Eine steht noch drauf«, sage ich traurig.

»Hab ich dir nicht gesagt, du sollst Menschen, die dich sehr lieben, nicht auf so eine Liste setzen, Harriet?«

»Sie liebt mich nicht …«

»Red keinen Unsinn, sie ist nur gekränkt und sauer; das wärst du an ihrer Stelle auch. Niemand findet es toll, von jemandem, dem er vertraut, Lügen aufgetischt zu bekommen, Harriet. Wenn du weißt, was du jetzt für Nat tun kannst, kannst du sie auch von der Liste streichen.«

»Vielleicht …«

»Nein, keine selbst gebackenen Muffins, Harriet.«

Oh. Damit geht's also nicht.

Ich nicke und schiebe die Liste wieder in meine Hosentasche. Schon fühlt sich die Welt leichter an, sauberer. Ich weiß wirklich nicht, warum ich nicht gleich hergekommen bin. Annabel versteht sich darauf, die Welt für mich so zu ordnen, dass alles wieder Sinn ergibt. Genau wie wenn sie mein Zimmer aufräumt. »Kommst du denn wieder nach Hause, Annabel? Irgendwann?«

Annabel seufzt und blickt noch einmal auf ihren Bericht. »Ich weiß nicht, Harriet. Dein Vater hat seine eigene Liste mit Dingen, über die er nachdenken muss. Und anders als du ist er alt genug, um es allein zu tun.«

Die Wechselsprechanlage meldet sich. »Annabel? Roberta Adams sagt, wenn sie nicht bald nach Hause zu Fred geht, bekommt er Angst.«

»Gott behüte, dass ein Meerschweinchen sich meinetwegen ungeliebt fühlt. Schick sie hoch, Audrey.« Annabel sieht mich an. »Und du gehst nach Hause und studierst diese Liste«, fügt sie in ihrem normalen scharfen Tonfall hinzu. »Du weißt, wo ich bin, wenn du mich brauchst. Mein Bett ist im Schrank.«

Als ich mich umdrehe und das Büro verlasse, merke ich, dass ich unglaublich froh darüber bin, dass Annabel die ganze Zeit über alles Bescheid gewusst hat. Ich war gar nicht so allein, wie ich gedacht habe.

60

Also, ich habe keinen Plan mehr.

Pläne funktionieren eh nicht. Das Universum hat mir wiederholt vor Augen geführt, dass es nicht den geringsten Respekt hat vor Tagesordnungspunkten, Druckern, Listen oder Diagrammen. Pläne funktionieren nicht, und da, wo sie eventuell funktionieren könnten und funktionieren sollten, funktionieren die Menschen nicht und ignorieren sie einfach. Ich habe also keinen Plan mehr. Ich versuche es mit einer ganz neuen Strategie, und die ist: keinen Plan zu haben.

Zum ersten Mal im Leben will ich versuchen, mich von einem Augenblick zum nächsten treiben zu lassen und zu schauen, was passiert.

Genau wie ein normaler Mensch.

Oder wie eine Biene, von einer Blüte zur nächsten.

»Willst du mich auf den Arm nehmen?«, sage ich, als ich die Haustür öffne. Mein Vater trägt noch den Morgenmantel vom Vortag, und der einzige Unterschied zwischen jetzt und vorhin, als ich weggegangen bin, ist der, dass er jetzt eine Familienpackung Weingummis unter dem Arm hat. Irgendwo habe ich gelesen, dass ein Mensch im Laufe seines Lebens im Durchschnitt 272 Dosen Deospray verbraucht, 276 Tuben Zahnpasta und 656 Seifenstücke, und es ist offensichtlich, dass mein Vater nichts von alldem angerührt hat, seit Annabel fort ist.

»Sieh nur, wie deprimiert ich bin«, sagt er, sobald ich ins Zimmer komme. Er hält einen Weingummi hoch, betrachtet ihn traurig und steckt ihn sich in den Mund. »Ich bin so deprimiert, Harriet, ich esse sogar die grünen. Ich habe nichts mehr, wofür es sich lohnt aufzustehen. Nichts. Ich glaube, ich bleibe einfach auf dem Sofa hocken, bis ich damit verwachse und sie mich jedes Mal, wenn ich zur Toilette muss, mit einem Kran durchs Fenster hieven müssen.«

»Dad«, sage ich und setze mich neben ihn. Die Situation wird langsam kritisch: Mein Vater klingt, als glaubte er, er wäre in einer Seifenoper. Ich muss was tun. »Dad, mag Annabel Erdbeermarmelade?«

Mein Vater runzelt die Stirn und steckt sich noch einen Weingummi in den Mund, obwohl er den letzten noch nicht heruntergeschluckt hat. »Was soll die Frage?«

»Mag sie Erdbeermarmelade?«

»Nein. Hat sie noch nie gemocht.«

»*Und warum isst sie dann auf einmal Erdbeermarmelade, Dad?*«
Und dann setze ich die bedeutungsvollste Miene auf, die ich hinkriege. Ich weiß, ich weiß: Ich habe Annabel versprochen, ihm nichts zu verraten, aber ich habe nicht versprochen, dass er nicht von selbst draufkommen kann.

Aber ehrlich gesagt, bei der Geschwindigkeit, mit der das Gehirn meines Vaters arbeitet, besteht durchaus die Möglichkeit, dass das Kind längst zur Schule geht, bis er draufkommt.

»Essen Werwölfe Marmelade?«, fragt mein Vater überrascht.

Ich verdrehe die Augen. »Nein. Sie fressen Menschen.«

»Annabel auch. Glaubst du, sie versucht vielleicht, mich auszutricksen und mir so das Hirn zu zermatschen, dass ich mich versehentlich von ihr scheiden lasse?«

»Nein.« Himmel, ist das zäh. Wie kann ich es denn noch formulieren? »Was meinst du, hat Annabel nicht ein bisschen zugenommen?«

Mein Vater nickt wissend. »Das kommt von der vielen Erdbeermarmelade. Oder von den Menschen.«

Ich sehe ihn so eindringlich an, dass ich das Gefühl habe, gleich fallen mir die Augen raus. »Ja«, sage ich bedeutungsvoll. »Oder von Menschen.«

Mein Vater glotzt mich verständnislos an.

»Also«, fahre ich langsam fort, als würden sich die Puzzlestücke auch bei mir erst ganz allmählich an der richtigen Stelle einfinden. »Sie wird dicker. Sie isst Sachen, die sie eigentlich nicht mag. Sie ändert andauernd ihre Meinung. Sie weint pausenlos über unwichtige Sachen und brüllt rum und muss ständig Pipi.«

Ich zähle die einzelnen Punkte an den Fingern ab und halte sie ihm mehr oder weniger unter die Nase. Ausgeschlossen, dass er es jetzt nicht kapiert. Ausgeschlossen.

Komm schon, Dad. Kapier's endlich. Ich weiß nicht, ob mir sonst noch was einfällt.

Mein Vater nickt langsam, und auf seinem Gesicht macht sich ganz allmählich Begreifen breit (er hat einen roten und einen gelben Fleck im Mundwinkel, und ich muss mich arg zusammenreißen, um nicht ständig hinzusehen). »Mein Gott«, sagt er verdutzt. »Sie ... sie ...«

»Ja?«

»Sie ... hat eine Affäre mit einem Erdbeermarmeladenfabrikanten.«

»Komm schon«, fahre ich ihn an und stehe auf. Das ist doch wirklich lächerlich. Wie konnte ich mit ihm als Rollenvorbild nur zu einer so ausgeglichenen, vernünftigen Person heranwachsen? »Sie ist schwanger. Annabel ist *schwanger.*« Schweigen breitet sich aus, und mein Vater wird ganz blass. Huch. Ich wollte es ihm natürlich nicht so an den Kopf werfen. Er ist ziemlich alt. Über vierzig. Nicht dass er gleich einen Herzinfarkt kriegt.

»Sie … sie … das kann nicht sein«, stammelt er schließlich. »Das ist absolut unmöglich.«

»Kommt jetzt etwa der Teil, wo ich dich über die Vögel und die Bienen und die Tatsache aufklären muss, dass sie nichts damit zu tun haben?«

»Nein, ich meine, sie kann gar nicht schwanger sein. Die Ärzte haben immer gesagt, sie könnte keine Kinder bekommen. So gut wie absolut unmöglich. Wir haben es seit Jahren versucht.«

Okay. Uuh, das ist widerlich.

»Überflüssige Information«, unterbreche ich ihn. »Aber sie ist schwanger. Der sprichwörtliche Braten ist in der sprichwörtlichen Röhre.«

»Sie ist schwanger?«, wiederholt mein Vater. Er sieht aus, als würde er jeden Augenblick umkippen. Gut, dass er schon sitzt. »Ehrlich? Schwanger?«

»Ich war gerade bei ihr. Glaub mir: Sie ist schwanger.«

Das erstaunt meinen Vater komischerweise noch mehr. »Du warst bei ihr?«

»Ja. Sie ist nicht das Monster von Loch Ness, Dad. Sie ist in ihrem Büro und erledigt Schreibkram. Ich komme gerade von da.«

»Sie ist schwanger? Sie kriegt ein Kind?« Mein Vater sieht mich fragend an.

»Ja, sie kriegt ein Kind. Was soll sie denn sonst kriegen?«

»Vielleicht einen Miniwerwolf«, murmelt er, stützt den Kopf in die Hände und schweigt eine ganze Weile. »Das erklärt so manches«, murmelt er durch die Finger. »Nicht wahr? Ich bin ein Idiot, oder? Ein absoluter Idiot.«

Es hat keinen Sinn, lange um den heißen Brei herumzureden. »Ja.«

»Warum bin ich nur so ein Idiot, Harriet?«

»Ich weiß nicht, Dad. Liegt wahrscheinlich in der Familie.«

»Ich brauche sie. Ich muss ihr sofort sagen, dass ich sie brauche.«

»O nein.« Ich schüttle empört den Kopf. Wieso kapiert mein Vater das nicht? »Du musst ihr zeigen, dass du für sie da bist, wenn sie dich braucht.«

Und dann klappe ich überrascht den Mund zu.

Oh.

Oh. Hat Annabel das gemeint? Ist Nat deswegen so sauer auf mich?

Mein Vater sieht mich schockiert an. »Aha«, sagt er schließlich. »Seit wann bist du denn so klug, Fräuleinchen?«

Ich recke beleidigt die Nase in die Luft. »Ich war immer schon klug.«

»Nein, so klug nicht.« Mein Vater denkt ein paar Sekunden darüber nach, dann steht er auf und zieht in einer dramatischen Geste den Morgenmantel aus, wie ein Superheld, der sich verwandelt. Darunter trägt er Jeans, T-Shirt und Pullover.

»Hey!«, sage ich sauer. »Das ist mein Trick!«

»Wie gesagt, ich bin ein unorthodoxer Nonkonformist. Und du kommst ganz nach mir.« Mein Vater dehnt die Halsmuskeln. »Hol deinen Mantel, Harriet. Wir holen deine gar nicht so böse Stiefmutter nach Hause.«

61

Ich habe absolut keine Ahnung, wohin er will.

»Annabels Büro ist aber nicht in diese Richtung«, erkläre ich ihm, als mein Vater die Straße runterstapft und ich hinter ihm herlaufe. Ich habe ihn noch nie so entschlossen erlebt (außer beim Ostereierlauf, aber da gibt's am Ziel ja auch Schokolade).

»Sie ist nicht in ihrem Büro.«

»Doch, Dad. Schon vergessen? Ich war gerade bei ihr.«

Mein Vater schaut auf seine Uhr. »Nein, jetzt nicht mehr. Um sieben kommen die Putzfrauen, und Annabel hasst Staubsaugerlärm. Sie ist weg. Ich kenne meine Frau. Werwolf oder nicht.«

Er biegt noch einmal um die Ecke, und ich merke, dass ich immer ängstlicher werde (verstärkt durch die Tatsache, dass das Handy in meiner Tasche ununterbrochen vibriert). »Wir gehen shoppen?«, frage ich, als mein Vater abrupt rechts in einen Klamottenladen biegt. »Sie ist nicht shoppen. Warum sollte sie shoppen gehen?«

»Vertrau mir, Harriet.« Mein Vater schnappt sich einen Einkaufskorb und wirft ein grünes Kleid mit Blumenmuster hinein. »Das gehört alles zum Masterplan.« Besorgt betrachte ich die gelbe Rüschenbluse, die er obendrauf getan hat, gefolgt von einem pinkfarbenen Overall und einem paillettenbesetzten Bustier.

»Entschuldige, aber bist du Annabel schon mal begegnet?«, frage ich besorgt. »So was würde sie nie tragen. Es ist weder ein Kostüm noch ein Morgenmantel.«

»Es ist nicht für Annabel.«

Alarmiert betrachte ich die purpurroten Hotpants, die er gerade in die Hand genommen hat. »Sag jetzt nicht, die Klamotten sind für dich, Dad.«

Mein Vater lacht. »Sind sie nicht, Harriet.«

»Oder für mich«, sage ich streng, ohne die Hotpants aus dem Blick zu lassen.

»Auch nicht für dich, Harriet.« Mein Vater marschiert weiter in die Babyabteilung.

»Dem Baby passen die auch nicht.«

»Müssen sie ja auch nicht.« Mein Vater nimmt ein Paar Babysöckchen und wendet sich der Kasse zu. So langsam mache ich mir ernsthaft Sorgen. Wenn mein Vater das jetzt vermasselt, muss ich zu Annabel in ihr Büro ziehen. Ich kann nicht zulassen, dass sie mein neues Geschwisterchen allein aufzieht. Und außerdem mache ich mir Sorgen, wie viele Betten in den Schrank in ihrem Büro passen.

»Gut«, sagt mein Vater, als er alles bezahlt hat und ich mit besorgter Miene neben ihm herhüpfe. »Lass uns in den Park gehen.«

»Annabel ist im Park?«, schnaufe ich, als wir die Richtung zu dem Rasenfleckchen ungefähr fünfzig Meter weiter einschlagen. Es ist gar kein richtiger Park, denn es gibt weder Blumen noch Bäume, aber jetzt ist wahrscheinlich nicht der beste Zeitpunkt, dieses spezielle Haar zu spalten.

»Annabel? Im Park? Umgeben von Natur? Bist du dieser Frau schon mal begegnet?« Mein Vater reicht mir die Hotpants, steckt sich die Babysöckchen in die Tasche, wirft die restlichen nagelneuen Klamotten in den Dreck und trampelt und springt darauf herum. Nach zwei Minuten schaut er auf. »Das nennst du helfen?«, will er wissen. »Das sieht aber nicht danach aus, als würdest du mir helfen, Harriet.«

»Aber ...«

»Halt den Schnabel, Vögelchen, und trample auf der kurzen Hose herum, Mädchen. So fest du kannst.«

Obwohl ich ganz bestimmt kein Vogelnachwuchs bin, halte ich den Schnabel, werfe die frisch erstandenen Hotpants zu Boden und springe im Regen darauf herum wie Rumpelstilzchen, als er herausfindet, dass die Prinzessin ihn ausgetrickst hat. Als wir drei Minuten später innehalten und uns ansehen, sind wir außer Puste und nass bis auf die Knochen und von oben bis unten mit Matsch bespritzt. »Das müsste reichen«, sagt mein Vater mit einem Nicken, hebt die Sachen auf und steckt sie wieder in die Tüte.

»Aber wohin gehen wir ...«

»Du kapierst es gleich«, erklärt mein Vater in geheimnisvollem Tonfall. »Üb dich ein bisschen in Geduld, Schatz.«

Was – offen gestanden – aus seinem Mund ein starkes Stück ist.

Und dann macht er sich, eine Dreckspur hinter sich herschleifend, auf dem Heimweg.

Erst als mein Vater falsch abbiegt, kapiere ich endlich, wohin wir gehen. Und ich bin so schockiert, dass ich nichts anderes tun kann, als ganz still auf dem Gehweg stehen zu bleiben und ihn anzustarren.

»Wir gehen in den Waschsalon?«, bringe ich schließlich wie belämmert heraus.

»Ganz genau.«

»Aber ...« Das ergibt doch überhaupt keinen Sinn. Ich gehe dahin. Das ist mein Versteck. Was sollte Annabel denn im Waschsalon wollen?

»Da geht sie immer hin, wenn sie sich aufgeregt hat, Harriet. Weißt du das nicht mehr? Als du noch ganz klein warst, hat sie dich immer mitgenommen.«

Plötzlich steigt eine Erinnerung hoch – gestochen scharf und lebendig. Annabel und ich sind im Waschsalon – ich bin sechs Jahre alt – und lauschen den Waschmaschinen. Ich habe mich auf ihrem Schoß eingekuschelt, ich bin müde und schnuppere den Seifenduft und fühle mich absolut geborgen.

Da trifft es mich wie ein Schlag. Dass ich herkomme, ist weder Zufall noch wie durch Geisterhand noch beliebig. Ich komme nicht mal meinetwegen hierher. Ich komme her, wenn ich traurig oder verunsichert bin oder Angst habe, weil es mich – ohne dass es mir bewusst war – an Annabel erinnert und ich mich hier sicher fühle.

»Da ist sie«, sagt mein Vater, als wir uns dem Eingang nähern. Mein Herz setzt im übertragenen Sinne einen Schlag aus – und im wörtlichen Sinne vielleicht auch, so überrascht bin ich.

Denn Annabel schläft auf demselben Stuhl, auf dem ich vor ein paar Tagen eingenickt bin.

Und ihr Kopf lehnt am konkaven Glas desselben Trockners.

62

Mein Vater betrachtet mit dämlicher Miene die schlafende Annabel, und dann öffnet er so leise wie möglich die Tür.

»Annabel ...«, setze ich an und würde am liebsten wieder auf ihren Schoß klettern, doch mein Vater bedeutet mir, still zu sein. Noch hat sie die Augen nicht aufgeschlagen, und seine Geste heißt wohl, dass er das auch nicht möchte. Ich bin emotional ganz seiner Meinung.

Mein Vater nimmt die Tüte mit den nassen, schlammverdreckten Kleidern und entleert ihren Inhalt auf den Tisch. Dann öffnet er eine Waschmaschine und macht sich ganz langsam daran, die Sachen hineinzutun. Meine Tasche vibriert schon wieder – vermutlich klingelt mein Handy –, doch ich ignoriere es geflissentlich.

»Die Sache ist die, Harriet«, sagt mein Vater laut. »Ich habe ganz schönen Mist gebaut.« Ich sehe zu Annabel rüber, doch ihre Augen sind noch zu. »Siehst du diese Bluse, Harriet? Die habe ich völlig versaut. Sie war sehr schön, und jetzt ist sie es nicht mehr, und das ist meine Schuld.«

Ich schaue noch mal rüber zu Annabel. Sie rührt sich immer noch nicht, doch ein Auge hat sie ein wenig geöffnet.

»Und siehst du diesen Pullover?«, fährt mein Vater fort und hält einen grünen Pullover hoch. Ein großer Matschklumpen plumpst vom Ärmel zu Boden. »Er war schön, und jetzt ist er ruiniert.«

Er hat recht: Das Ding ist hin.

»Mhm«, sage ich und linse noch mal zu Annabel rüber. Ihre Miene verrät nicht das Geringste.

»Ich kann nicht anders«, fährt mein Vater fort, nimmt einen Rock und steckt ihn in die Waschmaschine. »Ich bin ein Idiot, und manchmal bekomme ich nicht mal mit, dass ich Dinge vermassle, bis sie so aussehen wie das hier.« Er hält zwei tropfende braune Socken hoch. »Und dann bin ich richtig sauer auf mich selbst, denn es war so ein tolles Paar …« Er unterbricht sich für ein paar Sekunden, und dann sagt er, nicht besonders feinsinnig: »Socken.«

Annabel hat jetzt beide Augen aufgeschlagen und sieht schweigend zu, wie mein Vater die Waschmaschine vollstopft. Mein Vater weicht ihrem Blick aus und tut so, als würde er sie nicht bemerken. »Und es ist so traurig«, sagt er und nimmt ein Paar Handschuhe, »denn sie waren so ein tolles Paar.« Er unterbricht sich wieder. »… Handschuhe. Was meinst du, Harriet?«

Ich räuspere mich. »Ich glaube, ich habe es auch vermasselt«, sage ich, hole die Hotpants raus und halte sie hoch. »Und es tut mir leid, denn ich liebe sie sehr.«

Ich liebe sie natürlich nicht, nur um das deutlich zu sagen. Ich liebe die Hotpants nicht. Aber ich liebe Annabel, und dafür stehen die Hotpants.

Wenigstens glaube ich das. Bei so vielen Analogien wird mir ganz wirr im Kopf.

»Genau.« Mein Vater füllt weiter die Waschmaschine. »Und man sollte sich immer um das kümmern, was einem lieb und teuer ist, und dafür sorgen, dass ihm nichts zustößt.« Er unterbricht sich. »Und nicht im Dreck darauf herumspringen.« Er überlegt kurz, macht dann eine große schwungvolle Geste mit der Hand und tritt mitten in den Salon.

»Du bist zu weit gegangen«, flüstere ich ihm zu. »Schalt noch mal einen Gang runter.«

»Tut mir leid«, flüstert er zurück und fährt, indem er die Hände zusammenlegt, laut fort: »Aber vielleicht ist es noch nicht zu spät. Vielleicht können wir alles bereinigen.«

»Vielleicht«, sage ich mit einem Blick auf Annabel und gehe zu ihm in die Mitte des Raums, um ihn zu unterstützen.

»Ich hoffe es. Und ich werde alles tun, um es zu richten. Denn die hier will ich wirklich nicht auch noch vermasseln.« Damit zieht er die sauberen Babysöckchen aus der Tasche und lässt sie in der Luft baumeln.

Und dann – ich nehme an, es ist die letzte Szene des letzten Akts – steckt er das letzte Kleidungsstück in die Waschmaschine, schließt die Tür und steht da wie ein Blödmann: Hält die Babysöckchen in die Luft, sieht Annabel an und macht dabei ein Gesicht wie Hugo, wenn er auf den Teppich gepinkelt hat.

Schweigen macht sich breit. Ein langes, ausgedehntes Schweigen, unterbrochen nur von dem tröstlichen Brummen eines Trockners.

Schließlich setzt Annabel sich auf und reibt sich die Augen.

»Weißt du, wie man die Dinge bereinigt?«, fragt sie gähnend.

»Wie?«, hakt mein Vater eifrig nach und macht tropfend ein paar aufgeregte Schritte auf sie zu.

»Indem man die Waschmaschine einschaltet.« Annabel richtet ostentativ den Blick darauf. »Dann werden die Sachen sauber.«

»Oh.«

»Und weißt du, wie man die Sachen noch bereinigt?«

»Noch mal ›Tut mir leid‹ sagen?«

»Mit Waschpulver.«

Mein Vater und ich glotzen auf die Waschmaschine. Annabel hat recht: Wir haben die ganzen Sachen da reingestopft und sich selbst überlassen. Vermutlich sollen sie sich selbst reinigen.

»Warte mal eine Sekunde«, sagt mein Vater in entsetztem Tonfall. »Muss ich die Sachen wirklich waschen? Ich meine, richtig waschen?«

Annabel richtet den Blick zur Decke. »Ja, Richard. Du musst sie richtig waschen. Sie sind voll Dreck und tropfnass.«

»Aber sie waren doch nur als Metapher gedacht«, erklärt mein Vater. »Sie sollen unsere Beziehung symbolisieren, Annabel. Soll ich jetzt die Metapher waschen?«

»Ja, du musst die Metapher waschen. Du kannst sie nicht einfach so in der Waschmaschine lassen. Es ist eine öffentliche Waschmaschine.«

»Kann ich die Sachen rausholen und wegwerfen?«

»Nein. Wir waschen sie und bringen sie in einen Wohltätigkeitsladen.«

Mein Vater ist ein paar Sekunden wie vor den Kopf geschlagen, doch dann fängt er sich wieder. »Aber hast du mir verziehen? Das ist doch die Hauptsache. Nimmst du mich zurück, mit all meinen liebenswerten Marotten und charmanten Eigenarten?« Er denkt nach. »Und sympathischen Spleens?«, fügt er mit großen, runden Augen hinzu.

Um Annabels Mund zuckt es, aber ich glaube, mein Vater kriegt es gar nicht mit. Er sieht richtig verängstigt aus, obwohl das zum Teil auch daran liegen kann, dass er die größte Abneigung dagegen hat, die Wäsche zu machen. »Das diskutieren wir, während du die Wäsche wäschst. Und trocknest. Das dauert mindestens zwei Stunden.«

»Muss ich sie hinterher auch falten?«

»Ja, musst du.«

Mein Vater richtet seufzend den Blick auf die Waschmaschine. »Das ist wohl die passende Strafe«, sagt er in demütigem Tonfall. »Ich bin bereit, die Konsequenzen meiner Handlungen zu tragen.«

»O nein«, sagt Annabel und zwinkert mir zu, sodass mein Vater es nicht sehen kann. »Das ist nicht die Strafe, Richard. Das ist nur die Metapher für die Strafe.«

Mein Vater erschrickt, und dann seufzt er und nimmt ihre Hände. »Egal, was du mir antust«, sagt er und gleitet mühelos wieder in den Seifenoper-Modus, »egal, wie viel Mühe du dir gibst, egal, wie weit du gehst, Annabel, ich werde immer froh sein, dass ich wusste, wo ich dich finde.«

»Ich auch«, sagt Annabel, und dann schnippt sie seine Nase fest mit Daumen und Mittelfinger.

»Autsch. Wofür war das?«

»Dafür, dass du so ein Idiot warst.«

Sie sehen einander an, und sie kommunizieren stumm miteinander, und ich kriege nicht so richtig mit, was.

Was gut ist, denn ich soll es vermutlich auch nicht mitkriegen.

»Ein Hoch auf das Medizinische-Wunder-Baby?«, sagt mein Vater schließlich, hält die Hand hoch und grinst sie an. Annabel beißt sich auf die Unterlippe, lacht und schlägt zwei Mal ab.

»Ein doppeltes Hoch«, korrigiert sie ihn. »Obwohl wir noch nach einem netteren Namen suchen müssen.«

Was wohl bedeutet, dass Annabel wieder nach Hause kommt.

63

Also, ich will ja nicht selbstgefällig klingen oder so, aber keinen Plan zu haben, scheint wunderbar zu funktionieren. Ja, man könnte sogar sagen, der Plan, keinen Plan zu haben – denn so denke ich jetzt darüber –, funktioniert prima. Ich habe meinen Dad und Annabel quasi mit links wieder zusammengebracht und sie im Waschsalon zurückgelassen.

Die Nächste auf meinem Nicht-Plan-Plan ist Nat.

Mein Handy klingelt schon wieder.

»Pamplemousse?«, sagt Wilbur, kaum gehe ich ran. Die letzten vier Stunden hat es im Drei-Minuten-Takt in meiner Tasche vibriert, ich kann es nicht länger ignorieren. Zwischen cool zu bleiben und rundweg unhöflich zu sein, verläuft ein sehr schmaler Grat, und ich glaube, mehr als vier Stunden wären doch übertrieben. »Bist du das, meine kleine Pamplemousse?«

»Ja, Wilbur.«

»Oh, heiliges Äffchen sei Dank. Wo warst du?«

»Im Waschsalon.«

»Ich fürchte, du musst deine Prioritäten neu setzen, meine kleine Marone. Aber wenn saubere Klamotten wichtig für dich sind, um ein Star zu sein, wie könnte ich dir da widersprechen?«

Ich seufze. Bei aller Mühe könnte ich mich im Augenblick nicht weniger fühlen wie ein Star. Ich bin voller Schlammspritzer und rieche leicht nach Waschpulver und Socken. »Wollten Sie etwas Bestimmtes, Wilbur?«

»Bananenmuffin, ich muss mit dir über eine Gelegenheit reden, die sich ergeben hat, aber sie müssen dich morgen …«

»Ich kann nicht.« Ich schaue auf meine Uhr und gehe sofort schneller: Ich muss mich jetzt wirklich beeilen, sonst verlässt das Glück mich noch. Stirnrunzelnd überlege ich einen Augenblick, und dann bücke ich mich, denn mir ist tatsächlich eine Idee gekommen, und drücke auf den Knopf seitlich an den Turnschuhen, um die kleinen eingebauten Rollen auszufahren.

Nein, ich bin nicht zu alt, um diese Dinger zu tragen. Da kann Nat sagen, was sie will. Nur falls ihr euch wundert.

Ich meine, wieso würden sie sie dann in meiner Größe herstellen? Genau.

Egal.

»Doch, du kannst«, protestiert Wilbur.

»Nein«, wiederhole ich und rolle übers Pflaster. »Was auch immer es ist, ich kann nicht, Wilbur.«

»Aber du verstehst d…«

»Ich verstehe das sehr wohl. Es ist bestimmt toll, es ist mit Sicherheit umwerfend, und ganz bestimmt wünschten sich sämtliche Mädchen auf der Welt eine solche Chance.« Geschickt springe ich über einen doppelten Gully. »Aber ich nicht, okay? Ich bin das nicht, Wilbur. Ich bin nichts von alldem. Ich bin nicht der Schwan. Ich bin das hässliche Entlein. Nein, ich bin die Ente. Alle haben sich getäuscht. Ich habe mich getäuscht. Ich will nur, dass die Dinge wieder so sind, wie sie waren, bevor ich Ihnen begegnet bin.«

Wilbur lacht. »Du bringst mich wirklich zum Lachen, meine kleine Puddingschnecke«, meint er kichernd. »Als würde das eine Rolle spielen!«

Ich bin so damit beschäftigt auszurechnen, ob ich schneller ans Ziel komme, wenn ich laufe statt skate, auch wenn ich dann in ein paar Minuten wieder stehen bleiben muss – Durchschnittsgeschwindigkeit versus momentane Geschwindigkeit –, dass ich ihm kaum zuhöre.

»Eine Rolle?«, sage ich zerstreut und hüpfe über einen Riss im Pflaster.

»Katzenöhrchen, es spielt keine Rolle, ob du einen Fehler gemacht hast. Du bist unter Vertrag.«

Ich drücke den Stopper an der Fußspitze aufs Pflaster und bleibe mitten auf der Straße abrupt stehen. Die Rollen drehen sich noch surrend. »Ich bin was?«

»Unter Vertrag, Böhnchen. Du weißt doch, die ganzen Papiere, die du unterschrieben hast? So was nennt man bei den Juristen Verträge. Im Klartext: Du gehörst Yuka. Muckelchen, wenn sie es will, dann musst du es machen. Sonst verklagt sie dich. Vertrau mir. Damit hat sie gar kein Problem.«

Mein Magen krampft wie wild. Wieso will mich eigentlich dauernd irgendeiner verklagen?

»Vertrag?«, wiederhole ich schließlich ungläubig. War ich so geblendet durch die bevorstehende aufregende Verwandlung, dass ich einen Vertrag unterschrieben habe, ohne ihn vorher durchzulesen? Ohne mir Notizen dazu zu machen? Ohne das Kleingedruckte Wort für Wort durchzulesen und im juristischen Wörterbuch nachzuschlagen? Ich meine: Mein Vater, klar. Mein Vater würde für ein rosafarbenes Marshmallow glatt seine Seele verkaufen. Aber ich?

Wer war ich diese Woche?

»Ich weiß. Ist Vertrag nicht das unlustigste Wort der ganzen Welt? Annabel war stocksauer, dass du unterzeichnet hast, aber Vertrag ist Vertrag. Es war nur die Unterschrift eines Erziehungsberechtigten notwendig, mein kleiner Brummkreisel. Ich rufe dich später an und gebe dir die Einzelheiten für morgen durch, okay? Wenigstens wirst du hübsch sauber und wohlduftend sein. Tschüssilein, Bella.«

Verlegen murmle ich noch ein paar Worte, verabschiede mich und lege auf. Nicht zu fassen, dass ich schon wieder Probleme mit dem Gesetz habe. Zum zweiten Mal in einer Woche.

Färben neun Jahre mit einer Anwältin als Stiefmutter denn gar nicht ab?

Doch darüber kann ich jetzt nicht weiter nachdenken. Das muss warten. Jetzt muss ich wo hin, und das ist viel wichtiger.

Ich drücke den Knopf an meinen Schuhen, um die Rollen wieder zu versenken, und laufe los.

64

Seltsamer Gedanke, dass ich nur zwei Tage weg war, denn alles kommt mir ganz anders vor.

Es sieht sogar anders aus. Alles ist von einem grünen Licht erleuchtet, und auf dem Boden neben dem Eingang liegt eine kleine rote Thermosflasche. Aus einem Dynamoradio dringt irgendwo im Hintergrund leise *Schwanensee* von Tschaikowsky an mein Ohr. Dessen Premiere – und das ist wohl ein Beweis dafür, dass das Universum seltsame und wunderbare Wege geht – hat am Bolschoi-Theater in Russland stattgefunden. Alles findet wie bei einem verzauberten Puzzle an seinen Ort.

Oder bei einem ganz normalen Puzzle voller wunderbarer Zufälle.

»Toby?«, sage ich und krieche in den Strauch vor unserem Haus.

Genau wie ich vermutet hatte, hockt Toby darin und liest in einem zerfledderten Exemplar von *Don Juan*. Er schaut auf, schnieft und richtet die grüne Taschenlampe in seiner Hand direkt in mein Gesicht – wie eine Art Halloween-Gestapo. »Harriet!«, sagt er erstaunt. »Himmel! Was für eine Überraschung! Ich habe frühestens ...«, er drückt auf das rote Lämpchen an seiner Uhr, »in achtundzwanzig Minuten mit dir gerechnet. Hast du die Wäsche nicht gemacht bekommen? Oder habe ich die Trocknerzeit falsch berechnet?«

Okay, Toby ist ein weitaus besserer Stalker, als ich je gedacht hätte.

»Ist dir nicht kalt?«, frage ich und hocke mich neben ihn.

»Kein bisschen. Diese Thermoskanne verhindert, dass die vibrierenden Moleküle meiner Suppe Energie verlieren, deswegen ist sie immer noch lecker und warm.« Toby schnieft noch einmal. »Allerdings könnte ich wohl eine Thermoskanne für meine Nase brauchen, denn die ist verdächtig kalt und fällt womöglich jeden Augenblick ab, falls das möglich ist.«

Ich lache. »Ich glaube nicht. Nicht bei diesen Temperaturen.«

»Da bin ich aber froh.« Toby sieht sich verlegen in dem Strauch um. »Wenn ich gewusst hätte, dass du kommst, hätte ich sauber gemacht. Ehrlich, es sieht nicht immer so aus.«

»Kein Problem. Ist es nicht eh unser Strauch?«

»Dann bin ich wohl euer Untermieter.« Toby dreht am Lautstärkeregler seines Radios, das jetzt Vivaldi spielt. »Ich mach's ein bisschen leiser, damit ich die Nachbarn nicht störe.«

»Ich bin deine Nachbarin, Toby.« Ich lache noch einmal und mache es mir auf der Decke bequem. Auf dem Weg hierher habe ich die ganze Zeit beim Laufen und Skaten gewusst, dass ich ihn etwas fragen muss – etwas Wichtiges –, auch wenn ich nicht wusste, was.

Doch plötzlich weiß ich es.

Ich betrachte Tobys Skelett-Handschuhe und die Mütze mit den kleinen Bärenohren, die Turnschuhe mit den Schnürsenkeln, die aussehen wie Klaviertasten, und das zerfledderte Exemplar eines Buches, das er nie wird lesen müssen, nicht mal für die Universität. Ich betrachte seine Thermoskanne und seine Decke und sein Gesicht mit der leicht glänzenden, tropfenden, feuchten Nase. Seine naive, offenkundige Freude darüber, dass ich hier bin. Und dann atme ich tief durch.

»Toby«, sage ich, »kann ich dich was fragen?«

»Klar.« Toby überlegt. »War's das schon? War das schon die Frage?«

»Nein.«

»Dann schieß los.«

»Okay.« Ich schließe die Augen, lasse mir die Frage ein paarmal auf der Zunge zergehen, hole tief Luft und spucke sie aus. »Toby, kommst du dir manchmal vor wie ein Eisbär, der sich im Regenwald verirrt hat?«

Toby kneift nachdenklich die Augen zusammen. »Was für ein Regenwald?«

Schweigen. »Spielt das eine Rolle?«

»Absolut, Harriet. Regenwälder haben ganz unterschiedliche Vegetationen. Und das kann sich dramatisch darauf auswirken, ob man je gefunden wird. Einige haben eine erheblich dichtere Krautschicht als andere, und dann kann man nur mit den Pfoten nach den Pflanzen schlagen.« Toby wedelt mit den Händen vor seinem Gesicht herum, um es zu illustrieren.

Wieder breitet sich Schweigen aus, während ich ihn ansehe. »Das ist eine Metapher, Toby. Meine Frage war metaphorisch gemeint.«

»Richtig. Verstehe.« Toby denkt ein paar Minuten darüber nach. »In dem Fall lautet die Antwort: Klar, Harriet.«

Mein Magen schlägt Purzelbäume. Er weiß, wie es ist? »Und … hast du manchmal das Gefühl, als ob«, ich halte inne und suche nach der richtigen Formulierung, »… als ob es völlig egal ist, was wir tun? Denn wir sind aus dem falschen Stoff gemacht und jeder kann es sehen?«

Toby nickt. »Und wir würden am liebsten zurückgehen …«

»… irgendwohin, wo Schnee liegt, wo die anderen Eisbären sein müssen …«

»… aber wir wissen nicht, wie …«

»… und so laufen wir ganz allein durch die Gegend.«

Toby und ich sehen einander ein paar Sekunden lang an. Ich zittere am ganzen Leib.

Nicht vor romantischen Gefühlen. Nur damit das klar ist. Es ist kein romantisches Zittern. Wie um das zu unterstreichen, löst sich just in diesem Augenblick ein Tropfen von Tobys Nase und landet auf seinem Schal.

Trotzdem zittere ich am ganzen Leib. Er versteht es. Ich habe gewusst, dass es richtig war, zuerst herzukommen.

»Und was machen wir jetzt?«, platze ich schließlich heraus. Ich bin so aufgeregt, dass ich die Worte kaum über die Lippen bringe. »Welche Richtung schlagen wir ein? Wie kommen wir da raus, Toby?«

Vielleicht gibt es eine Karte, von der ich nichts weiß. Oder – wenigstens – ein Schild. So was wie einen Kompass.

Toby verzieht das Gesicht, zuckt die Achseln und wischt sich mit dem Finger die Nase ab. »Eisbären sind Furcht einflößend.« Er wischt sich den Finger am Mantel ab. »Sie sind die größten Raubtiere der Welt, und hast du gewusst, dass ihre Haut in Wirklichkeit schwarz ist und ihr Fell durchsichtig, aber weiß aussieht, weil es das Licht reflektiert?«

Ich starre ihn an, und der Magen rutscht mir in die Knie. So nah und doch so fern. »Metaphorisch, Toby.« Ich seufze. »Wir reden immer noch über metaphorische Eisbären.«

»Ich weiß. Das will ich damit ja sagen. Wir sind Furcht einflößend, Harriet.«

»Aber …«

Toby nimmt die Thermosflasche und schraubt den Deckel ab. »Keine Sorge, Harriet, wir müssen nicht hungern, wenn du dir darum Sorgen machst. Wir haben große Tatzen, ich glaube, wir können einfach tropische Fische aus den Flüssen fangen. Und da wir genetisch mit den europäischen Braunbären verwandt sind, können wir mit ein bisschen Üben bestimmt auch auf Bäume klettern. Auch auf ganz hohe.«

»Aber …« Ich halte inne. Er hat recht: Wir werden nicht verhungern. Das ist doch schon ein Trost. »Wir passen trotzdem nicht dazu, Toby. Stört dich das gar nicht? Kein bisschen?«

»Nein.« Toby trinkt einen Schluck Suppe.

Ich fange an zu stottern. Toby weiß Bescheid, aber es stört ihn nicht? »Aber was ist mit den anderen?«, murmle ich verwirrt, fast wie zu mir selbst. »Die anderen … die Frösche, die Papageien, die … die Tiger, die fliegenden Eichhörnchen … Was ist mit denen? Sie wissen es, sie sehen es, sie wollen nichts mit uns zu tun haben, sie lachen über uns …«

»Aber die meisten werden gefressen, Harriet. Wir haben alle unsere Vor- und Nachteile. Der Regenwald ist eine extrem raue Lebenswelt, die jeden Tag weiter schrumpft. Genau wie die Eiskappen. Das ist ein viel wichtigeres Thema.«

»Aber …«

Toby schraubt den Deckel wieder auf seine Thermosflasche und zieht die Decke glatt. »Hab einfach Spaß daran, ein Eisbär zu sein. Freu dich über unsere großen Tatzen.« Er krümmt die Hände zu Tatzen und wedelt wieder damit vor dem Gesicht herum. »Außerdem«, fügt er hinzu, »sind wir trügerisch weich und knuffig.«

Ich starre ihn an, viel zu perplex, um noch ein Wort herauszubringen. Wo kommt diese … diese Weisheit her? Wer ist der Junge, neben dem ich hier sitze? Plötzlich kommt mir Toby, der mit übereinandergeschlagenen Beinen dahockt und in das grüne Licht seiner Taschenlampe getaucht ist, vor wie von einem anderen Stern. Geheimnisvoll. Weise.

Fast wie ... Yoda.

Und dann popelt er mit dem Finger in der Nase und ist wieder ganz der alte Toby.

Ein paar Minuten sitzen wir schweigend da: Toby, der an den Kanälen des Radios dreht, und ich, die fahrig an einem Blatt zupft. Es gibt so vieles, worüber ich nachdenken muss, und doch muss ich – irgendwie – gar nicht mehr darüber nachdenken. Es scheint mir jetzt alles ganz klar zu sein. Ich räuspere mich und krieche unter dem Strauch raus. Ich glaube, ich weiß endlich, was ich machen muss. »Okay«, sage ich in möglichst autoritärem Tonfall über die Schulter zu Toby. »Du kommst mit.«

Toby sieht mich mit großen Augen verzückt an. »Ehrlich? Mit dir? Wann?«

»Jetzt. Nimm die grüne Taschenlampe mit, Toby.«

Denn bei dem, was ich jetzt vorhabe, brauche ich, glaube ich, jede Unterstützung, die ich kriegen kann.

65

Ich würde gern berichten, unsere nun folgende kleine Reise sei eine bedeutsame Reise, voller Abenteuer und Erleuchtung und Selbsterkenntnis gewesen. Das wäre schön, nicht wahr?

»Bist du dir sicher, dass ich nicht zehn Schritte hinter dir gehen soll?«, fragt Toby bestürzt, als wir über den Gehweg eilen. »Würdest du dich dann nicht wohler fühlen?«

»Toby, wann fühlt sich je einer wohler, wenn ein anderer zehn Schritte hinter ihm hergeht?«

»Kommt darauf an, ob er ihn sieht oder nicht. Obwohl, ich muss sagen, dass es gar nicht so leicht ist, zehn Schritte abzumessen, weißt du. Normalerweise müsste man dazu nach vorn laufen und dann zehn Schritte rückwärtsgehen, und das geht nicht so unauffällig, wie du vielleicht denkst.«

Ich beschließe, gar nicht weiter darüber nachzudenken, auch wenn es erklärt, was er letztes Jahr an Weihnachten gemacht hat. »Geh einfach neben mir, Toby. Wie ein Nicht-Stalker.«

»Menschenskind.« Toby ist ganz aus dem Häuschen. »Das ist ein kleiner Traditionsbruch, muss ich sagen. Wenn du es dir anders überlegst, Harriet, dann sag's nur, und ich versteck mich hinter einem Baum und tue so, als würde ich Zeitung lesen oder nachsehen, ob der Holzwurm drin ist, okay?«

»Okay.« Ich lächle ihn an. Ehrlich, warum war ich eigentlich immer so gemein zu Toby? Er wollte doch nur einen anderen Eisbären zum Spielen. Ist das so verwunderlich?

»Und würde es dir viel ausmachen, wenn ich deine Hand halten wollte?«, fügt er hinzu und macht einen Hüpfer. »Nur ganz kurz? An diesem wunderschönen Wintertag?«

Also, so leid tut er mir nun auch wieder nicht.

»Ja«, fahre ich auf und schiebe die Hände in die Taschen, »das würde mir allerdings etwas ausmachen.«

Toby kramt in seinem Rucksack herum. »Ich notiere es mir«, erklärt er mir ernst. »Damit ich denselben Fehler nicht noch mal mache.« Er kritzelt etwas in sein Notizbuch. »Vielleicht in sechs Monaten?«

Ich denke an Nicks Hand. Die Hand, die ich nie wieder halten werde. Warum folgt er mir nicht und glotzt mich so an?

Mein Magen macht einen kleinen Überschlag.

»Nein«, sage ich so freundlich wie möglich. »Tut mir leid, Toby.«

»Kein Problem«, erwidert Toby fröhlich, macht sich noch eine Notiz und steckt das Buch weg. »Dann in sieben.«

Nats Haus kommt mir heute riesig vor, obwohl ich mir ziemlich sicher bin, dass es seit dem letzten Mal nicht größer geworden ist. Das sind nur meine Schuldgefühle, die es über mir aufragen lassen wie in einem Film von Tim Burton.

»Tritt zurück«, erkläre ich Toby leise, als wir uns mal wieder ihrer Haustür nähern. »Nat ist im Augenblick nicht gut auf mich zu sprechen. Und so ähnlich wie eine Camponotus saundersi ...«

»Besser bekannt als malaysische Ameise«, unterbricht Toby mich.

»Genau. Also, es besteht die Gefahr, dass ihr Kopf explodiert, wenn wir in ihre Nähe kommen.«

Toby tritt gehorsam ein paar Meter zurück, und die Tür geht auf. Victoria blinzelt bei unserem Anblick ein paar Mal. Heute ist sie ganz pink: pinkfarbener Morgenmantel, pinkfarbenes Handtuch um den Kopf, pinkfarbene Gesichtsmaske. Sie hat sogar eine pinkfarbene Augenmaske nach oben geschoben, wie eine aufblasbare Brille.

»Harriet!«, sagt sie erfreut. »Kommst du wieder mit Geschenken? Ich habe die Schokolade aufgegessen, und an dem, was ich von den pinkfarbenen Rosen, die in der Einfahrt verstreut waren, retten konnte, hatte ich sehr viel Freude. Obwohl die Teile mit den Bissspuren natürlich in den Müll gewandert sind.«

Mist. Ich wusste doch, dass Nat Lilien lieber mag.

»Ist Nat zu Hause, Victoria?«

»Hockt, glaube ich, immer noch in irgendeiner Ecke und schmollt, ja.« Victoria schaut an mir vorbei und winkt. »Und das ist wohl dein kleiner Stalker Toby. Ich erinnere mich an dich von einem Schulfest vor ein paar Jahren. Weißt du noch? Du bist mit einem Fernglas auf dem Bauch um den Tisch mit der Tombolatrommel rumgekrochen.«

Toby tritt strahlend vor. »Ja, das war ich«, sagt er und wirft sich stolz in die Brust. »Obwohl ich sagen muss, dass ich inzwischen mächtig an meinen Schleich-hinter-Harriet-her-Künsten gearbeitet habe. Es ist sehr nett, Sie richtig kennenzulernen, Mrs Nats Mom.«

»Ja.« Victoria lächelt ihn an, und dann lächelt sie mich an und dann wieder Toby. Und dann – nicht zu fassen – zwinkert sie mir zu.

Sie zwinkert ja wohl hoffentlich nicht aus dem Grund, aus dem ich glaube, dass sie zwinkert.

Uuh.

»Ähm.« Victoria räuspert sich und holt ein kleines Mikrofon aus der Tasche. »Entschuldigt mich bitte«, erklärt sie uns, »aber wenn ich dauernd durchs ganze Haus brüllen muss, bekomme ich nur überflüssige Falten auf der Stirn. Also habe ich in eine Alternative investiert.« Und dann drückt sie auf den kleinen roten Knopf an der Seite. »Natalie?«, sagt sie ins Mikrofon, und irgendwo in der Ferne hallt ihre Stimme durchs Treppenhaus. »Du hast Besuch.«

Nichts.

Victoria verdreht die Augen und fummelt am Lautstärkeregler herum. Ein lautes Pfeifen schießt durch das Haus, und sie hält die Hand über das Mikrofon. »Es ist mit einem Lautsprecher vor ihrem Zimmer verbunden«, flüstert sie verschwörerisch. »Aber ich habe auch noch einen unter ihrem Bett versteckt, den sie noch nicht gefunden hat. Natalie? Natalie?« Victoria lauscht ein paar Sekunden, seufzt und hebt das Mikrofon wieder hoch. »Zwing mich nicht, es auf zehn zu drehen, junge Dame.«

»Ist ja gut, ist ja gut«, höre ich Nat rufen, und da kommt sie auch schon die Treppe runtergepoltert.

Victoria schaltet das Mikrofon aus, zwinkert Toby und mir noch einmal zu, zieht sich ins Wohnzimmer zurück und schließt die Tür.

Und überlässt uns Nat.

Nats Gesicht nach zu urteilen, wird sie die explodierenden malaysischen Ameisen locker in den Schatten stellen.

66

Und?«, meint Nat nach ein paar Sekunden. »Ich muss mich wundern, dass du schon wieder hier bist, Harriet. Ich dachte, du hättest alle Hände voll damit zu tun, für *Ein Sommernachtstraum* vorzusprechen.«

Ich blinzle ein paar Mal verwundert. »Nein.«

»Ehrlich nicht? Ich hab nämlich gehört, die suchen einen Esel.«

Oh.

Warum fallen mir solche fiesen Sticheleien eigentlich nicht ein, wenn ich sie brauchen könnte? Setzt sie sich hin und überlegt sie sich vorher, oder plumpsen sie ihr einfach fertig aus dem Mund?

Wenn sie je wieder freundlich mit mir redet, muss ich sie das unbedingt fragen.

Toby hält den Kopf sehr hoch und sieht Nat direkt in die Augen. »Natalie Grey«, sagt er in strengem Tonfall, »Harriet ist in großer und ruhmreicher Würde hergekommen – und, wenn ich das hinzufügen darf, faszinierender Schönheit –, um sich bei dir zu entschuldigen. Das Mindeste, was du tun könntest, ist, dich anständig zu benehmen und ihr höflich zuzuhören. Sonst bist du nichts als ein … ein … ein …« Verzweifelt sieht er sich nach etwas um, womit er sie beschimpfen kann. Sein Blick fällt auf den Boden neben der Haustür. »… ein Blumentopfkopf«, beendet er seinen Satz triumphierend. »Voll Lavendel.«

Hm. Sieht ganz so aus, als hätte Toby dasselbe Problem wie ich. Nat zieht ungerührt eine Augenbraue hoch.

»Ich bin nicht hier, um mich noch einmal zu entschuldigen«, sage ich schnell.

»Was willst du denn dann? Mir noch mehr sinnlose Geschenke bringen, die ich genüsslich in Stücke reißen kann?«

»Nein. Ich will, dass du mitkommst.« Ich beiße mir auf die Lippe. »Und ... Toby.« Toby ist ganz aufgeregt, was sich allerdings ändern könnte, wenn er erfährt, wohin wir gehen.

Nat ist so schockiert, dass sie ein paar Sekunden schweigt. »Und warum sollte ich das tun?«

»Weil so keiner von uns glücklich ist.«

»Hm«, meint Nat. »Also, ohne dich zu sein, ist äußerst befreiend, Harriet. Ich habe ja nicht geahnt, wie viel Zeit ich habe, wenn ich mir keine Dokumentarfilme über die Wanderungen der Buckelwale ansehen muss.«

Okay, der Schlag sitzt tief. Dabei hatte der Dokumentarfilm über die Buckelwale ihr gefallen. Sie hat gesagt, sie wären spritzig.

»Bitte, Nat! Gib mir zwanzig Minuten. Wenn du mich danach immer noch hasst, kannst du dich den Rest des Abends damit vergnügen, mein Gesicht aus sämtlichen Fotos rauszuschneiden.«

»Woher willst du wissen, dass ich das nicht längst gemacht habe?«

Stur starren wir einander ein paar Sekunden lang an. Keine möchte klein beigeben.

Toby räuspert sich. »Falls du die ausgeschnittenen Harriet-Köpfe loswerden willst«, wirft er ein, »die nehme ich dir gern ab.«

Wir wenden uns ihm beide zu, um ihn anzustarren, doch zum Glück werden wir von der unsichtbaren Victoria unterbrochen, die auf das Mikrofon klopft. »Ähm«, sagt sie wie die körperlose Stimme eines Geistes oder einer uralten Göttin. »Du gehst mit, Natalie.«

»Was?«, sagt Nat in die dünne Luft. »Nein.«

»Ich erlaube nicht, dass du den Rest der Woche mit einem Gesicht wie sieben Tage Regenwetter durchs Haus stapfst. Meine Schönheitskuren wirken nicht, wenn du schmollst. Du gehst mit.«

»Aber ich hab keine ...«

»Du gehst.«

»Nein.«

»Gut.« Die Göttin räuspert sich. »Es steht auf sechs, Natalie.« Ein Pfeifen erfüllt das Haus.

»Mom!«

»Sieben.« Das Pfeifen wird lauter.

Nat beißt sich auf die Unterlippe. »Mir doch egal.«

»Acht. Bei acht, Natalie, fangen deine Ohren an wehzutun.« Nat schlägt sich die Hände vors Gesicht. »Bitte, Mom ...«

»Neun. Das klingelt dir den Rest des Tages in den Ohren. Zwing mich nicht, auf zehn zu drehen. Ich tu's. Ich dreh's auf zehn. Und dann stelle ich auch noch einen Lautsprecher ins Bad, damit ich an dir rumnörgeln kann, wenn du in der Wanne liegst.«

»Okay!«, schreit Nat, wirft einen zornigen Blick nach hinten, schnappt sich ihre Handtasche und steigt in ein Paar Schuhe, die neben der Tür stehen. »Okay, alle miteinander. Okay. Zufrieden? Ich gehe mit.«

Nat stolziert durch die Tür und schlägt sie hinter sich zu.

Doch vorher hören wir noch ein leises, körperloses Lachen.

Ich gehe voran.

Ich muss, schließlich wissen die anderen nicht, wohin wir wollen. Ich bin als Einzige im Besitz des magischen Wissens, und das verdanke ich einer Party vor acht Jahren, die Nat verpasst hat, weil sie die Mandeln rausgeholt bekam. Dank des darauf folgenden Horrors war es allerdings auch die erste und letzte Party, auf der ich je war.

Wenn ich ehrlich bin, bin ich nicht gerade mit Einladungen überhäuft worden.

»Gut«, sage ich nervös, als wir an ein großes Tor kommen und ich den Riegel öffne. »Überlasst das Reden mir.«

»Harriet«, sagt Nat sauer, als wir den Gartenweg hochgehen. »Erstens, wo sind wir? Und zweitens, wann übernimmst du je nicht das Reden?«

Okay, ich weiß, dass ich Frieden mit ihr schließen soll, aber mit solchen Bemerkungen macht sie es mir richtig schwer.

Ich recke die Nase in die Luft. »Du glaubst, ich wüsste nicht, was Freundschaft ist, Nat«, sage ich, hebe den Türklopfer an und lasse ihn geräuschvoll fallen. »Aber da täuschst du dich. Das weiß ich sehr wohl. Und ich weiß auch, wie man ehrlich ist.« Ich klopfe noch einmal. »Ich habe es nur für ein Weilchen vergessen, das ist alles. Und jetzt werde ich es dir beweisen.«

Langsam geht mit einem ominösen Knarren und gegen einigen Widerstand – und unter leisem Fluchen – die Haustür auf.

Und vor uns steht, mit äußerst überraschter Miene, Alexa.

67

Solltet ihr erraten haben, dass ich hierher wollte, dann funtioniert euer Verstand genau wie meiner: logisch und rational und doch kreativ und poetisch.

Nats und Tobys Verstand tut das offensichtlich nicht. Sie glotzen mich – übrigens genau wie Alexa – mit offenem Mund an.

»Das, Harriet«, sagt Nat nach ein paar Augenblicken schockierten Schweigens laut, »schlägt sämtliche dämlichen Dummheiten, die du dir je erlaubt hast, um Längen. Und das will was heißen.«

»Harriet«, flüstert Toby vernehmlich, »hast du gewusst, dass Alexa Roberts hier wohnt?«

Ich räuspere mich. Auf Alexas Gesicht blitzen in kurzer Folge die verschiedensten Gefühle auf, fast so wie wenn Annabel in der Werbepause durch die Kanäle zappt: Schock, gefolgt von einigen Sekunden der Ungläubigkeit, dann ein langer Augenblick des Zorns und kurz aufflackernde Verlegenheit. Und für den Bruchteil eines Augenblicks meine ich sogar beinahe ... Respekt zu erkennen. Respekt angesichts meiner Unverfrorenheit.

Doch wenn ich es recht überlege, dann ... nein, das ist kein Respekt.

Das ist nur die Reaktion auf den penetranten Duft von Tobys Aftershave: Der Wind weht ihn direkt ins Haus.

»Alexa«, sage ich und atme tief durch. Obwohl ich auf dem ganzen Weg hierher darüber nachgedacht habe, weiß ich immer noch nicht so genau, was ich sagen werde. Ich weiß nur, dass es sitzen muss: Es muss perfekt sein, um die Lage zwischen uns ein für alle Mal zu klären.

Alles ganz locker.

»Harriet«, sagt Alexa und strahlt uns an. »Natalie. Toby. Was für eine schöne Überraschung. Wollt ihr reinkommen und eine Tasse Darjeeling-Tee mit mir trinken? Meine Mutter hat gerade Muffins gebacken, die reichen sicher für alle.«

Ich habe tief Luft geholt, und mein Atem entweicht mir mit einem Zischen. »Hä?«, sage ich verdutzt. »Wie? Im Ernst jetzt?«

Nat senkt den Kopf in die Hände.

»Klar«, erwidert Alexa und verschränkt die Arme. »Wir können uns ins Wohnzimmer setzen und darüber diskutieren, ob wir wohl weiße Weihnachten kriegen.«

»Ehrlich?«

Das Strahlen verschwindet. »Nein, nicht ehrlich, du Idiotin. Es sind Zitronentörtchen. Ich habe keine Ahnung, was ihr hier wollt, und es ist mir auch egal. Verschwindet hier, bevor ich euch die Hunde auf den Hals hetze.«

Toby macht ein paar Schritte rückwärts. Ich kann zwar keine Hunde hören, aber das heißt nicht, dass sie keine haben. Vielleicht sind es bloß ganz ruhige Hunde.

Ich beiße mir fest auf die Unterlippe. »Erst wenn ich gesagt habe, was ich zu sagen habe.«

Alexas Stirnrunzeln wird tiefer, und sie fängt an zu pfeifen. »Rex? Fang? Kommt her, Jungs. Es gibt Streber zum Abendessen.«

Nat atmet vernehmlich aus und zieht an meinem Arm. »Okay, Harriet. Du hast uns gezeigt, wozu du fähig bist, du riskierst dein Leben, um mich zu verteidigen, du bist sehr mutig, und ich hab dich wieder lieb, aber jetzt lass es gut sein, damit wir nach Hause gehen können, einverstanden?«

»Nein.« Ich verschränke ebenfalls die Arme, teils, um Entschlossenheit zu demonstrieren, und teils, weil meine Hände vor Nervosität zittern und ich nicht will, dass das jemand sieht. »Ich gehe nirgends hin, bevor ich es ihr nicht gesagt habe.«

»Bevor du mir was gesagt hast?« Alexa hört auf zu pfeifen und kneift die Augen zusammen. »Ihr steht da wie die drei kleinen Schweinchen vor meiner Tür, um mir was zu sagen?«

Schweigen breitet sich aus, während ich sie ansehe und mein Gehirn hörbar rattert. Die drei kleinen Schweinchen. Und ihre drei kleinen Häuser. Eines aus Stroh, eines aus Holz und eines aus Stein.

Das ist es. Genau das werde ich ihr sagen.

Ich werde tief Luft holen. Und dann werde ich Alexa sagen, dass es völlig okay ist, wenn wir die drei kleinen Schweinchen sind, denn wir sind drei, und wir wohnen nicht mehr in einem Haus aus Stroh, wir wohnen jetzt in einem Haus aus Stein. Sie kann husten und prusten und pusten, so viel sie will, sie kann uns nichts tun. Sie kann uns nicht zusammenpusten. Egal was sie tut, wir bleiben stehen.

Und wenn sie ein Problem mit dieser Analogie hat – ich habe eins, denn in der Tudorzeit waren viele Häuser aus Stroh, und die hatten, wie es scheint, keine Probleme mit den Elementen –, dann greife ich auf die drei Bären zurück und erkläre ihr, sie könne so viel Haferbrei essen, wie sie möchte, und so oft in unseren Bettchen schlafen, wie sie will: Am Ende haben wir doch die Kraft gefunden, sie in den Wald zurückzujagen.

Und dann ziehe ich die drei Brüder heran, und ich mache einfach weiter mit den Märchen-Triumvirat-Analogien, bis sie kapiert, dass wir keine Angst mehr vor ihr haben. Und dass sie uns nicht mehr wehtun kann, sosehr sie sich auch bemüht. Weil wir es nicht zulassen.

Ich atme tief durch und bereite mich auf einen verbalen Angriff vor, der sie alle in Erstaunen versetzen wird. Und dann halte ich abrupt inne.

Ich brauche gar nichts mehr zu sagen.

Denn ich weiß es. Und Nat weiß es. Und Toby weiß es. Wir sind hier, das reicht.

Aber etwas muss ich doch noch sagen.

»Das mit deinen Haaren tut uns leid.« Ich zeige auf Alexas Kopf. Ich glaube, sie war beim Friseur, seit ich sie das letzte Mal gesehen habe. Sie sieht ganz hübsch aus. Bedeutend besser als ich, um genau zu sein. »Deswegen bin ich gekommen. Es tut uns leid. Was wir getan haben, war schrecklich, und es war böse und falsch, und es tut uns leid.«

Alexa zieht die Augenbrauen hoch. »Du bist extra hergekommen, um mir zu sagen, dass euch das mit meinen Haaren leidtut?«

»Ja.« Ich drehe mich zu Nat um, der es komplett die Sprache verschlagen hat. »Nicht wahr, Nat?«

»Mir tut es auch leid«, wirft Toby ein. »Auch wenn ich genau genommen nichts damit zu tun habe, fühle ich mich als Anführer dieser Bande doch verpflichtet, die Verantwortung für ihr Handeln zu übernehmen.«

Nat und ich sehen einander an. Okay, diesmal lassen wir es Toby durchgehen.

Nat setzt einen finsteren Blick auf, und ihre Wangen röten sich. Ich kenne sie, ich weiß, dass sie sich mies fühlt deswegen. Sie ist einfach nicht gemein genug, um sich nicht mies zu fühlen. Tief innen drin. »Ja«, sagt Nat schließlich, und ihre

Schultern entspannen sich. »Ich bin ausgerastet, Alexa, und das hätte nicht passieren dürfen. Es tut mir leid.« Sie unterbricht sich. »Aber wenn du so was noch mal mit Harriet machst«, murmelt sie, sodass nur ich es hören kann, »verpasse ich dir eine Igelfrisur.«

Alexa fährt sich mit der Hand in die Haare. »Tja. Zum Glück steht mir mit meiner Gesichtsform so gut wie alles. Was soll ich sagen: Ich habe Glück. Sind wir jetzt fertig?«

Ich überlege.

»Ja«, sage ich langsam und sehe ihr in die Augen. »Wir sind jetzt fertig.«

Und das meine ich wirklich.

»Dann lasst euch nicht aufhalten. Fahrt zur Hölle. Alle miteinander.« Alexa sieht uns drei an. »Ihr Streber«, fügt sie noch hinzu.

Und schließt die Haustür.

68

Wir tanzen den ganzen Weg nach Hause. Allerdings fangen wir erst damit an, als wir aus Alexas Einfahrt sind. Wir sind ja kein Selbstmordkommando.

»Habt ihr das gesehen?«, ruft Toby immer wieder und wackelt mit den Hüften. Er öffnet seine Jacke und begleitet unsere triumphierenden Bewegungen mit dem elektrischen Keyboard auf seinem T-Shirt. »Sieh dir das an, Alexa! Rums! Wir sind zu dir nach Hause gekommen!«

Ich wirble glücklich im Kreis herum, die Hände über dem Kopf. Es ist vorbei. Es ist tatsächlich vorbei. Wenn sie uns kriegen will, muss sie den Schornstein runterklettern. Wo ein großer Kessel mit heißem Wasser auf dem Feuer steht, nur für alle Fälle.

Es fühlt sich toll an.

Selbst Nat wackelt triumphierend ein bisschen mit den Schultern, als sie glaubt, niemand würde sie sehen. »Wisst ihr«, sagt sie atemlos, als wir schließlich alle drei stehen bleiben, um den ruhmreichen Augenblick auszukosten, »das war richtig klasse. Sich bei Alexa zu entschuldigen. Die entschuldigt sich doch im Leben nicht, oder? Die sagt doch nie wegen irgendwas ›tut mir leid‹. Und das heißt, dass wir die Guten sind, richtig?«

»Also, wir sind jedenfalls nicht die Bösen«, sagt Toby ernst. »Denn wenn, würden wir Schwarz tragen und hätten überall kleine Totenköpfe und wahrscheinlich Schnurrbärte.«

»Ich kann's immer noch nicht fassen, dass du ihr tatsächlich die Haare abgeschnitten hast.«

»Ich weiß. Was habe ich mir dabei bloß gedacht?«

»Woher hattest du überhaupt die Schere?«

»Aus dem Kunstsaal. Ein paar Minuten war alles wie im Nebel, und plötzlich hatte ich einen Pferdeschwanz in der Hand. Ich hab mich deswegen tagelang schrecklich gefühlt.«

»Nat«, sage ich ernst und hüpfe ein wenig langsamer. »Es tut mir leid. Alles. Aber vor allem, dass ich nicht die Freundin war, die ich hätte sein sollen. Dass ich dich angelogen habe. Dass ich deinen Traum gestohlen habe. Ich weiß, dass du mich wahrscheinlich für immer hassen wirst, aber ...«

Nat verdreht die Augen. »Nie und nimmer hätte ich dich für immer gehasst, Harriet. Nur ein paar Tage.«

»Aber du hast gesagt ...«

»Wir haben uns gestritten. Was hätte ich denn sagen sollen? Ich hasse dich für ungefähr 36 Stunden, bis ich mich ein bisschen beruhigt habe?«

Oh.

Tja.

»Ja, das wäre wirklich nett gewesen«, erkläre ich ihr ein bisschen eingeschnappt. »Ein kleines ›Kopf hoch‹ wäre ganz nett gewesen. Ich war echt fertig.«

Nat lacht, was – angesichts des Zustands, in dem ich mich in den letzten Tagen befunden habe – ein bisschen gefühllos ist. »Ganz die Dramaqueen, wie immer. Aber wenn ich ganz ehrlich bin, hätte ich dir, wenn du mein Temperament besäßest, das mit dem Modeln wahrscheinlich auch verheimlicht. Ich kann ganz schön grauenhaft sein.« Stolz betrachtet sie ihre Fingernägel und pustet darauf. »Unberechenbar und absolut grauenhaft.«

Das ist sie tatsächlich. War sie immer schon.

»Dann sind wir ...«, wage ich mich vor.

»Ja.« Nat zuckt die Achseln. »Was auch immer.«

Ich will mich ihr gerade in die nicht im Geringsten geöffneten Arme werfen, als mein Handy klingelt und Toby die Hände hebt.

»Ich bin's nicht«, meint er. »Nur für den Fall, dass sich jemand fragt. Ich rufe dich nicht an, Harriet. Obwohl ich es könnte, denn ich habe deine Handynummer rausgefunden.«

»Wilbur?«, sage ich und hole es aus der Tasche.

»Meine kleine Knusperflocke«, sagt Wilbur glücklich. »Anruf wie versprochen, Schätzchen. Ich würde mich ja gern hinsetzen und mit dir über allen möglichen Mädelskram plaudern, aber ich möchte jetzt nach Hause gehen und ganz viel Schokolade essen, also sind hier nur die Einzelheiten für morgen früh. Es geht um ein Interview für ein Mode-Special im Frühstücksfernsehen, WakeUp UK. Die brauchen dich da hübsch früh, sodass du pünktlich in die Schule kommst.« Er unterbricht sich. »Also, falls der Unterricht so gegen zehn Uhr anfängt.«

Ich sehe Nat an, die so tut, als könnte sie das Gespräch nicht mit anhören. Wilburs Stimme ist wirklich so durchdringend wie die Trillerpfeife beim Schulsportfest.

»Ich kann nicht, Wilbur.« Nat macht große Augen, aber ich bleibe stur. Wir haben unsere Freundschaft gerade erst wieder gekittet: Das kann ich nicht gleich wieder aufs Spiel setzen. »Sie müssen Yuka sagen, sie soll mich verklagen. Erinnern Sie sie aber bitte daran, dass ich minderjährig bin und dass meine Stiefmutter eine richtig tolle Anwältin ist.«

Ich spüre es schon. Nat und ich werden wieder sein wie die Delfine in Sea World, wir werden synchron springen und in perfekter Harmonie leben, ein Bewusstseinsstrom, ohne je ein harsches Wort zwischen uns. Zwei Geister in einem …

Das Handy wird mir aus der Hand gerissen.

»Wilbur? Hallo. Hier ist Nat. Erinnern Sie sich? Ich bin das Mädchen, das am Samstagmorgen in Ihrem Empfangsraum geweint hat. Harriet findet, das ist eine fantastische und aufregende Gelegenheit, und natürlich kommt sie. Schicken Sie ihr Uhrzeit und Adresse per SMS. Danke.«

Sie legt auf.

Ich starre sie ein paar Sekunden lang an. Das Mädchen, das in der Agentur geweint hat, war Nat?

»Nat? Was zum Teufel machst du da?«, platze ich schließlich heraus.

»Was ich gleich zu Anfang schon gemacht hätte, wenn du mich gelassen hättest.«

69

Ich weiß, ich weiß, Statistiken sind unwichtig: Es sind nur Zahlen. Belanglose, willkürliche Zahlen.

Ich verbringe den Abend also nicht im Internet, um zu recherchieren, wie viele Menschen sich jeden Morgen WakeUp UK ansehen.

(3.400.000.)

Und ich finde auch nichts über die Demografie der Zuschauer heraus.

(Äußerst weit gestreut: Schüler, die zur Schule müssen, Familien, die beim Frühstück sitzen, Arbeiter, die sich fertig machen, bevor sie das Haus verlassen.)

Und ich finde auch nicht heraus, wie viele Menschen sich im Internet die Videos der Interviews ansehen.

(300.000 haben sich das Gespräch mit einem Typ angesehen, der darüber sprach, wie man beim Rasenmähen die Ränder ordentlich schneidet.)

Vor allem aber lasse ich am nächsten Morgen auf keinen Fall das Frühstück ausfallen, weil ich zu beschäftigt damit bin, mich in der Toilette einzuschließen und in eine Papiertüte zu atmen und dann die ganze Taxifahrt zum Studio über die Tüte in kleine Fetzen zu reißen und diese auf meinem Schoß zu verstreuen.

Ich meine: Warum sollte ich? Ich bin nicht mehr die alte, ängstliche Harriet. Ich bin cool. Ich bin ruhig. Ich schaffe das alles mit links.

Klar doch.

»Harriet?«, sagt mein Dad schließlich. Anscheinend wollen mich diesmal alle begleiten: Das Taxi ist so voll, dass der Fahrer vor sich hin grummelt, von wegen, er wüsste nicht, was von seiner Versicherung abgedeckt wird und was nicht. Annabel sitzt vorn, und mein Vater, Nat, Toby und ich drängeln uns auf der Rückbank und versuchen, die Füße irgendwohin zu stellen, wo noch keine Füße stehen. »Hast du das Gefühl, du wärst ein Hamster oder vielleicht ein Vogel?«

Ich betrachte die Sauerei auf meiner Hose. Es stimmt: Wenn ich plötzlich enorm schrumpfen würde, würden die Fetzchen ausgezeichnetes Nistmaterial ergeben.

»Ich mache ein Puzzle im alten Stil«, erkläre ich ihm hochtrabend. »Wenn ich irgendwann mal Zeit habe, überlege ich mir, ob ich es wieder zusammensetze.«

»Soll ich schon mal anfangen?«, erbietet Toby sich eifrig. Ich wollte ihn überreden, nicht mitzukommen, aber nachdem er mir erklärt hat, wie viele Busse er kriegen müsste, um mir pünktlich zu folgen, habe ich eingelenkt. Nach langem Überlegen bin ich zu dem Schluss gekommen, dass es leichter ist, wenn er mich im selben Taxi stalkt.

»Nein. Trotzdem danke.«

»Ich fürchte, ich muss noch mal raus«, sagt Annabel von vorn. »Ich muss pinkeln.«

»Schon wieder?« Mein Vater seufzt. »Ehrlich? Schatz, brauchst du vielleicht einen Katheter?«

»Nein, es geht schon, Richard. Ich uriniere einfach auf den Sitz dieses netten Mannes und dann gehen wir den Rest zu Fuß. Moment mal, ist das nicht dein Lieblingspullover, Schatz? Vielleicht kann ich die Sauerei damit aufwischen.«

Mein Vater wird ganz blass. »Halten Sie das Taxi an.« Er sieht uns an.«Und lasst euch das eine Lehre sein. Borgt niemals einer schwangeren Frau einen Kaschmirpullover.«

»Ist nicht nötig«, erklärt der Taxifahrer uns und drückt auf das kleine grüne Lämpchen, damit wir seine Stimme über den Lautsprecher hören können. »Wir sind schon da.«

Das Taxi biegt um eine Ecke, und wir verstummen. Teils, weil es ein wenig überwältigend ist, um halb sieben in der Frühe vor einem internationalen Fernsehstudio vorzufahren. Und teils, weil Wilbur davorsteht und auf uns wartet. In pinkfarbenem Zylinder und silbernem Overall.

Wir glotzen ihn an.

»Bilde ich mir das ein?«, sagt Annabel schließlich, als das Taxi zum Halten kommt und Wilbur den Hut absetzt und sich vor uns verneigt. »Oder wird dieser Mann mit jedem Tag schriller?«

Annabel hat recht: Wilbur wird mit jedem Tag schriller.

Kaum sind wir alle ausgestiegen, rückt er den pinkfarbenen Hut ein wenig zurecht und schickt die anderen in einen anderen Teil des Studios, wo sie sich hinsetzen sollen, während ich mit ihm gehe, um »schön gemacht zu werden«. Und dann betrachtet er meinen Wuschelkopf. »Obwohl«, fügt er traurig hinzu, »es so aussieht, als müssten wir wieder ganz von vorn anfangen, nicht wahr, Baby Baby Panda.«

Ich betaste meine Haare. Für den Fall, dass ich der Illusion erlegen war, ich hätte mich in der letzten Woche ein wenig verändert, ist es schön, den Kopf geradegerückt zu bekommen.

»Ich habe keine Kontrolle darüber«, erkläre ich leise, als er mich ein paar enge Flure hinunterscheucht, an deren Ende eine geschlossene Tür liegt.

»Das sehe ich, Apfelblütchen«, meint er seufzend und betrachtet mit zusammengekniffenen Augen meinen Kopf. »Besteht die Möglichkeit, dass es dich unter Kontrolle hat? Es sieht aus, als wäre es bereit, die Weltherrschaft zu übernehmen.« Er betrachtet mein Outfit. »Aber es freut mich zu sehen, dass du es wie gewohnt modisch noch weit übertrumpfst. Ist das dein Schlafanzug, Häschen?«

Ich achte gar nicht auf ihn. So langsam gewöhne ich mich dran.

Um das klarzustellen: Ich trage keinen Schlafanzug, sondern ein T-Shirt mit Schneemannmotiv und eine weite gemusterte Hose aus dem marokkanischen Laden in der Stadt. Ich hab's aufgegeben, cool aussehen zu wollen. Es waren die einzigen sauberen Klamotten, die ich gefunden habe.

»Und was machen wir zuerst?«, frage ich nervös und versuche, der aufsteigenden Panik Herr zu werden. »Muss ich irgendeinen Text lernen?«

»Noch besser, meine besondere kleine Zucker-Erdnuss. Ich hab das hier.« Er hält mir ein kleines Plastikteil hin.

»Ein Hörgerät?«

»Ich verdrahte dich, Schatz. Bei fünf Millionen Zuschauern gehen wir davon aus, dass du ein bisschen Hilfe brauchst.«

Ähm, fünf Millionen? Hat das Internet mich etwa angelogen?

Ich betrachte das kleine Plastikteil, das er mir unter die Nase hält, mit einer Mischung aus Erleichterung und Entsetzen. »Sie wollen mir vorsagen, was ich sagen soll?«

Wilbur wirft lachend den Kopf zurück. »Ich nicht, Äffchen-Tiger. Wie stellst du dir das vor? Ich glaube einfach nicht, dass mein Vokabular in deinen kleinen Mund passen würde, Schätzchen. Es ist sehr blumig. Nein, Yuka wird dir vorsagen. Wort für Wort.«

O Gott. Sie ist hier? Schon wieder? Im Vergleich zu ihr fühlt sich ein Kontrollfreak wie ich doch wie der absolute Improvisationskünstler. »Und ich muss es nur nachsprechen?«

»Und du musst es nur nachsprechen«, bestätigt Wilbur und kichert noch einmal. »Hast du gesehen, was ich gemacht habe? Ich habe es einfach nachgesprochen. Siehst du. Ich hätte Model werden sollen. Ich hätte das im Handumdrehen gekonnt.«

Ängstlich betrachte ich den Ohrhörer. Okay, ich kann das. Ich sage einfach, was Yuka mir vorplappert, bring's hinter mich und verschwinde wieder, zurück in mein normales Leben mit normalen Sachen. Wie Schule. Und Mathe. Und Geschichtsclub. Und zur Schule gehen, statt in einem Taxi ins Fernsehstudio zu fahren und fünf Millionen Menschen was zu erzählen.

»Also«, sagt Wilbur, »und jetzt machen wir dich fertig und dann können wir euch beide aufs Sofa setzen.«

Mein Gehirn schwirrt. Beide? Uns beide?

Wilbur redet mal wieder nur Blödsinn. »Aber wenn Yuka neben mir sitzt«, hake ich nach, »wie will sie mir denn dann …«

»Oh, Yuka sitzt nicht neben dir, mein süßer Pudding«, meint Wilbur lachend und wirft die geschlossene Tür auf. »Nick.«

Ich starre in den Raum, und mein Gehirn schwirrt jetzt in hektischen kleinen elastischen Bewegungen in meinem Kopf herum.

Nick schaut auf, schenkt mir ein Grinsen und kritzelt dann weiter auf einem kleinen Notizblock herum.

Würden die Leute bitte aufhören, so was mit mir zu machen?

»Habe ich vergessen zu erwähnen, dass er auch interviewt wird?«, fügt Wilbur hinzu, betrachtet aufmerksam mein Gesicht und zwinkert. »Also nein.«

70

Hat jemand – irgendjemand – auch nur die geringste Vorstellung davon, wie schwer es ist, mich darauf einzustellen, vor fünf Millionen Menschen aufzutreten, während Nick ganz unerwartet fünf Meter weiter sitzt?

Nein. Also, lasst euch von mir sagen: Das ist, als wollte man ein digitales Radio einstellen, während im Hintergrund der Vesuv ausbricht.

»Warum ist er hier?«, flüstere ich, als eine nette Dame namens Jessica sich um mein Make-up und meine Haare kümmert. Man hat mich schon in ein blaues Kleid gesteckt, das ich mir niemals im Leben selbst ausgesucht hätte. Hauptsächlich, weil keine Comicfiguren drauf sind.

»Er ist das männliche Gesicht von Baylee, Muckelchen«, flüstert Wilbur zur Antwort, als wüsste ich das nicht längst. »Yuka hat ihn ebenfalls in der Sendung untergebracht – der maximalen Werbewirkung wegen.« Er richtet den Blick an die Decke, als hätte er gerade einen Engel gesehen. »Sie ist die absolute PR-Legende.«

»Hm.« Ich schaue noch mal rüber zu Nick. Er hängt auf dem Sofa rum – wirft seinen Stift in die Luft und fängt ihn wieder auf –, als würde er andauernd im Fernsehen auftreten. Was natürlich gut sein kann.

Heute trägt er einen Pullover in einem warmen Grauton und dunkelblaue Jeans. Seine Haare sind vorn irgendwie hochgewuschelt und ab und zu steckt er einen Finger in den Mund und kaut ...

»Hey Manners«, sagt er und schaut auf.

Ich wende rasch den Blick ab. Sugar Cookies. Ich habe ihn schon wieder angeglotzt.

»J...ja?«, stammle ich und setze ein möglichst gleichgültiges Gesicht auf.

Er zeigt auf den Couchtisch. »Er ist ziemlich niedrig, aber wenn du dich ganz klein machst, passt du vielleicht drunter.«

Ich hebe das Kinn. Mehr hat er nicht zu sagen? Nachdem wir uns an der Hand gehalten haben und überhaupt? »Zufällig bin ich aus dem Unterm-Tisch-Verstecken rausgewachsen«, erkläre ich ihm in eisigem Tonfall. »Das war eine Phase, mehr nicht.«

»Schade. Wenn wir irgendwo leben würden, wo es häufig Erdbeben gibt, wäre es echt gut, dich zu kennen.«

Ich starre ihn böse an. Für einen, der so gut aussieht, versteht er sich wirklich prächtig darauf, andere zu nerven. »Nur zu deiner Information, in den letzten zehn Jahren hat es im Vereinigten Königreich neunzehn Erdbeben gegeben«, fahre ich auf. »Was bedeutet, dass es auch jetzt schon gut ist, mich zu kennen.«

»Allerdings«, pflichtet er mir grinsend bei und wendet sich wieder seiner Kritzelei zu.

Ich beiße die Zähne zusammen, denn ich spüre schon die Hitze in meinen Wangen. Was soll das denn jetzt heißen? Dass es gut ist, mich zu kennen, aber nur neunzehn Mal in zehn Jahren? Kein guter Schnitt.

»So, also, ihr Zankäpfelchen«, unterbricht Wilbur uns. Er steckt mir das kleine Plastikteil ins Ohr, zieht den Draht unter meinen Kragen und schiebt ein anders Stück Plastik in eine

Tasche hinten an meinem Kleid. »Für diese ganze entzückende Darcy-und-Lizzy-Spannung haben wir keine Zeit. Lass uns dich ins Fernsehen bringen, damit deine Stiefmutter aufhören kann, mir im dreiminütigen Abstand SMS zu schicken, Harriet. Sie ist sehr besorgt, dass wir dich ja bloß pünktlich in die Schule bringen.«

Ich nicke. Ich auch, wenn ich ehrlich bin. Ich will nicht, dass in meinem späteren Leben irgendetwas schrecklich schiefläuft, weil ich etwas über metaphysische Dichtung wissen müsste und es nicht weiß.

Als ich an mir runterschaue, sehe ich, dass das kleine grüne Lämpchen an meinem Hörgerät eingeschaltet ist. Ich sehe Nick an. »Hast du auch eins?«

Nick und Wilbur lachen. Das heißt wohl Nein.

»Harriet Manners«, sagt eine kalte Stimme in meinem Ohr. »Hier spricht Yuka Ito.«

Ich sehe mich nach ihr um. »Sieh dich nicht um, um zu gucken, wo ich bin«, fährt sie mich an. »Ich bin in einem anderen Raum hinter einer Spiegelscheibe.«

»Können Sie mich sehen?«

»Nein. Ich weiß auch so, was du machst. Also, bist du so weit?« Ich nicke und grummle etwas. »Ein bisschen mehr musst du mir schon geben, Harriet.«

»Ich bin so weit«, sage ich so laut und deutlich wie möglich. Nick steht direkt hinter mir, gähnt und reibt sich mit dem Ärmel seines grauen Pullovers durchs Gesicht. Wie kommt es, dass Yuka Ito ihm nicht ins Ohr schreit wie die kleine Raupe in *Alice im Wunderland*. »Gut. Sag einfach, was ich dir vorsage, dann läuft alles wie geschmiert. Und bitte, Harriet…«

»Ja?«

»Benimm dich diesmal.«

71

Also, ich hatte immer angenommen, dass bei Sendungen, die aussehen, als säßen die Moderatoren in einem Wohnzimmer, sie tatsächlich in einem säßen. In einem Wohnzimmer, meine ich. Dass hinter der Kamera ein hübsches Bild hinge und vielleicht ein offener Kamin wäre und ein paar Bücherregale zum Stöbern, wenn die Kamera gerade nicht läuft.

Weit gefehlt. Es ist nur eine Bühne mit ein paar Sofas, der Rest ist ein großer, offener, dunkler Raum voller Drähte und konzentrierter Menschen.

Offen gestanden fühle ich mich ein wenig an der Nase herumgeführt.

»Guten Morgen, Schatz«, sagt die muntere blonde Moderatorin, als ich mich nervös auf den Rand eines Sofas setze, das man niemals in ein echtes Haus stellen würde. »Ich bin Jane. Ich wette, das ist ganz schön früh für dich, was?«

Ich nicke, obwohl ich nicht recht verstehe, wovon Jane da redet: Es ist halb acht, und das ist exakt die Zeit, zu der ich normalerweise meinen Vater anbrülle, endlich aus der Dusche zu kommen.

»Und ich bin Patrick«, sagt ein etwas älterer Mann, beugt sich vor, um mir die Hand zu schütteln, und beugt sich dann noch weiter vor, um auch Nick die Hand zu schütteln. »Ihr braucht nicht nervös zu sein. Wir unterhalten uns hier einfach nur nett ein bisschen, okay?«

»Wissen Sie«, sagt Nick auf seine langsame Art, »ich wüsste nicht, wann ich je mehr Spaß hatte.«

Patrick nickt begeistert. »Ist das nicht toll?«

Yuka räuspert sich in meinem Ohr. »Sag Nick, wenn er nicht aufhört mit seinen Witzchen, schicke ich ihn das nächste Mal im Kleid auf den Laufsteg.«

Ich beuge mich vor und gebe die Nachricht weiter.

»Klasse«, meint Nick lachend. »Sag ihr, dann hätte ich aber gern eins mit Pailletten.«

Ich blicke ängstlich in die Dunkelheit, aber ich kann weder Nat sehen noch meinen Vater und Annabel noch Toby. Wo sind die alle? Wieso haben sie sich denn alle in das Taxi gezwängt, wenn jetzt doch keiner da ist? Was habe ich davon, einen Stalker zu haben, wenn er nicht da ist, um mich zu stalken, wenn ich ihn brauche?

Ich sehe Nick mit großen Augen an. »Vergiss nicht«, flüstert er. »Kein Aufstand.«

Ich atme ruhig aus und spüre, dass die Panik ein wenig nachlässt. Es sind anscheinend nur sechs Minuten. Nur sechs Minuten lang sagen, was Yuka mir einflüstert, und dann kann ich in die Schule gehen und wieder ganz normal sein. Der Vertrag ist erfüllt, und ich kann all das hinter mir lassen.

»Achtung, wir gehen gleich auf Sendung«, ruft ein Kameramann. «In zehn, neun, acht ...«

Ich spähe wieder in die Dunkelheit. Wo sind sie?

»Sieben, sechs, fünf ...«

Wo sind sie?

»Vier, drei, zwei ...«

Und plötzlich huschen alle fünf mit einem leisen Schlurfen hinten in den Raum. Mein ganzer Körper entspannt sich, als hätte jemand gerade die Seile abgeschnitten, die mich aufrecht halten. Nat reckt den Daumen in die Luft, und mein Vater zeigt dramatisch auf Annabels Bauch, tut, als müsste er dringend auf Toilette, und zuckt die Achseln. Wilbur macht eine kleine Tanzbewegung und schießt dann mit der imaginären Pistole seiner Finger auf mich.

Toby steht nur da und grinst.

»Jetzt«, sagt Jane, und schon bin ich auf Sendung.

72

Ich fahre ein bisschen hoch, doch das überspiele ich geschickt, indem ich so tue, als würde ich schauen, wie die Federung des Sofas ist.

»Im Rahmen unseres Mode-Specials«, fährt Jane fort, als hätte sie nicht bemerkt, dass ich im Fernsehen auf und ab hüpfe, »haben wir heute Morgen Harriet Manners im Studio, die fünfzehnjährige Schülerin, die kürzlich weltweit Schlagzeilen gemacht hat, das neue Gesicht des Modeimperiums Baylee. Wie geht es dir, Harriet?«

»Mir geht's fantastisch, danke, Jane«, sagt Yuka in meinem Ohr.

»Mir geht's fantastisch, danke, Jane«, wiederhole ich wie ein Roboter.

»Wir freuen uns sehr, dass du hier bist. Bei uns ist auch Nick Hidaka, das siebzehnjährige männliche Gesicht der Marke. Wie geht es dir, Nick?«

»Ich bin noch nicht ganz wach, danke, Jane.« Und dann grinst er sie so breit an, dass sich in seinen Wangen Grübchen bilden. »Aber ich werde mein Bestes tun.«

Machst du Witze? Und ich bin die, der sie die Sätze vorkauen?

Jane blinzelt ein paar Mal. »Wunderbar. Also, Nick, gehe ich recht in der Annahme, dass dies trotz deines unglaublich jungen Alters nicht deine erste große Kampagne ist? Du hast für Armani gearbeitet, für Gucci, Hilfiger …«

»Sieht ganz so aus.«

»... und jetzt für Baylee. Ich erinnere mich, dass es leichte Kontroversen gab, als du unter Vertrag genommen wurdest: Einige Insider der Branche fühlten sich ... wie sollen wir sagen, ein wenig auf den Schlips getreten. Wie ist es, mit deiner Tante Yuka zusammenzuarbeiten? Ein bisschen stressiger, oder ist es schön, dass es so familiär ist?«

Nick lacht. »Sagen wir mal so: Wenn ich es vermassle, wird es eine sehr ungemütliche Weihnachtsfeier.«

Wie bitte?

Mein Kopf wird ganz wattig. Yuka ist Nicks Tante? Nick ist Yukas Neffe? Sie sind verwandt? Sie sind Familie? Durch ihre Adern rinnt dasselbe ... also, ihr versteht schon.

Und keiner hat mir was gesagt?

»... Du hast auch schon für Aufruhr gesorgt, das kann man wohl so sagen, Harriet?« Jetzt beugt Patrick sich vor, und mir geht plötzlich auf, dass er mich – während ich innerlich ausflippe – ins Gespräch ziehen will.

»Hör zu, Harriet«, zischt Yuka mir ins Ohr. »Oder tu wenigstens so.«

»Ähm«, murmle ich und lächle so viele Leute an wie möglich.

»Fünfzehn Jahre alt und vor nicht ganz einer Woche auf einem Schulausflug der Unbekanntheit entrissen, ist das richtig?« Jane sieht in ihre Notizen. »Du bist, wie man hört, der legendären Designerin Yuka Ito sofort ins Auge gefallen. Himmel. Das passiert nicht oft, nicht wahr. Ist das nicht wie ein Märchen?«

Ich sehe sie verständnislos an.

»Ja, Jane«, flüstert Yuka. »Das ist für jedes Mädchen wie ein Märchen, das plötzlich Wirklichkeit ist.«

»Ja, Jane«, wiederhole ich brav. »Das ist für jedes Mädchen wie ein Märchen, das plötzlich Wirklichkeit ist.«

»Und du hast sofort die Aufmerksamkeit der ganzen Modebranche erregt. Anscheinend entwirft Yuka sogar ein besonderes Outfit für dich in ihrer nächsten Schau.«

Das ist mir neu. Ich starre Jane an.

»Ja«, sagt Yuka, und ich wiederhole es. »Ich habe unglaubliches Glück.«

»Wirklich unglaublich.« Jane schüttelt den Kopf, als würde sie am liebsten quer übers Sofa springen und mir neidisch eine knallen. »Wer würde sich so etwas nicht mit fünfzehn wünschen?« Sie lacht unbekümmert. »Was rede ich da: Wer würde sich so etwas nicht egal in welchem Alter wünschen? Und hier steht, dass du ihre neue Muse bist. Wow. Erzähl mal, Harriet, wolltest du immer schon Model werden?«

»Seit ich klein war«, sagt Yuka laut und deutlich in meinem Ohr. »Ich habe die Kleider meiner Mutter angezogen und mich im Schlafzimmer vor dem Spiegel gedreht. Ich habe mich immer schon für Mode begeistert.«

»Seit ich klein war«, sage ich pflichtbewusst. »Ich habe d…d…die …« Ich schlucke. Okay, das kommt der Wahrheit nicht auch nur im Entferntesten nahe. Erstens hat mein Vater die Kleider meiner Mutter an einen Wohltätigkeitsladen gegeben, als sie starb. Es gab nichts, womit ich mich hätte verkleiden können. Und zweitens wäre, als Annabel in unser Leben kam, das Einzige, womit ich mich hätte verkleiden können, ein Kostüm gewesen.

Ich stelle mir kurz vor, wie ein mageres kleines Mädchen mit rotem Haar in einem viel zu großen Nadelstreifenkostüm herumwirbelt – komplett mit Krawatte und Büropumps –, und muss ein Kichern unterdrücken.

»Harriet«, fährt Yuka mich an. »Sag's einfach.«

»... die Kleider meiner Mutter angezogen und mich im Schlafzimmer vor dem Spiegel gedreht«, fahre ich fort und versuche, ein neutrales Gesicht zu machen und gleichzeitig nicht zu weinen. »Ich habe mich immer schon für Mode begeistert.«

»Und wie hast du das Ganze bis jetzt mit der Schule unter einen Hut bekommen?«, fragt Jane. »Das ist sicher nicht so einfach.«

»Baylee hat die Schule immer an erste Stelle gestellt«, plappere ich Yuka nach. »Das ist ihnen sehr wichtig.«

Abgesehen von – wisst ihr – dem einen Mal, als sie mich gezwungen haben, zwei Tage blauzumachen, um nach Russland zu fliegen.

Und heute Morgen.

»Und dein Lieblingsfach?« Patrick zwinkert in die Kamera. »Ich glaube, das erraten wir leicht!«

Mathe. Physik. Chemie.

»Textilkunde und Kunst natürlich«, sage ich pflichtbewusst, nachdem ich eine Nanosekunde auf mein Stichwort gewartet habe. »Ich lebe und atme Mode.«

»Und was ist mit deinen Schulfreundinnen? Ich wette, die sind beeindruckt, oder? Du bist jetzt sicher sehr beliebt.«

Ich denke an Alexas mürrisches Gesicht und wie sie mir über die Straße »Affenmädchen« zugebrüllt hat. Ich denke an dreißig hochgereckte Hände. »Mhm«, sage ich.

»Mhm war nicht, was ich gerade gesagt habe«, murmelt Yuka.

»Und als neue Muse einer der größten Figuren der Modewelt«, sagt Jane aufgeregt, »ist das Modelleben so, wie du gedacht hast?«

Yuka räuspert sich, und ich zucke leicht zusammen: Es ist wirklich unangenehm, so ein Räuspern direkt in den Kopf geschossen zu bekommen. »Modeln ist alles, wovon ich je geträumt habe.«

»Modeln ist alles, wovon ich je geträumt habe …«

»… Ich liebe Mode, weil es dabei um Individualität und Kreativität geht, um den Glauben an sich selbst und den Ausdruck der eigenen Persönlichkeit in seiner reinsten und ureigensten Form.«

»Ich liebe Mode, weil es dabei um Individualität und Kreativität geht und … den Ausdruck der eigenen Persönlich…« Ich werde immer leiser und schweige.

Jane beugt sich vor. »Persönlich?«, hakt sie nach.

»Persönlichkeit«, sage ich leise, und dann schweige ich wieder und starre in die Dunkelheit, wo meine Familie sitzt. Hinter der Kamera gibt es einen Aufruhr, und irgendwo in meinem Ohr höre ich, dass Yuka in Panik gerät.

Was mache ich bloß?

Was zum Teufel mache ich hier bloß?

Ich sitze hier vor fünf Millionen Menschen und rede mit einem Mikro im Ohr über den Ausdruck der eigenen Persönlichkeit? Ich labere was von wegen Individualität, dabei trage ich ein Kleid, in das jemand anders mich gesteckt hat, meine Frisur haben andere bestimmt, mein Make-up hat jemand anders aufgetragen, und ich plappere die Worte eines anderen nach?

Ich rede über den Glauben an sich selbst, wo ich doch nur Model geworden bin, weil ich nicht an mich geglaubt habe?

Ich lüge schon wieder. Habe ich denn gar nichts gelernt?

Ich nehme das Mikro aus dem Ohr und setzte mich drauf. Unter meinem Hintern meine ich Yukas leises Brüllen zu hören.

»Das stimmt nicht«, sage ich und atme tief durch. »Das ist alles nicht wahr.«

Jane zuckt zusammen, und Patrick starrt aufgebracht auf den Teleprompter, weil er nicht kapiert, was hier abgeht.

»Ich habe nie davon geträumt, Model zu werden«, sage ich entschlossen, ohne Nick anzusehen. »Ich wollte immer Paläontologin werden. Ich hab mich als kleines Mädchen auch nie vor dem Spiegel gedreht, meine Lieblingsfächer sind Mathe und Physik, in der Schule bin ich sehr unbeliebt, und ich glaube, das hier ändert daran auch nicht viel.«

»Also«, sagt Jane und lacht nervös, »ist das nicht ...«

»Und ich liebe Mode nicht«, sage ich, denn jetzt kann ich nicht mehr an mir halten. Es kommt mir vor, als wäre es das Wichtigste, was ich je gesagt habe. »Kein bisschen. Ich habe mich nie für Mode begeistert und tue es auch jetzt nicht. Es sind nur Kleider.«

Im Studio steigt ein kollektives Keuchen auf, und selbst das Mikro unter meinem Hintern hat aufgehört zu vibrieren.

»Es gibt Wichtigeres«, fahre ich fort, richte den Blick in das dunkle Studio und rede zu schnell. »Und ja, der Glaube an sich selbst, der Ausdruck der eigenen Persönlichkeit und Individualität sind auch wichtig, aber wenn man trägt, was andere einem vorschreiben, und sagt, was andere einem vorsagen, und denkt, was andere einem vordenken, dann ... na ja, dann hat man nichts von alldem, oder?«

Patrick wirkt allmählich ein wenig verängstigt, und auf Janes Wangen machen sich rote Flecken breit. »Sie mögen es nicht?«, sagt sie und zieht die Stirn kraus. »Wollen Sie das damit sagen? Sie mögen das Modeln nicht?«

Ich denke darüber nach. Ich denke darüber nach, wie ich nach Russland geflogen, im Schnee herumgehüpft und den

Laufsteg runtergegangen bin. Ich denke an die Schmetterlingsmädchen. Ich denke darüber nach, wie viel Spaß es machen kann und wie ich mich dabei gefühlt habe. Ich denke darüber nach, wie aufgeregt mein Vater war, wie stolz Annabel und wie selbstlos Nat. »Nein, das Modeln an sich mache ich sehr gern«, sage ich und bin selbst überrascht. »Aber ich will nicht jemand anders sein müssen, um es zu tun. Ich will immer noch ich sein können, und wenn das bedeutet, in meiner Freizeit ein Kostüm zu tragen und meine Mathehausaufgaben zehn Tage vor dem Abgabetermin zu machen und etwas über die Russische Revolution zu lernen, weil mich das interessiert, dann ist es okay. Und wenn das nicht okay ist, dann sollte ich vielleicht nicht modeln.«

»Aber wenn Sie Mode hassen ...«

Ich schüttle den Kopf, denn plötzlich ist mir klar geworden, dass das auch nicht stimmt. »Ich hasse Mode nicht. Wissen Sie, Jane, man hat Belege dafür gefunden, dass schon die Höhlenmenschen verschiedene Felle und Knochen getragen haben, um sich voneinander und von anderen Stämmen zu unterscheiden.«

»Tatsächlich ...«

»Ich hasse also nicht, was Mode sein sollte. Wenn es eine kreative Möglichkeit ist, der Welt zu zeigen, wer man ist und zu wem man gehört, dann ist das gut, nicht wahr? Aber wenn ich ein Pu-der-Bär-Pullover bin, dann sollte mir erlaubt sein, meinen Pu-der-Bär-Pullover so oft zu tragen, wie ich will.« Ich halte inne und schaue in die Dunkelheit, wo Toby steht. »Oder ein T-Shirt mit einem elektronischen Schlagzeug drauf.« Ich sehe meinen Vater und Annabel an. »Oder ein Roboter-T-Shirt oder ein Nadelstreifenkostüm.« Und dann sehe ich Wilbur an. »Oder einen pinkfarbenen Zylinder, aus keinem besonderen Grund.«

»Aber …«

»Aber selbst wenn ich so was trage, sind und bleiben es nur Kleider. Sie können einen nicht zu etwas machen, was man nicht ist. Sie können einem nur helfen zu zeigen, wer man ist.«

Halt den Mund, Harriet. Halt sofort den Mund.

Die armen Moderatoren kommen nicht mehr zu Wort. Ich glaube, inzwischen habe ich völlig vergessen, dass ich im Fernsehen bin: Ich habe meine kleine Erleuchtung vor laufender Kamera vor fünf Millionen Menschen. Ich sitze »auf dem hohen Ross«, wie Annabel es ausdrückt, vor dem größten denkbaren Publikum.

Na gut. Wenigstens lüge ich nicht mehr.

Patrick sieht aus, als würde er ein wenig schwitzen, und einer der Kameramänner macht jetzt eine Drehbewegung mit dem Finger. Nick beugt sich vor. »Ich muss sagen, da bin ich ganz anderer Meinung«, sagt er, und ich zucke zusammen. Na klar. Er ist schließlich Yukas Neffe.

Jane schenkt ihm ein Lächeln. Ich glaube, sie hat inzwischen mehr Spaß an dem Interview, als ihre Chefs es für wünschenswert halten. »Ehrlich?«

»Absolut. Ich finde, Ferkel ist Pu haushoch überlegen. Harriet unterliegt da einer Fehleinschätzung.«

Ich glotze ihn mit offenem Mund an. Was erzählt er da?

»Ferkel?«, fahre ich auf. »Ferkel? Was hat Ferkel denn je Bedeutsames getan?«

»Hat Pu zum Beispiel geholfen, als der bei Kaninchen in der Tür festgesteckt hat.«

Nick und ich sehen einander ein paar Sekunden lang an und kommunizieren stumm. Auch wenn ich mir – wieder mal – nicht ganz sicher bin, was.

»Also«, sagt Jane schließlich und unterbricht das Schweigen, »das war ein sehr interessanter Einblick in …« Sie überlegt. »… tja, nicht wahr? Mode aus der persönlichen Perspektive einer Muse.« Sie schaut zu Patrick und legt den Finger ans Ohr. Hat sie etwa auch ein Mikro? Sagt hier überhaupt irgendjemand, was in seinem eigenen Kopf ist? »Leider ist unsere Zeit für unser Mode-Spezial abgelaufen. Nach der Pause geht es weiter mit dem Thema: Wie kompostiert man am besten, was man dem Haustier aus dem Fell gebürstet hat?« Jane grinst in die Kamera und greift wieder zu ihrem Skript.

»Und Schnitt!«, ruft der Kameramann. »Werbung läuft.«

Ich bin fertig. Erledigt.

Angesichts dessen, was ich gerade live im Fernsehen von mir gegeben habe, stimmt das wahrscheinlich in mehr als einem Sinne.

»Tut mir leid, dass ich das Interview vermasselt habe«, sage ich leise zu niemand Bestimmtem.

Oder – vielleicht … zu allen.

Ich ziehe das Mikro unter meinem Hintern raus, flüstere »Tut mir leid, Yuka« und laufe in den dunklen Saal, wo meine Familie auf mich wartet.

73

Sie sind sie gar nicht schwer zu finden, selbst bei dem trüben Licht.

Schon von der anderen Seite des Raums kann ich erkennen, dass mein Vater eine Polka aufführt, Toby wippt auf den Fußballen auf und ab, Wilbur wirbelt wie wild im Kreis, und Nat steht auf einer Kiste und klatscht. Selbst Annabel nickt in einem Rhythmus, der verdächtig nach einem inneren Beat aussieht.

»Juhuu!«, schreit Nat durch den Raum. »Juhuuuuu!«

»Juhuu!«, pflichtet Toby ihr ernst bei. »Und noch mal, wie Nat sagt: Juhuu!«

»Meine Tochter!«, ruft mein Vater, sobald ich näher komme. Er boxt in die Luft, zerwuschelt mir die Haare und nimmt mich dann in die Arme, alles in einer einzigen nahtlosen Bewegung. »Feministin, Pionierin, Bahnbrecherin, Allen-in-den-Hintern-Treterin.«

Annabel nickt. »Harriet Quimby wäre stolz auf dich«, sagt sie anerkennend, beugt sich vor und legt die Hand an mein Gesicht.

»Genau wie Harriet, die Schildkröte«, fügt mein Vater hinzu und nickt. Annabel verdreht die Augen. »Wie, Annabel? Das wäre sie.«

»Ich bin froh, dass es euch gefallen hat«, sage ich und werde ganz rot vor Freude. »Aber ich glaube, das war's mit meiner Model-Karriere.«

»Ach, wen juckt das schon!«, ruft Wilbur, der immer noch im Kreis wirbelt. »Ernsthaft, wen kümmert das schon?« Er packt mich am Arm. »Haben Sie dieses Mädchen gehört?«, sagt er zu einem Mann, der gerade zufällig vorbeigeht. Ich glaube, es ist der Beleuchter. »Haben Sie gehört, was sie gerade gesagt hat? Im Fernsehen?«

»Nee, Kumpel. Ich hatte alle Hände voll damit zu tun, dass es am Set nicht dunkel wird.«

»Dann haben Sie ausgezeichnete Arbeit geleistet, mein Freund«, sagt Wilbur und schlägt ihm auf den Rücken. »Ganz ausgezeichnete Arbeit. Es war voll ausgeleuchtet, nicht wahr? Das ganze Set!« Er sieht sich um, und dann atmet er ein paar Mal tief durch, geht zu der Kiste, auf der Nat steht, und zieht sie ohne viel Federlesens herunter.

»He!«, protestiert sie.

»Ich habe etwas zu sagen«, erklärt er, steigt auf die Kiste, nimmt seinen pinkfarbenen Zylinder ab und hält ihn sich vor die Brust. »Ein Geständnis, wenn man so will, das ich noch nie in der Öffentlichkeit abgelegt habe. Ich bin beseelt, und raus kommt's.«

Wir glotzen ihn nur an.

»Oder«, berichtigt Wilbur sich lachend, »vielleicht sollte ich sagen: Rein geht's.«

»Spucken Sie's aus, Wilbur«, fährt Annabel ihn freundlich an. »Ich muss schon wieder wohin.«

Wilbur atmet noch einmal tief durch und richtet den Blick an die Decke. »Ich bin ... nicht ... schwul«, brüllt er aus Leibeskräften.

Eine ganze Weile sagt niemand etwas.

»Ich weiß«, sagt er endlich und schließt die Augen. »Ich weiß, was ihr alle denkt. Aber ich habe eine Lüge gelebt. Ich wollte dazugehören, reinpassen in die Modebranche. Mit euch Mädels arbeiten, die Arbeit tun, die ich tue. Und dafür muss man schwul sein, oder? Sonst nimmt einen niemand ernst. Aber ich bin nicht schwul. Ich mag Mode, aber ich liebe Frauen. Große, kurvenreiche Frauen mit Wackelbäuchen und Zellulitis. Richtige Frauen, keine Strichmännchen. Meine derzeitige Freundin heißt Mandy. Und ... und ... mein Name ist William, *iam,* nicht *bur.*« Er hält inne, denn seine Stimme bricht ein wenig. »So. Ich hab's gesagt.«

Wieder macht sich Schweigen breit. »Sie haben sich also gerade das Gegenteil von geoutet?«, meint mein Vater schließlich.

»Ja, genau.« Wilbur sieht sich um. »Und wie Harriet sagt: Wenn das bedeutet, dass ich kein Modelagent sein kann, dann sollte ich wohl keiner sein.«

»Um Himmels willen, lass gut sein«, meldet sich eine scharfe Stimme hinter uns zu Wort. »Jeder in der Branche weiß, dass Sie hetero sind, William. Niemand schert sich drum. Wir tun nur so, damit Sie sich wohlfühlen. Sie sind ein guter Agent, weil Sie fantastische Models finden und sich gut um sie kümmern, und nicht, weil Sie ihrer Freundin am Wochenende das ABC ins Gesicht rülpsen oder nicht.«

»Können Sie das?«, fragt mein Vater ihn flüsternd. »Das würde ich unglaublich gern lernen.«

Wir Übrigen haben uns zu Yuka umgedreht, die direkt unter einem Scheinwerfer steht, ganz in schwarze Spitze gekleidet, aber diesmal mit knallroten Lippen.

Okay: Trägt sie den Scheinwerfer mit sich rum, oder bleibt sie nur da stehen, wo einer scheint?

»Alle wissen es?«, fragt Wilbur/iam leicht irritiert.

»Alle.«

»Und keiner schert sich drum?«, hakt er schon etwas fröhlicher nach.

»Keinen Fliegenschiss. Sie überschätzen maßlos, wie sehr sich die Modebranche für Ihr Privatleben interessiert.« Und dann wendet sie sich mir zu. »Und was dich angeht, Harriet Manners ...«

»Diesmal bin ich gefeuert, richtig?« Ich schaue zu Boden. »Tut mir leid, Yuka.«

»Ich bin nicht begeistert, einfach unter den Hintern geklemmt zu werden«, sagt sie mit Eisesstimme. »Tu das nie wieder.«

»Okay«, murmle ich. »Aber ...«

»Und du bist nicht gefeuert. Warum sollte ich dich feuern? Du hast genau das gesagt, was ich dir vorgesagt habe, wenn auch mit deinen eignen Worten. Wenn ich gewusst hätte, dass du das kannst, hätten wir uns das mit dem Zuflüstern gleich sparen können.«

Mir klappt das Kinn runter. »Aber war das nicht ein PR ...«

»Nein, natürlich nicht. Ich mache keine nichtssagende PR. Das stinkt nach Unaufrichtigkeit. Wenn ich der Meinung wäre, bei Mode ginge es darum, zu sein wie alle andern, würde ich mich dann seit dreißig Jahren Tag für Tag wie ein Negativ von Miss Havisham kleiden?«

Sie hat recht. Sie hat wirklich recht.

»Vermutlich nicht.«

»Na, dann. Ich bin jetzt fertig mit diesem Gespräch. Du unterzeichnest morgen früh den nächsten Vertrag bei mir, Harriet.«

»Nur unter einer Bedingung«, höre ich mich sagen.

Yuka zuckt zusammen. »Bedingungen gibt es bei mir nicht«, sagt sie kalt.

»Ich versäume keinen weiteren Tag in der Schule«, sage ich mutig. »Keinen einzigen. Wenn Sie mich wollen, müssen Sie sich mit den Abenden, den frühen Morgenstunden und den Wochenenden zufriedengeben. Wie ...« Ich überlege kurz. »... wie beim Zeitungsaustragen«, beende ich den Satz lahm.

»Zeitungsaustragen?« Yuka kneift die Augen zusammen. »Hast du gerade die Arbeit für mich mit einer Runde Zeitungaustragen verglichen?«

Ich nicke. »Ja.«

Yuka schließt die Augen und öffnet sie nach ein paar Sekunden wieder. Ihre Mundwinkel zucken. »Dann ist das abgemacht. Ich möchte dich für eine weitere Saison verpflichten, damit du mich auf Trab hältst. Allmählich habe ich richtig Spaß daran, keine Ahnung zu haben, was du als Nächstes tust. Danach schmeiße ich dich wahrscheinlich wegen einer Jüngeren raus.« Sie schaut in die Luft. »Und Nick?«

Nick tritt aus dem Dunkeln, wo er unbemerkt gestanden hat. Mein ganzer Bauch krampft. »Ja, Tante Yuka?«, sagt er mit einem frechen Grinsen.

»Nenn mich noch einmal so, und du kannst dir deine Papiere abholen.«

»Ja, Tante Yuka?«

Yuka seufzt. »Ruf dir ein Taxi und fahr heim, Nicholas. Du bist wie dein Vater, viel zu nervig, um neben dir zu sitzen.« Und damit dreht sie sich rum und stolziert davon.

»Die reinste Vetternwirtschaft«, sagt Nick traurig und schüttelt den Kopf. »Echt peinlich.«

Ich kichere ein wenig und komme mir vor wie eine Sechsjährige, und dann drehe ich mich wieder um, um Nick den Menschen vorzustellen, die ich am meisten in der Welt liebe.

Die Menschen, denen mehr an mir liegt als irgendjemandem auf diesem Planeten.

Doch das geht nicht.

Denn sie haben sich in Luft aufgelöst.

74

Also«, sage ich nach einem verlegenen Schweigen. Eine Tür schwingt noch, und ich glaube, wenn ich ganz angestrengt lausche, kann ich meine Liebsten in der Ferne immer noch hören, die treulose Bande.

»Eben waren sie doch noch alle da.« Ich huste ein paar Mal.

»Ich bin noch hier«, stellt Will (wie ich ihn ab jetzt nennen werde, alles andere ist zu verwirrend) fest und setzt seinen Zylinder wieder auf. Und dann sieht er Nick an. »Und wer hätte das gedacht, meine kleine Kichernuss. Nick ist auch hier. Schon wieder. Was für ein Zufall.«

»Mhm.« Meine Wangen sind knallrot, und als ich verlegen zu Nick rüberschaue, bemerke ich ein wenig überrascht, dass auch seine Wangen ...

Nein. Das ist sicher nur das Licht. Hier drin ist es ziemlich düster.

»Also«, sage ich und ringe mir ein gekünsteltes Lachen ab. »Ich schätze, wir arbeiten für dieselbe Person.«

»Und was meinst du wohl, warum das so ist?« Will wirft sich in Pose, sodass sein Kinn in seiner Hand ruht, wie diese Skulptur von Rodin – *Der Denker.* »Nick? Irgendwelche Ideen?«

»Nicht die geringste. Was war das?« Nick tut, als lauschte er in die Ferne. »Oh. Richtig. Elton John will seine Identität wiederhaben.« Und dann sieht er Will an und zieht eine Augenbraue hoch. »Abgang.«

»Da muss er wohl noch ein bisschen warten.« Will bedenkt Nick mit einem strengen Blick. »Was sollte der ganze Jane-Austen-Kram, wenn sie es nicht erfährt, Pudellöckchen?«

Die Röte weicht mir so schnell aus dem Gesicht, dass mein Kopf sich anfühlt, als würde er wegschweben. »W…was?«, stammle ich. »Was für ein Jane-Austen-Kram?«

»Nichts.« Nick sieht Will wütend an. »Haben Sie schon wieder Glitter geschnüffelt?«

»Harriet, mein kleiner Baby Baby Panda«, sagt Will, verdreht die Augen und streckt Nick die Zunge raus. »Nicht ich habe dich entdeckt, Schatz, sondern Nick. Yuka hat ihn rekrutiert, um das weibliche Gesicht für die Kollektion zu finden, und dann bist du in diesen Stand geplumpst und hast seine Aufmerksamkeit erregt … Und der Rest ist, wie man so schön sagt, Geografie.«

»Geschichte«, korrigiere ich ihn automatisch.

»Ja«, pflichtet Will mir ernst bei. »Seine Geschichte, in der Tat. Aber ein wahre. Nick hat mich auf dich aufmerksam gemacht, und Nick hat dein Foto sofort Yuka gegeben, und Nick hat auch gesagt, du wärst perfekt für die Kampagne in Russland. Zusammen mit ihm … ganz zufällig.«

Ich bekomme keine Luft mehr. Nick war das? Nick ist schuld, dass ich hier bin?

Deswegen taucht er alle drei Minuten auf? Ich wusste doch, dass da was im Busche war. Nicht mal Magie geschieht so oft.

»Aber der Tisch …«, erwidere ich verwirrt. »Die Bordsteinkante …«

»Das mit dem Tisch war reiner Zufall«, meint Nick seufzend. Man sieht richtig, dass er aufgibt. »Du bist zufällig druntergekrochen. Ich wollte dich eigentlich nicht dort kennenlernen. Woher hätte ich auch wissen sollen, dass du da drunter abtauchst? Normale Menschen machen so was nicht, und Möchtegern-Models erst recht nicht.« Er lacht. »Und die Bordsteinkante ... Ich bin rausgekommen, um dich zu holen. Ich dachte mir, dass du Schiss kriegen würdest.«

»Aber ...« Mein Kopf fühlt sich immer noch an wie ein Heliumballon. »Warum?«

Nick sieht mich ausdruckslos an. »Weil du immer ausflippst.«

Ich schüttle den Kopf. Als wüsste ich das nicht. Meine Stimme fühlt sich an, als hätte ich sie verschluckt. »Ich meine, warum kümmert es dich, ob ich ausflippe.«

Schweigen.

»Also«, platzt Will schließlich heraus, »ich kann ja mal einen Schuss ins Blaue wagen, wenn ihr wollt.«

»Im Ernst«, fährt Nick auf und deutet mit den Fingern auf ihn wie mit einer Knarre. »Ich mache gleich einen Schuss ins Blaue, und vertrauen Sie mir: Der trifft.«

Will sieht ihn ein paar Sekunden lang an und neigt dann den Kopf zur Seite. »Elton?« Er zieht sich zurück. «Bist du das?« Er macht noch ein paar Schritte. »Ich glaube, ich wurde gerufen«, sagt er, zwinkert und verschwindet zur Tür hinaus.

Ich tue so – nur um dieses Augenblicks willen –, als könnte ich das Flüstern hinter der Tür nicht hören.

»Ich mag dich«, meint Nick schließlich mit einem Achselzucken. Er spricht immer noch langsam, doch die Trägheit – die Trägheit, die immer da zu sein scheint – ist verschwunden.

Wilbur hatte recht in Russland und hat sich gleichzeitig doch getäuscht: Nicht nur mein Gesicht strahlt, mein ganzer Körper fühlt sich an, als hätte ich eine Glühbirne verschluckt.

Er mag mich?

Der Löwen-Junge mag mich?

»Aber ... Warum?«, stottere ich.

Nick zuckt noch einmal die Achseln. »Du bist anders.«

Ich sehe ihn stirnrunzelnd an. »Gut anders oder schlecht anders?«

Nick grinst. »Gut«, meint er. »Und schlecht. Aber selbst die schlechten Teile sind irgendwie gut anders und bringen mich immer zum Lachen.«

Ich denke über seine Worte nach. »Das ergibt rational überhaupt keinen Sinn«, erkläre ich ihm und verschränke die Arme. »Das ist ein Oxymoron. Egal, es gibt 6.969.235.156 Menschen auf der Welt. So viele hast du eindeutig noch nicht kennengelernt.«

»Ich habe genug kennengelernt«, sagt er, funkelt mich an und macht einen Schritt auf mich zu. Seine Wangen sind jetzt ebenfalls gerötet. Ich wusste gar nicht, dass Jungen das auch passiert.

Das menschliche Herz soll im Ruhezustand zwischen 60 und 90 Mal schlagen. Das Herz eines Igels schlägt bis zu 290 Mal in der Minute, wenn er stillsteht. Ehrlich, ich glaube, ich mutiere gerade zum Igel.

O Gott. Küsst er mich gleich? Es ist mein erster Kuss. Mein erster ... was auch immer.

Und ich habe mir seit vielen Stunden die Zähne nicht geputzt.

»Bist du dir sicher, dass du nicht noch ein paar kennenlernen willst, bevor ...«, setze ich an, und dann höre ich, wie hinter mir die Tür aufgeht.

»Harriet? Ich bin's, Toby.« Ich drehe mich um, und nur sein Wuschelkopf ist zu sehen. »Ich will dir nur versichern, dass ich diese Entwicklung in Ordnung finde. 53 Prozent aller Ehen im Vereinigten Königreich werden geschieden. Die Statistik ist also auf meiner Seite.«

»Halt den Mund, Toby«, sagt Nat, und ich sehe, wie eine Hand auftaucht und Toby zur Tür hinauszieht. Dann taucht die Hand wieder auf, reckt den Daumen in die Luft und verschwindet.

Ich sehe Nick an und räuspere mich. Ich bin kein Igel mehr. Ich bin ein Kaninchen: 325 Schläge pro Minute.

Nick kommt noch einen Schritt näher.

Und jetzt bin ich eine Maus: 500 Schläge pro Minute.

Noch ein Schritt.

Ein Kolibri: 1.260 Schläge pro Minute.

Und als er sich vorbeugt, ist das Einzige, was mir in diesen winzigen Sekundenbruchteilen durch den Kopf geht, folgende Erkenntnis: Niemand verwandelt sich wirklich. Aschenputtel ist und bleibt Aschenputtel, nur in einem hübscheren Kleid. Das hässliche Entlein war immer schon ein Schwan, nur eine kleinere Version. Und ich wette, die Kaulquappe und die Raupe fühlen sich immer noch wie immer, selbst wenn sie springen und fliegen, schwimmen und sich treiben lassen.

Genau wie ich jetzt.

Und in dem Sekundenbruchteil, bevor Nick mich küsst und sämtliche anderen Gedanken in meinem Kopf explodieren, geht mir auf: Ich hätte mich gar nicht verwandeln müssen.

Ich heiße Harriet Manners, und ich bin uncool.

Und vielleicht ist das gar nicht so schlecht.

Holly Smale
Harriet – Versehentlich berühmt

Ein Kolibri auf dem Catwalk

Harriet, schulbekannte Streberin und Model wider Willen, ist am Boden zerstört: Ihre große Liebe mit Nick ist zerbrochen, ihre beste Freundin Natalie weilt in den Ferien in Frankreich und die Eltern sind nur noch mit dem neuen Baby beschäftigt. Und zu dem coolen Modelauftrag in Tokio, absoluter Lichtblick in Harriets Leben, soll sie ausgerechnet ihre verrückte Oma begleiten! Uncooler geht's nicht!

Hotdogs und High Heels

Harriet zieht um – und zwar nach New York! Da ist der Durchbruch als Model vielleicht nur eine Straßenecke entfernt. – Das neue Zuhause liegt allerdings bloß in einem Vorort von New York, cool wird man nicht über Nacht und die Models sind genauso fies wie die in England. Doch dann taucht Kenderall auf und nimmt Harriet mit auf die angesagtesten Model-Partys der Stadt ...

328 Seiten • Gebunden
ISBN 978-3-401-06899-2
Beide Bände auch als
E-Books erhältlich

Arena

400 Seiten • Gebunden
ISBN 978-3-401-06934-0
www.arena-verlag.de

Franca Düwel

Julie und Schneewittchen
Schlimmer gehts immer

Julies Leben besteht aus Höhepunkten. Und Tiefpunkten. Mehr Tiefpunkten, wenn sie ehrlich sein soll. Die beinhalten ein uraltes Ponynachthemd (zur unpassenden Zeit getragen), einen süßen Jungen (der ungerne in Kellern eingesperrt ist) und eine Person, die dringend Hilfe braucht, sich aber nicht helfen lassen will!! Als einzige Ratgeberin muss Sharon von der Sexhotline aus dem Nachtprogramm herhalten. Und Julies Tagebuch. Noch Fragen? Dann Julie lesen!

Auch als E-Book erhältlich
Als Hörbuch bei Arena audio

280 Seiten • Arena Taschenbuch
Mit Illustrationen von Katja Spitzer
ISBN 978-3-401-50603-6
www.julies-tagebuch.de

Kerstin Gier

Jungs sind wie Kaugummi –
süß und leicht um den Finger zu wickeln

Sissi ist dreizehn, ziemlich frech, gnadenlos schlecht in Mathe – und unsterblich verliebt! Doch leider hat ihr Traumprinz nur Augen für ältere Mädchen mit »Erfahrung«. Also setzt sie Himmel und Erde und dazu noch ihren Sandkastenfreund Jakob in Bewegung, um sich a tempo »gefühlsechte« Informationen zum Thema zu beschaffen.

Auch als E-Book erhältlich
Als Hörbuch bei audible.de

Arena

200 Seiten • Arena Taschenbuch
ISBN 978-3-401-50651-7
www.arena-verlag.de